浮かぶ瀬もあり 河童の川流れ

浅香郁夫
ASAKA Ikuo

文芸社

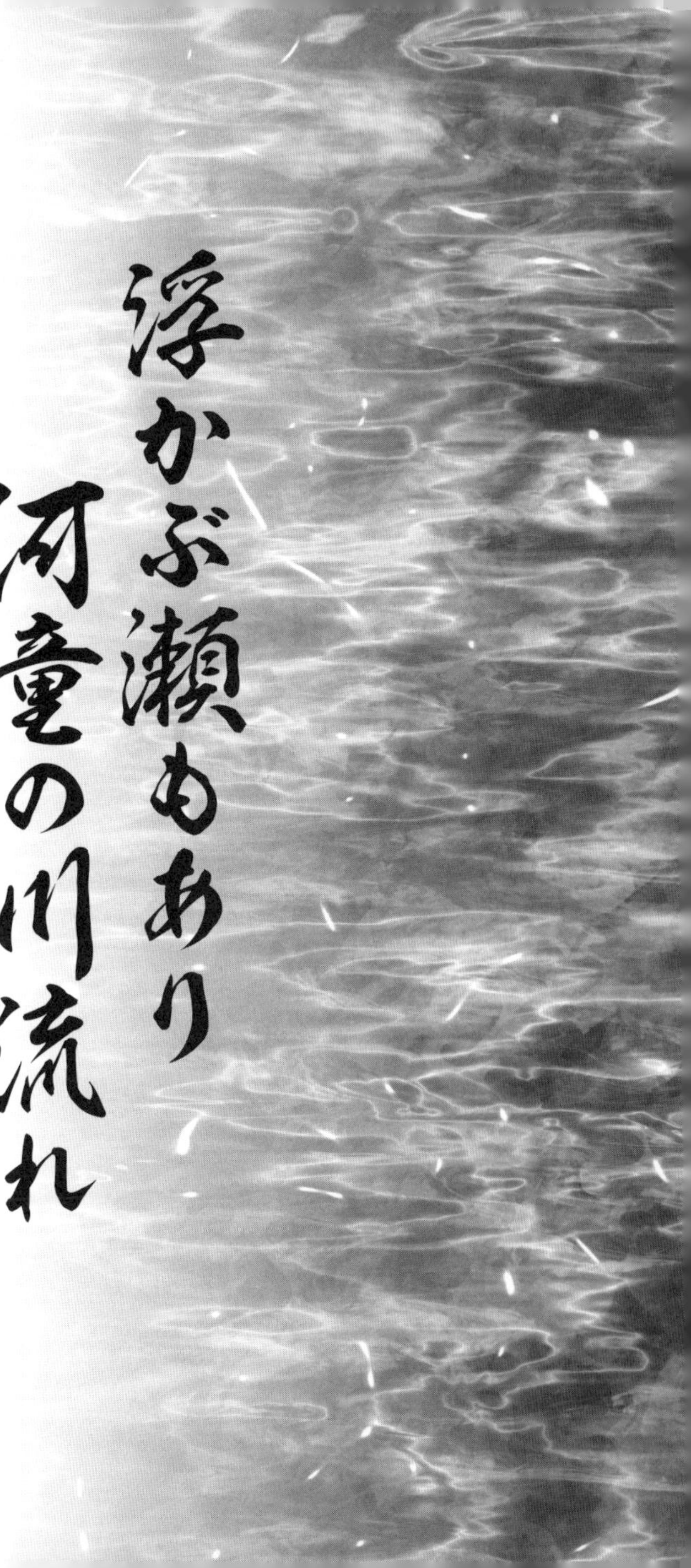

目次

職場の原点

分かりきった事だが、職場の原点に触れる題名は書く事が山ほどあって、絞り込んで原稿用紙六枚で書けるかなと思った。

正月の小春日和の日であった。たまたま職場の原点に触れる光景を見た。片言の言葉を語れる幼児がお父さんとむつまじく語っている。

枯葉と小枝を拾い「これ何、これ何よ」とヨチヨチ歩きで飛んで歩き、矢継ぎ早に質問をしている。それも、正に言われる前に言い、聞かれる前に聞く。そして極めつけは、「これは何をするの」と次に備え明日の事までを聞く。気が付けばその場で動く幼児、ものすごい知識の吸収力にはただ感心するばかりであった。

よく原点に返って出発するなどの言葉を耳にするが、その出発点は極めて曖昧な答えを後回しに用意してしまい、答えのない原点を延長して点から線を延長している。その当たり前の線の方向を知る事は極めて難しい。

一年間は三百六十五日あるが、毎日が試行錯誤である。その一日を大切に過したい。

その失敗をもとに、次に何をやるべきか、そこにある真意に到達するヒントを探るのに、私の癖で何か並行して放電できそうな模作を立てる。それが正しい並行か何かとても分からないが、今回は「1」という模作をする数字を立ててみた。

この場合はこの「1」、あの場合はこの「1」、と当てはめてみる。すると今の私の最大の課題は何か。常識と思える当たり前の事、横の物を縦にもしない、やるべき事をやらない、できる事をやらないでいわゆる自己主張し、そのあげくに失敗を繰り返す人に一番悩んでいる。

その対処策として、〝二人前〟の人を付けて二人でタッグを組ませたなら？　と考えるが、やる気満々でも「1＋1」を「2」にするのに手を焼いて、親方がしゃっちょこ立ちをしても「1」が欠けてしまうのが現状である。

こと仕事となると、「1＋1＝2」は数字上の建て前である事が多く、昨年の日本国を象徴する一文字である「偽」は努力抜きの影の建て前を本音ととらえて、「2＝1＋1」と安易な答え合せを求めて偽装に走った結果と思われる。

社員全員の駒が当たり前だったなら分担が崩れず、これが一番よい事でマイナス要因はない。いくら不況の建築業と言えども職場は安泰である。

人それぞれの考え方の原点を「1」の線と例えれば、「1」を引くには点が二つ必要である。一つの線×一つの線で面積が生じる。このテリトリー、四本の線が囲む範囲がその人の生活の原点となる。

（1×1）に「×1」をするだけで四方の広がりであった面積の次元が新たに「立方体」となる。ここに商売の原点がある。同じ「1」でも、ここに掛け算するのは単なる「1」ではなく、頭に描くべき線としては十二本も隠されているのである。

足し算と掛け算、数の進化、こんな事は小学生でも知っていると思うかもしれないが、人が考える「1」の変化、それが創造につながるのを私はそこまでは気が付かなかった。死角があった。思うに、分かり切ったと思い込んで、やるべき事をやらない事が盲点となっているように思えてならない。本来はここが原点であり、その先に新たな単位である立方体が広がるのを知らず、やるべき事をやらない盲点。

学校教育は教科のスピードが速く、落第しないよう丸暗記するのも私には叶わなかった。今では、「1」の数でも様々色々多方面へ変わる性質があると、その現物の基点であるイメージが浮かばずに、もがく渦中で落第を恐れて、丸暗記の偽学問をしていた事を残念に思っている。

そんな状態でも、一度職業に就いてしまえば、遅きに失した学問なんて、旨いのまずいのと咀嚼する余裕もなく鵜呑みにして流れ星の如く吹き飛んでしまう。

遅いとは言え、自分の職業に自力で生きる興味があれば、旺盛な好奇心がわいて来て、その上好奇心は又探究心につながって来る。その探究心を開くと、商売気というやる気になる。

仕事にはレベルがあって、個々には皆技術力を相当マスターしているので能力に応じて計画的に段取られた仕事の中では通用するが、受注産業においては、そのメカニズムに人間関係の段取りには限度があり、利益を生みやる人と、拒んでやらない人との時空の遊びができて、計算が狂ってしまう大きな欠点がある。

技術といっても苦節十年、男女の誰もが習得できる習い事だと思っているが、その一線に触れるまで孤独に苦しみ抜いた自己の体験の伴わない机上の技術だけで飯が食えると考えていたら大間違いで、今この業界では倒産が日常茶飯事な状況にあって、「畳の上の水練」の皮をむかれた技術者はいっぱい溢れている。

それは苦労の代償である段取りの自信がなく闇夜の中を心細く永々と続く一本線の思考で仕事に立ち向かう姿で、何をやるかも分からずにいる。又しのぎを削る利潤追求を課せられると、素人同然のレベルが現状である。

学問中心の建前のライセンス社会では確かに世間体は良いが実践に伴う自立力が伴わない。それは少年時代、親の庇護のもと、ぬるま湯思考にべったりつかった不作為の世界観の中において、余りにも軟弱で従順な良い子として育ち、恥をかき、ぶちのめされ、徹底して痛みつけられ、それに立ち向かった体験もないから、やる事をやらない、できる事もやらない。そのようなことは偽りなのだと教えようもないほど何かにぶら下がっている不作為な行為だ。だが、これらの成り行き行為も、今からでも恥の殻を破る覚悟で仕事に興味を持ち商売気を出す事によって、次から次に何をやったら良いかが必ず分かって来る。それは挨拶ひとつできるレベルアップでも、それからは見違えるほどに頼りにされる道が開けている。

事なかれ主義による不作為が源で永々と続く貧富の格差の平行線がいつ交わるか？

遠い昔、ビジネス雑誌で読んだ事があるが、当時日本のトランジスタラジオは世界に先駆けていた。そこで、このラジオをアメリカ市場に売り込みを図った。最初にアメリカに送り込まれたのは英語教育を受けたエリート営業マン達だったが、どうあがいても実績が出て来ない。メーカーも自信をなくしかけた。そこで、英語は話せないが、国内で商売に実績のある営業マンに願いをかけて送り出した。それが市場開拓に功をなして日本のラジオの素晴らしさをアメリカに知らしめたという記述を私は忘れる事ができないでいる。

それはあたかもヨチヨチ歩きの幼児がとった、その時の行動と共通している。その先に、いつか職場がうまく行く「知と動」の原点がダブって映るのだが……。

自分の立場

休日のこと、出題された「自分の立場」の文を書き上げたく会社にやって来た。応接室に石油ストーブを持ち込み、やかんを載せて、テーブルに向かい原稿用紙を広げ題名を書くが、それから先、どうも気だるく朝からとても眠い。風邪をひいたようだ。やる気が失せてマッサージ機に寝転がり、強さのレベルを「弱」にしておくと、うとうとしてしまうほどとても気持ちが良い。そんな夢気分の中で、何で「自分の立場」などと出題してきたのか、先月の「職場の原点」の続きになってしまうなと考えていたが、このうとうとの脱力感と同意する半睡気分は、現実から逃避した空っぽな頭に孤独状態を織り成して、とても幸せに思えてきた。いつまでもこのまま覚めずにいたら、とすら思った。

そんなひと時であっても、今日何としても書き上げたいという一念が頭を持ち上げたのか、夢ともつかぬうたかたの中で、前日に見た週間こどもニュースでの子供に向けた分かりやすい国会についての解説が思い浮かんだ。

もしかして解説する彼は、テレビで国会討論の自分の立場を主張してゆずらぬ「ねじれ国会」の光景を見て、そこに具体的なものを掴みかけて「自分の立場」「他人の立場」の暗示の先を私に求めているのか？　一般大衆にとっては、討論に奥行きがあるらしく、回りくどくてストレートには分かりにくいようだ。素直には解せぬ距離のある国会というものには関心は薄い。

しかし、衆参のねじれ国会討論を見ても、私が会社で毎日社員全員が経営者であると唱えて、小さな経営だから一日一円を節約する仕事があったなら速く動け、それが働く基本で、それなら誰でもできる。そしてもっと頭を使い頑張ってくれ、と叫んでいるのに、国会では国民に「我慢しろ」とか、「もっと働け」などという解決方法の言葉を聞いたことがない。

週間こどもニュースの彼は、議員さんの甘い言葉は選挙の立場上かもしれないが、と常々言っていた。共に苦労する官と民の働く本音と建て前の食い違いに彼なりに考えるところがあるのかもしれない。そのテレビで見た国会運営の解説を通して、「これだ！」という会社運営に何か筋の通った信念が生まれ、そこに社員のやる気をうながすヒントが隠されているのではないか、ああこれを彼は狙っていたのか、との思いがする。

眠気は覚めたが、やはり面倒な事はどうでもいいやと投げやりたくなる思いと、今やらねばもう書くチャンスはないと一寸でも進む気持ちにさいなまれてしまう。

人は様々、色々の立場があると思うが、人間としてもう一度生まれ変わって人間界に戻るのを考えてみると、その人の立場が大きく左右すると思う。

仲間も歳のせいだろうか、美しい日本の為にもう一度生まれ変わって来たいかと聞くと、大半の親方は、ちょっと考えて「もう一度何のために苦労する人生か？　もういい」と言い切る。

私も六十九歳。この四十年、寒さ暑さは眼中になしで会社の鍵を開け続けてきたが、自助努力による自分の立場など、自分の理想と努力で作り出されての結果が現状で、実際はいくら理想を求めても、立場上の足が地に付かずにいつも他力本願でやる事なす事宙に浮いている。

そんな遠望の中では、自分の欲望はかなぐり捨てても人の性根は見えるもので、次に続く人達には、苦労してもたくましくどうにか自立する道を託すのを諦めるわけにはいかない。

働いても働いてもどうにもならない。自分はともかくとして、社員の人に苦労を乗り越えて何としても幸せになってもらいたいと願う。

しかし現実は、尻を叩き、「1＋1」をどうにかこうにか動かして「2」以上の利益を生もうと努力しても、しかし相手方との間で「2」で割って折半すると「1・0000……」とミクロの数値の上の益に生きている。それでも懲りずに足しては割る、足しては割る、を繰り返しているうちに、神経はすり切れてしまう。正に神業の建築業の現状と思っている。

そんなことを立場上話すが、責任を他人に付け送りできる人達は、「眠くて眠くて」と遅刻するや、やるべき手順をちょっと手抜きして漏水を出すや、諦めないでいればもう少しの辛抱なのに心身とも疲れ果てて現場をぶっぽって（放り出して）仕事のけつ割りをするや、色々ある。倒産ともなれば死をもって償う人が日本では交通事故より多いと聞く。

そして何としてもゆるせないのは、自分の立場を利用して非情にも他人に痛みを押し付け、ばれなければと仲間を窮地におとし入れ、自分だけの益をむさぼり、嘘をつき、偽り、裏切り、盗む、殺す……それら作為的な手段によって、飛び散ってしまった悪玉のわだかまりの謎がとうてい解けない。その詐欺行為は雑巾の様に血の一滴まで絞り尽くしてフラフラに苦しめぬいて仲間を死地に追いやるが、これは死をもって償った被害者のみの責めで終わってよいのだろうか。

新しい経済の傾向なのか、一部の金余りの現象により濡れ手に粟のうまい話や、夢の時価総額が膨らみすぎて、もくろみが外れたサブプライムローンの問題によって、世界の景気が後退した。グローバルな生き方には、そんなに損をする金があるのに私達は今日一日を「汗を流す」をモットーに地球環境の中でつつましく生きている労働者の立場。象と蟻のように二極化してしまった経済環境など到底理解できない。

私はその日家に帰り、注目の千秋楽の大相撲を見た。優勝を争う一敗同士の東西モンゴル出身の両横綱の決戦である。

モンゴルと言えば、あの有名なチンギス・ハンの国である。そして今、東西両横綱はチンギス・ハンの子孫とも言える。

この二人の強さを見る時、もう人種のDNAが違うのではないかと思い知らされる。千秋楽、東白鵬、西朝青龍の対決は、自分の立場から〝横綱の立場〟の自覚をしっかりと見せてもらった。

最近相撲が分かりかけてきた。心技体が一体となった素晴らしさを。その一瞬に込められた正面からの立ち合い、がぶりと四つに組んだ力相撲は土俵がへこみ、両力士の腕が引きちぎられるか、褌《まわし》がプツリと切れるかと思った。その決戦の迫力を何度も繰り返して見たが、こんな相撲はもう見られないと実感した。

その後、優勝した白鵬のインタビューが気に入った。立場はその人を作ると言うが、「私がその質問に答えるのは、私にはまだまだ時期尚早です」と言う。

何と弱冠二十数歳にして胸がつまる禅問答である。彼の謙虚な言葉には人種を超えて心が洗われ、又好きになってしまった。

建設業の需要と供給

植物の変化において、稲科の植物は比較的新しい方の種類であることをテレビで知った。新種の稲科植物は今の地球環境に適応しやすく、大量の食糧を草食動物に提供する状況を作った。その供給に対して適応すべく、それを消化する反芻《はんすう》機能を備える哺乳動物が現れてきた。それがやがて群れをなして大草原を駆けめぐるまでに繁栄した。北アメリカ大陸のバッファローやアフリカ中央部に生息するヌーやシマウマの群れである。食糧があると、それを食糧とする草食動物よりも機知《きち》に富んだ俊敏なる狩りの名手が現れる。チーターやライオンの肉食動物が付随することになる。

こんな自然の動物をかいつまんで見ていると、供給があるからそれを本能が見越して需要が応えていく生物の過程が見られる。そこに適応している進化は、エベレスト山脈が海中から盛り上がった山脈であるように、ただ食うだけの動物達の需要に合わせた意識的進化をうかがうことができる。

人類しかり、やはり稲科植物を栽培することにより食の安定をもたらしてきた。その人類の急速な進化は、需要に応じて弱い胃袋に供給できるよう食を改良し作り変えてきたことによる。

それは米であり、麦、トウモロコシしかり、胃の弱い子供達にはそれら穀物を咀嚼《そしゃく》する前に焼いたり粉にしたりして与えたと思われる。

子供を思う需要に供給が応えることにより、今日の人類の繁栄があったと思える。これは、人類が最初に見た需要に供給が応える揺るがしがたい真実と思える。

第二次大戦後の東京オリンピックの前頃までは、食糧の供給に否応なく需要が従った。お昼の弁当など中味を見るより、手で弁当の重さを量った。うまいまずいはどうでもよい。質より量だと、まず食って生きるのに専念し、えり好みを知らない時代もあった。

家のない野生動物は、雪や雨の中をどのように過ごしているのだろうか？

今の建築物は良いの悪いのからあるにせよ、雨露をしのげばよいという家は確かに消えてしまっている。苦労して自分の家を建てるのは一生の仕事とよく言われるが、どうにか量は備えられていると思われる。

ここで停滞している建築業のブランクを解決すべき手立てとして、来たるべき震災に備えての対策を打ち出した。

ここに気がついた政府は、日本国の建築物ブランド力を世界に高めようと、一気に攻勢をかけてきている。その需要と供給を作る魂胆《こんたん》は、冷え切っている建築業により良い需要を増やしながら、人々の住まいの質を高めるチャンスであり、メディアも政府の意向に便乗した。まず手初めに建築物の耐震偽造問題を分かりやすく長期にわたり大きく取り上げた。これは建築業に携わる人達を震撼《しんかん》させるのに十分な手応えがあった。

建築業は十数年にもわたる長い冬の時代を味わっているが、性根を据えてかかれば春の来ない冬はない。それまでじっと耐え、地中に根を張って粒の揃った企業になりたい。

そしてメディアは、手を緩めずに食の安全対策とし、需要と供給から生ずる食の偽装にも一気に攻めた。中国より輸入された農薬入り餃子の問題に関しては、経緯《いきさつ》を専門家以外にも分かりやすいように白黒を世間に紹介した。

さらに、海上自衛隊のイージス艦（巡洋艦）七七五〇ｔと漁船清徳丸七・三ｔの房総半島沖での衝突事故では、小さな清徳丸は真っ二つに割れ、漁船員二名が行方不明となっている。この問題は、いつかは起こるべくして起きたもので、常に抱えていたことと言える。制度を何度変えても基本ルールを守るだけでは真の解決策はなく、四角四面の杓子《しゃくし》定規で油断した結果の不作為を一部露呈《ろてい》してしまった。よく見かけることだが、組織に対する日常の不満が顕在化《けんざいか》した現象かと考えたくなる程に、心の絡み合いが垣間見える。

商売をやってきて、需要と供給のバランスで一番大切なのは、馴れ合いを正し断ち切る〝連絡〟だと思っている。それは、ひとつの言葉を次から次へと百人を経《へ》て伝えられたら、その言葉がどう変わるかの問題ではなく、自分からの連絡には常に意志がこもっている。その意志とは、おせっかいと思われても顰蹙《ひんしゅく》を買う摩擦を怖れない、せめてもの男の勇気である。人を待たすは罪悪で、次の人を必ず動かすはっきりとした物言いをしてこれから広がる病原菌は早く小さいうちに潰す。それは個人でできる潔《いさぎよ》い生き方である。それには５Ｗ１Ｈの連絡を怠けず基本の基本として実行することだと思っている。

建設業の需要と供給、これは誰もが頭の底に空気のようにこびりついて避けては通れない問題であるが、例えば、会社の需要と供給のバランスを広げると次は何を考えるだろうか。建築は仕事上の人との絡み、需要と供給と人の絡み、そこに発生した事故には責任の転嫁のうまい人もいれば責任を一手に背負う人もいるが、そんなどちらの人生観の中にも苦労がある。

商売と協調（KY＝空気が読めない）

梢をわたる音なき風がなんとなく暖かい東風に変わっている。季節の時計は右に回り、針先は東へぴたりと九十度に止まり「春分の日」を指している。

植木の街、川口市の一隅に茂る林より駆けおりた風は、土に触れ柔らかく、暑さ寒さが織り成し花薫る風が、衣服を通し肌を抜ける心地好さ。

季節は風と共に北のオホーツク海より東を回り太平洋を駆け巡り来る。その日その時の空気、日差しが草木を芽吹き、心待ちにしていた一瞬がとうとうやって来た。

与えられた空気と与えられた主観が一致した時、そこでとらえた心地好い自然との調和がある。しかし人と人との協調となると、互いに利害が絡み、それを統括し仕事を進めるのは至難のわざである。

新聞によれば、日銀総裁は、政府が提示した武藤氏と田波氏の起用案が参議院で相次ぎ不同意となり、日銀は戦後初めて総裁空席の異常事態に陥っている。又道路特定財源は石油高騰による二十五円の税を廃止するかどうかで、考えるも面倒な賛否両論の話だが、一般庶民の一人である私はガソリン税を据え置いて、苦しい国の財源でよいだろうと考えるが、そうはいかない……。デフレスパイラルから「ねじれ国会」で私達の知らない、はっきりと物言えぬ政治の膿をたくさん見た。

要は与えられた税の利権により利害が絡むと、指導的立場にあるのに自分さえ良ければと思って、嘘ばかりつく悪い人があまりにも多いのでは、税の支払いにはやりきれない抵抗がある。

私達の零細企業での協調は、社員が方針に従わなければ、私財を投げてでも、倍にも十倍にも身を粉にして、弱い人が動きやすいように気をつかう。そんな行為の全体像を組織の礎と思い、そのひとつの行為で魂を磨いて飽きずに協調を組み立ててきた。

素晴らしい協調の代価を示し得るとして、マラソン競争にたとえると、社員全員がスタート時より同じ距離を定めて出発する。それは皆同じハンディと言う訳にいかず、公平な分担に応じて背負う重さはそれぞれであるが、先に着いた人が定刻の到達点にて待っていると、その時刻の到達点に間に合う人はこの業界においてはまず半数と見てよい。

私はその時点までの状況の到達が議会運営と同様に過半数なら、どうにかやりくりができるチームワークを作れると経験で割り出しているが、しかし、その後のドロドロした処理方法が問題である。

それはゴールに着いたその後、俺はやることをやったと仲間をほっぽりだして帰ってしまうことだ。何人かは待っている方法を選ぶ。そして残る人達は仲間が心配だと迎えに行くことになる。

そこには全体像の中での三者三様の考え方があるが、当然この三者はやる事をやったので、その人の立場で正しい判断だと思われる。

私の若い頃だったら、俺だって人並以上のハンディを背負いノルマをこなして疲れている。こんな愚図を構っているならその分を明日の余力に蓄えておき、その分は自分で稼ぎ出すのを得策として、その日は自分に凱旋して帰ってしまっていたに違いない。

会社というのは組織の利点を求めて社員の幸せをさがす。それには利潤追求を覆すことができない。そのために、どんなにてこずる社員でも木々が育つよう根気よく育てる義務がある。個々の条件が公平であろうが不公平であろうが、社員全員の平均値協調が会社の実力であって又責任でもある。

その責任を納めるのに、あたかもマラソンで一位を取った人が、その疲れた肉体を酷使して、もう一度出発点を目指して遅れた仲間の力にと、行って帰るハードワークな宿命を背負っている立場の人もいる。それでもお疲れ様の言葉も聞かず、サービス残業を承知の上で可能性を求めて頑張る姿は、商売においての理よりも現実が先行する。協調を差し置いて会社の利潤はないと信じるがゆえに、過酷さに耐えて望みを託す。

マラソンを二度走る、そんな辛い事を我慢せよと言うつもりはないが、ただ、ないものは身を切っても分け与えられないことの辛さもある。本当の協調とは、そうした身を切った奥にある思いやりの心を知り、そこから生ずるものである。その心構えさえしっかりと持っていれば、我知らずくじけないレベルの精神的協調性が芽生える。そこには「何のこれしき」と、おのずと道理へ導かれる自覚が生まれ、全員喜んで四二・一九五kmを走り切れるようになる。そこには、なすべき事をなした証がある。

発想の根源

「発想の根源」を直訳すると、これは夢の中で人が空を飛ぶような、漠然としていて荒唐無稽《こうとうむけい》な難問だと思った。「彼」は競争に打ち勝つ根源を模索しているようだが、これでは人は動かない。仕事に潜《ひそ》む闇にまみれた段取りを「発想によって道が開ける手法を見つけている」と言う。輝くばかりの自立心と言えど、人は長い間耐えられない生活の波にもまれていると、虫に殺される程、無抵抗主義者となってしまう。

心の移り変わりによって、発想の根源とは、行き着くところは絡みと絡み。その対処には見えないところに金のかかる嘘と臆病風の根源にさいなまれる。ここはひとつ勇気を人にゆだねる根源としての「嘘」に的を絞りたい。

私は嘘というのは誰に教わるわけでもなく、小さな自分を守る為に最初に覚えた知恵だと思っている。

生家は農家、その三男坊。小学校一年生の時に、太平洋戦争はアメリカ軍により終結していた。

母は旅館業を営み、兄二人は町の旧制中学校の寄宿生活。家は猫の手も借りたいほど大忙しであった。

子供の私でも猫の手よりもましだと農業の手伝いにこき使われた。父の言う事を聞き取り、要領よく手伝わないと父は口を利くにももどかしく殴られた。

私はそんな家の手伝いが大嫌いで、毎日道草をくって日の暮れるのを待って家に帰ることにした。しかし、親は私を当てにして、学校に出掛ける前に用事を言いつける。これには弱った。家の用事は手伝いたくはない。朝言いつかった仕事を日のあるうちにやっていなければ怒られる。

そこで考えついたのが、言い訳である。本当の事を言ったなら、親を言いくるめるうまい言い訳などとても考えられないし、窓ガラスや花瓶を割ったりと嘘をついていた。実は千円もする花瓶を割り廊下で立番をしてきたと、ついに嘘に嘘をついて父を騙くらかしてやるつもりでいたが、父は公共の花瓶を割ったのではと、父ちゃんがお詫びの手紙と百円十枚を渡すからと言い出した。

父の思わぬ出方、それには困った。千円の金を稼ぐに父母がいかに苦労をしているか知っていたからで、一寸の物さえ無駄にせずに兄達に仕送りをしている。私は真っ白の頭の中で親を騙す悪いことをやっているのだと身震いする程に恥じた。観念をして本当のことを言うと、父は眼をむいて怒った。罰として墓場に立ってろと連れて行かれるが、こんなことは何度も経験済みである。一時間も待っていれば父が提燈《ちょうちん》を下げて迎えに来てくれる。

実際の話、そこまで怒られても野良仕事は嫌いであった。勉強と仕事がいやでどのくらい父と知恵比べの嘘を言い続けたか。

しかし、今はどうだろう。それがいかに良い給料糧《きゅうりょうかて》を支払う責任者の立場になったら、嘘など考えて人を騙している暇などなく、嘘とは無縁となってしまった。自然と心は人を信じ、それが能率を上げる一番よい方法であるが、そこにつけこんだ裏があった。

それは、仲間を犠牲にしてまで自分の利害のみに執着した嘘と卑怯者である。そこで起きた困難には仲間は死ぬほどに苦しめられる。それは千人かけて成功した仕事もただ一人の嘘がきっかけで、千の歯車がひとつひとつと連鎖反応を起こし崩れ去る現実をいやという程に味わってきた。

報告、連絡、相談を自分勝手に軽視する怠惰《たいだ》な態度は仲間の期待を完膚《かんぷ》なきまでに裏切る。毎度やるべきこれら単純な段取りを当人は分かっているのに、その手順を踏む勇気がないのか、先に心が逃げる不作為な行為を毎度のこと繰り返す。もう教えるすべもなくお手上げである。事の本質をはぐらかしてその場をしのぎ、嘘の上塗りはもどかしくてもどかしくて、「君はこんな様でこれから生きていけるのか？」と聞いてしまう。

政治を言い訳に回して、甘えていてはいけない。今話題のワーキングプア「働く貧困層」という言葉を知っているだろうか。当社からはワーキングプアは一人も出さない。

心あるならこれだけは伝え続けて欲しい。歴戦の勇士が築き残した闘志と道理をよく心して、見て見ぬふりの不作為により勇士を孤立無援に落とし入れ絶望の淵に沈ませるような行いは、それは怯懦《きょうだ》の心で、これだけはあってはならない。

継手の重要性

早いもので、車の免許を取って五十年にもなる。その頃家にあったのはダットサン1000の一t車。暇があれば運転よりもボンネットを開けてプラグ掃除などに余念がなかった。

特に自動車の下に潜り込んで継手類にはグリスアップをまめに行った。そこで発見したのがユニバーサルジョイント自在伝動部品である。その時は、ああこれはこんな所に使うのかと思った程度だったが、後でこれ以上シンプルで明確なユニバーサルジョイントの伝動部品は存在せず、世紀単位の大発明であることを知る。

その用途が、それまで不可能だった機械の構造をいかに可能にしたか。それを知り若き私は体中が熱くなるのを覚えた。

この位のことなら自分にも考えられると思ったが、今にして思うと組立必需品のユニバーサルジョイントとネジは人類が共有する発明で、税金のかからない地球上の宝だと思っている。その自在継手は動物の関節からヒントを得たと、ある本には記してあった。

二足歩行の人類誕生は五百万年前とも四百万年前とも言われているが、人類の潜在意識の高揚により関節が具体的進化を成し遂げて、武器になるような棍棒《こんぼう》を持てるようになったのが仮に二百万年前とすると、その手で棒に石などを蔓《つる》でしばり、より強力な武器を考えだされるのに、それからさらに百万年ぐらいの時間を要した。ただ棒に石をしばる、たかがそれだけに百万年か、と人類の歴史の階段の長さをイメージしてみた。

祖先は石を結ぶ紐の素材の性質を長い間かかって知り、その結び方の善し悪しが原始時代は命と引き換えになる程の重要なノウハウであったことは事実である。

人類が蔓を継手の素材として棒に石を結べたことにより、史上初めて人類が地球上で他の動物を制して、その後は芋蔓式に石器文化が飛躍した。五百万年の歴史のうち、石器時代から現代に至るまでは百万年から十万年の時間がかかっているが、いずれにしてもひとつのきっかけによって人類は急速に発展した。

現代のアメリカに索引されるマネー社会の利便さに乗り遅れた多くの人達も、原始の時代にタイムスリップをしたなら、今のように知識と知恵と勇気で神経を煩わせず、汗を流して毎日の生きがいを見つけていたと想像できる。

私共の職業は管工事業。棒はパイプに代わり、紐蔓はネジが絡む接続継手と言うやつになって、この二つが全てと言ってよい。が、現在ここで働く人の工夫には百万年間の能力格差が生まれていると思える。その理由は、獲物と戦えるように棍棒に石を蔓でしっかりと結び武器としての道具を作る工夫のできる人はざらにはいないからである。

仕事の原点は、祖先が皆命がけで新しい工法技術をあみだし、その場の窮地を救って来たことによる。それなのに、あまりにもその専門部品が多くなりすぎて、配管材の継手部品でも万種を超えるだろうか。その部品をキチンと揃えられるようになるのに年期がかかり、それでも拾い落としが出る。揃えた材料はそれから何人もの人の手を経る。その材料が確実に拾えるには、書面に記してから行動に出ることだ。きちっと揃えると能率は倍に上がる。これが分かっていながら実行しない人が多いのだ。つなぐ継手は口頭より文書や図で示し、その日に使う継手は前日に揃えられないと、あいつはいつまでたっても駄目な野郎で使い道もない、もうお手上げだ！　と協力者を苦しめる。

そうなると、当人は自らを諦めて人に尻を叩かれ、考えもせず、言われるまま夢遊病のごとく「借りてきた頭」の惰性で、一日中部品集めに奔走する。挙句の果てに倉庫はごみの山となっている。そこから回り回ったリスクを考えると、ああもったいない、もったいない！

どうだろう、今はマネーが人を牛耳《ぎゅうじ》り、あれは嫌いこれは苦手だと協力を惜しむ安易な考え方が通る社会であるが、そんな社会構造に甘えることなく、自分が何ひとつない裸に立ち返った中より、率先垂範《そっせんすいはん》を心掛けて、そこからじっくりと人との距離をおき、惑わされない協力体勢の全体像を見る習慣を養えないものだろうか。

全体像をどこまで広げた視野で仕事ができるか。一本の紐の使い方より簡便なパイプとジョイントの使い方を器用だ不器用だなどと論を戦ったところで、仕事には通じぬ。もう次の時代が具体的に脈動している。

日本の技術は世界の舳先《へさき》に追いやられたが、その恩恵にはさんざんあずかってきた。

この先、この場で働く民の人達が「借りてきた頭」では、これからも先進国として通用するだろうか。ちょっとした頭の意識革命、ここに不況打開の大きなパワーが潜んでいると思えてならない。

分岐点への交わり

クーラーのスイッチを入れ忘れている。井上陽水の「少年時代」をリピートして聞き入っていると、しばらく忘れていた物憂《ものう》く暮れゆく中のヒグラシの音色を想い浮かべ、過ぎし日のはかなさを噛みしめる。少年時代は短い。しかし、その中味には戸惑いとはつらつとした一本の芯が寄り合っている母体がある。

十五歳から七十歳の年代まで経るに、少年時代の体験はいくら年月が薄まっても、その芯の母体の濃厚さは褪《あ》せることがない。それは、糠床《ぬかどこ》の中に一滴のヤクルト菌の元を垂らしたようなものかと想像してみる。あとはどんな表現があるだろうと半酔状態で考えているうちに眠ってしまった。

山野の自然の中でたっぷり育った少年時代、失敗を重ねることにより、自然から教えられた。その恵みもたくさん味わってきた。夏休みに家の仕事から解放されると、山川での面白い遊びに食事も忘れて遊んだ。

愛用の銅緑のキラキラ光る二つ目の水中メガネは、いつも防水用のロウソクを垂らして、その時に備えて草むらに隠してある。川原に飛び降りると、いつもと変わらぬ川の流れ、鮎の匂いがプンプンとする。その日は帰りが遅くなるのを覚悟の上の冒険である。水遊びをしている友を横目に、滝を越え岩を渡り、道なき道を人家から遠く離れた一番大きな淵までやって来た。ひと泳ぎして銛《もり》を杖にメガネをかけて対岸の淵の底をのぞくと噂の通り、暗い水底はとても見通しがつかない。底には大蛇のような大木が沈んでいる。

怖くなり大きな戸惑いを覚えるが、あの大木の向こうの岩棚のよどみには大きな山女《やまめ》がいると確信をもつと、すぐに手立て通り淵の上流の落ち込み口に点在する大岩小岩を荒らしまくった。

それは急流の泡に隠れている魚を淵に追い落とし、淵には石を投げ入れて底に隠れている魚を取る。私はその一連の行動が終わると、わくわくする気持ちを抑えて、もち草を耳に詰め込み、群がる鮎などに目もくれず一気に淵底に潜り込んだが、大木が邪魔でうまく目的地に着けない。次は淵の下から潜り、底石につかまりながら逆流を五、六mほど上り、大木の向こう側から目的の岩棚にやっと着いた。大木の枝につかまり、しばらくして暗闇に目が慣れると、いるはいるいる、幻の山女が列をなして口をパクパクし休んでいる。胸の鼓動が止まるほどに大きなのがいる。息継ぎに一度上がり、用意万端大きく息を吸い、五本銛（やす）の元首をつかんで再挑戦である。暗い岩根に張り付いている尺を超える山女がよりどりみどりである。その中の一番大きなのにぐさりと突き刺した。ぶるぶる震えるすごい手ごたえだ。銛に刺さった魚を逃がさぬようにもう一息と潜り込み、魚に手をかけようとした途端、頭がガーンと激痛に襲われた。その一瞬は淵にいる魔物の悪さがよぎった。目を開けて夢中で丘に這い上がったが目が回る。耳の中がじんじん痛む。頭を横にして手を当てると黄緑色の水が垂れてくる。鼓膜が破れたと気がつくが、ふらふらして歩けない。しばらく砂の上にあおむけに転がり、耳の痛さをこらえながら空を見上げる。迫る山間《やまあい》の緑の稜線《りょうせん》に挟まれた青い空だ。ちぎれ雲がひとつ浮かんでいる。それは青空に吸い込まれてしまいそうな少年の日だった。

驕《おご》るチャンスの後の追いかけてくるピンチ、不用意故に思わぬ伏兵《ふくへい》。チャンスとピンチの分岐点の交わり、そのＸ点には水圧があった。もち草をもっとよくもんで、耳の栓をもっときつくしておけばこんなことにならなかった。はやる心を抑えられず失敗した少年の最後の夏休みも終わり、大切な銛は今でも淵の底で眠っているだろう。

私達が仕事を作るこつ、約束を守るこつは、常に冒険である。そのチャンスをものにするのには、過去の冒険で失敗した経験が物をいう。それに裏付けされた慎重さと勇気が頂点で交わった日々の小さな蓄積が会社の実情となる。バランスシートの数字の陰に隠れているコストのＸ点は第三者にはとても見えない数字の魔物である。その分岐点Ｙ点と交わるＸ点は山ほど変化する。その解決方法は個々の深い体験から学んだノウハウで、後手になったＹ点の移動は今の今ではどうにもなるものではない。

もてる真　もたざる真　望まるる芯

自立してどうにか自分で飯の糧を探して早や五十年になる。そして休日家庭菜園を始めて二十五年となる。最初は三十坪から、今は目見当で百坪近く耕している。そして不作為の例をあれこれと綴った作文は二十年書き続けている。

建築現場で職人の親方として働いていた時は日々五十人くらい動かしていたろうか。幸いなことにさしたる事故もなかったが、体力も神経もズタズタだったと思う。

そして現場を降り、地下足袋を履いたままのデスクワークの仕事になると、食欲も増して労働的体力が余ってきた。その頃、人に勧められて汗を流す家庭菜園を始めた。菜園を始めて心さわやかになると、一時間早く起きられる。毎日会社の鍵を開け、出勤してくる人達にお茶を用意して待った。それは心に何の抵抗も覚えず当たり前のこととして二十五年間続けてきた。机に座っても次々と忙しい仕事が山ほど考えられる。そして五年もすると現場の人達と意思疎通がうまくいかなくなり、これには本当に焦れた。

牛のようにもどかしい仕事ぶりは、リーダーシップをとる人は分かっているが、スリーブ入れなど何かにおいても人の嫌がるレベルの高い仕事の大半はやってのけて来た。

そこで気がついたのが、働くことに潜在的に嫌な理由でもあるのか、ものぐさとも思えないが、横のものを縦にもしない不作為なる者の生き方である。現場では率先垂範して働くことができない。いくら先に先にと連絡をとって諭してもゼンマイがひとつ動くだけで動かないやつは動かない。

そして思いついたのが、この作文である。社員以外にも多くの人に読んでもらうように心がけた。その結果、多くの人達から教えられた。まず、「です　ます」の文章の基本から勉強をした。書くことがいつまで続くか先のことは考えてもみなかったが、根気よく一回も休まずに二百四十回書き続けている。

その間、もてる真（善）、もたざる真（悪）、望まるる芯、この善と悪の芯がひとつに絡み合い、その芯は千差万別となり、心がふれて、どれが真か分からず本当の芯が消えてしまう弱い人間模様を多く見てきた。

尚、二十五年の園芸を通してなまくらに刃金を入れる真のある焼き入れのヒントを知らずに求めていた。それが、「権兵衛が種蒔けば烏がほじくる」その境地に行き着いていた。

このことわざを知った少年時代は、一枚の畑を連想して「いろはがるた」の絵にあるように、人のよい権兵衛が種を蒔く後に烏が餌を拾ってついて行くそのイメージがあったが、社会体験とともに考え方が変わっていた。夢の中で福田総理が権兵衛姿でもくもくと血税の汗を流し畑に種を蒔いている。その後に烏がついている。総理それはいくら頑張っても無駄だよという夢を見て、うなされてしまった。

私の耕す畑は市街の中のちょっとした緑地の中である。実は小さな畑で少しの野菜を育てるのに苦労するのは全作業の五十％の労力を用いて外敵に備える、鳥の撃退、病虫害の防除である。

昨年のこと、トウモロコシの収穫に心勇んで畑に向かったところ、子供達がトウモロコシの上で相撲でも取ったかなと思う程に鳥に荒らされていた。防除網などものともせず食い散らかされた実を集めて捨てた経緯もある。今年は一日がかりで商売物の余り金網を張りめぐらした。鳥撃退は鳥の骸を吊るすのが一番よいと聞くがそれは本当である。

しかし不作為に溺れ私欲にくらんだ人間は仲間の骸などなんのと、反省の色もなく、それは社会機構をあざ笑う。働くことを拒む悪の芯は善良な仲間を犠牲に利益をむさぼり、心の集合体にも巣食う。一人の背徳者が川口市中の全鳥を集めた鳥何万羽分の被害を与えているのを知っているのだろうか。鳥ならいざ知らず、このさもしい根性には怒り心頭に発し治まることを知らない。

閃《ひらめ》きと思いつき

第二十九回北京オリンピックは鳥の巣と言われるメインスタジアムで八月八日に開幕され、八月二十四日閉幕された。その会場は巨大な建造物で、その奇抜さは話題をさらった。中国人の歴史とスケールの大きさには改めて目を見張った。

ただ競技をテレビで見ていると、一部の選手は「負けて元々」という雰囲気で、ガムシャラさが見られず、テクニックにこだわり過ぎて迫力に欠けたきらいがあった。これも時代の要求のなせるものか。効率的レベルアップを求めて、勝負の流れがデジタルスポーツに変化してきたと感じるのは私ばかりではないと思う。オリンピック勝利者は心に渦巻く思いをエネルギー源の炎と化し、燃やしに燃やしての結果が目標をクリアしたことを証明した。それが本番で突然閃きによって生じ、勝利した様子が窺い知れる。

テレビ観戦や新聞を読んでいても何か物足りない。そこには正々堂々としたスポーツマンシップという言葉が見えない。これからの夢のオリンピックは何を示唆《しさ》し教えようとしているのだろうか。勝利に取り組むスポーツの姿勢が変わってくると、今後、勝利の方程式はますますデジタル化して、本来の感動が薄れていくように思えてならない。

勝ち負けを言うならば、私などは興味の薄い携帯電話やテレビの操作など、小学校入学前の子供にとてもかなわない。それは私の優先順位からの許容範囲外となっていて、操作方法はその場では覚えるが次の日には必ず忘れている。

受注産業である私達の仕事は個人のノウハウが優先する。この職業につきながら受注産業の意味さえ知らないのは生きることを放棄したことである。受注産業の鳥瞰《ちょうかん》を見て全体像のイメージを膨らませるのは、次の段取りの閃きには欠くことのできない基本的な知識であり、それゆえに個人でしっかり受注産業の知識を自覚して深く勉強をすることである。

十年二十年と、この受注産業に従事している人達の自立心における能力があまりにも違う。勇気を否定して苦労に背を向ける平面的思考から抜け出せないぼんくらの石頭は、仕事となるととんちんかんで、色でもつけてやらないと全く相手の空気が読めないようなアニメ育ちを見かける。これでは生涯仕事を覚えられない。何故だろう何故だろう、と考えてしまう。私達の仕事はメダルにこだわる必要はないし、一人前になるには手っ取り早い話、先人の素晴らしい仕事ぶりを真似すればよい。しかも、見本となる人の半人前の勇気と半人前の仕事ぶりでも十分なプロと言えるのである。それは、早かろうが遅かろうが仕事を明日に延ばさずに、その日の仕事はその日に終わらせ、明日に繋がる見通しさえ立てば、それでよしとするレベルではあるが。

その第一に挙げたいのが心構えの優先順位である。まだ若いうちから「どうせ俺は使われている身だ」と従属した思い込みをしているのは悪魔の囁《ささや》きで、その腐敗した先入観に取りつかれるとちょっとした困難にも優先順位一番であるべき勇気が萎えてしまう。その後は、おきまりのぼけのおとぼけで時を稼ぐ。

優劣《ゆうれつ》は世の常とはいえ、人のえり好みなどできない零細企業の悩みであるが、飽食《ほうしょく》の時代と言われてからもう十年、世界一と言われる技術を持つ建築業の零細企業は、たらい回しにされた失業者のダムみたいなものだ。これら不作為なレベルの団塊が放出されたならば経済大国二位の日本はどうなるか。

おごる平家は久しからず。その水面下で起きている現情を政治は気が付いているのかと憂いざるを得ない。

流されるままに、秋の日は釣瓶落とし。青春の暑い夏が過ぎて、やり直しのきかない人生は閃くこともなく冬がやって来る。

思いつきを堪えて蓄え燃えつくした、あのスカッとした閃きの達人、小泉元総理が懐かしい。

社長と社員の考え方はなぜ違う？

秋分の日の早朝「夏紀行」なる題名のテレビを観た。思わず息をいっぱい吸いたくなるような夏の景色が映し出され、海辺に住む一人の少年を中心に番組は展開していく。少年は周りの人達に支えられながら、水の恐怖を克服していく。心の変化、恐怖から解放される度胸へと、その踏ん切りをカメラは追い続ける。

実は私も水の恐怖が何かにつけて思い起こされ、今でも人生観を左右する程のしこりとなって残っている。恐怖を克服する少年の体験と重ねて画面を観ていた。

夏休みともなると、日曜日もなく農作業の手伝いが日課であった。辛い仕事に農家の家に生まれたことを悔やんだものだった。そんなときの楽しみは昼休み時に、川で魚を追いかけまわすこと。

ある日、大きな台風がやってきた。幾日かして水が引けてきたので、上級生を中心に川の偵察に出掛けると、今迄ペチャペチャと浅瀬だった淵が、目の前に百五十㎡ぐらいの見たこともない丸い水溜りが出現している。硫酸銅液《りゅうさんどうえき》を溶かしたような青いすり鉢状の淵である。波ひとつない淀んだ水溜り、それがなんとも言えず不気味に思えた。

ガキ大将が息をのむ。そして叫ぶ。「いいか、みんな、俺に続いて飛び込め」。ひと際高い岩段に登り、「臆病者は下の浅いところを回れ」と叫ぶとザンブリと飛び込む。私は横にいた普段泣き虫の友に「おい、泳げるかよ」と聞くと、「俺は泳ぐ」とずんぐり眼で見返してくる。その時、頼むから下の浅いところを渡ろうよと気弱になったが、友は「俺は日本男児だ、臆病者にはなりたくない」の言葉を残して飛び込んでしまった。情けなくも「友達がいのないやつだ」と思いながら、我を忘れて続けて飛び込んだ。泳ぎは知らないが、夢中で泳いで顔を上げると、岸が手の届くところにある。助かった、とそこにある石を掴むと、そのまま深みにはまってしまった。

その頃、弟を刺したオオスズメ蜂などをたたき落とし、地中にある巣の入口に砂糖を新聞にくるんでぶち込んで、憎きオオスズメ蜂を蟻をもって殲滅《せんめつ》させていた。向かうところ敵なしと内心自負していた私だったのだが、その深みの件以後、溺れたことで精神的にギャフンと叩きのめされ、人前を避けるようになってしまった。軽蔑されているようで女の子にも顔を合わせられない。親には体の具合が悪いのかと心配をさせる。

ここで弱音を吐くわけにはいかない。悔しくて悔しくて汚名を挽回したかった。

農作業の手伝いが終わり、日が落ちて川原に人気《ひとけ》がなくなると、毎日泳ぎの練習をした。しかし、一向に上達しない。毎日毎日練習を積んでいるのに泳げないと、いかに負けん気があっても水を怖がるものだ。

悩んでいたそんな時、チャンスが訪れた。当時いたずらっ子が受ける制裁、両足をもって頭を川の中にドボンとつける「逆さ水」という荒っぽい治療をしてくれた人がいた。その人に泳げない理由と、犬かきでもよいからじたばたせず水に浮く泳ぎ方を諭された。言われた通りにじたばたせず水に素直に向き合えば、泳ぎなど簡単なもので、一日で泳げるようになった訳だが、水に浮く道理の素晴らしい泳ぎ方を通して溺れないハードルを越えることができた。

その時はまだ子供で、馬鹿は道理を知らないのだなと思ったが、社会人となり知ったのは、道理一途はそっちのけで「利口者が馬鹿なのだ」と言いながら、道理を踏み外した収益行為に走る者がいること。それはその場の状況をひっかき回すだけで、いざ火の粉が降りかかってくると必ず逃げ出す算段が組み込まれている。

これは、投資した経営者にとって、この上ない恐怖だ。そのような一時的な助っ人根性の持ち主は全体像を見ての辛苦《しんく》をなめておらず、大人になる以前の子供の本質そのものの恥ずかしさを人にさらけ出しているようなもので、結局はお駄賃としての不作為なキックバックなどで甘い汁を求める卑《いや》しさに変わってくる。

このような自己中心的な行為はさらされにくいが、社員が互いに見て見ぬふりをして距離をおくようになって、やがては協力体制としての具体的行動が消えていく。当社で十年も続いた仲間への思いやり、各自が日替わりに努めた「殿《しんが》り当番」などの良き日常習慣だったが、自分だけは早く帰りたいという自己中心的な思いの者が出てきて、大切な情報収集ができなくなってしまっている。商売のこつを忘れ、おろそかにすると、こうなる。零細企業の各柱がバラバラとなり、土台につかない中ぶらりとなったらどうなるだろう。

こんな言葉が飛び出す。「もう限界だ」「泣きたい」。隙あらば逃げることばかり言い出す。六十年前「俺は日本男児だ、臆病者にはなりたくない」と言ったのは十歳の男の子だった。苦しむ原因は分かっているのだが、その境地からの打開策は当人の自助努力による開眼しかない。人間として多少の苦労はクリアしてもらうしかない。お互いに半端な苦労では、これからの建築業の土台は作れない。

水のお話

秋風がたつ頃になると、夏休みの疲れからだろうか、霍乱《かくらん》という病気にかかり、来る日も来る日も天井を見つめて寝込んでいた。そんなある日、二百二十日の台風がやって来た。薄暗いすすけた天井の張り紙がうっすらと濡れて、雨水が徐々に広がり、そのうちの一点より雨漏りが始まった。畳にポタリポタリと落ちている。私は階下に降りて、一斗樽を雨垂れの下に置いた。はじめは高い水音が響く。その内に樽の底に水が溜まったらしく、ペシャペシャと速度を速めて雫が弾ける。

布団はジメジメするし体はだるい。そんな気だるい状況の中で自分の将来を考え、物思いにふける。それは、夏休み、仕置きにより、日が暮れてもなお一人畑に残る寂しき想いである。夏休みの間は農業の手伝いや勉学をさぼりにさぼったつもりだが、食事と寝る時は家に帰らねばならない。その時は親と会う。そして言われる「駄目な子だ。他人の家の子を見習え」。それは分かっているが、この言葉は何よりも辛い。

二宮金次郎のような子供には、とてもなれない。それどころか、働くことは考えただけでも苦痛である。雨垂れが一滴一粒と溜まって、飽きもせず樽にいっぱいになるような、勉学や手伝いなど考えただけでも嫌だ。

父に、雨垂れが落ちる軒下に連れて行かれたことがある。その下には軒石があり、雨垂れが規則正しく落ちていて、卵ほどの穴が空いている。そして父は言う、「この穴に指を入れて触ってみよ」と。底に指が届かぬほどの穴だ。「飽きずに目的に向かう一念があれば、たかが雨だれでも岩を砕く」。私はその時、なるほどと思ったが、とっさに「父ちゃん、この穴っ子は百年もかかってる。こんなことで飯が食えるのか？」と聞き返す。父の顔が歪み、心なしかとても悲しそうに思えた。

とにかく、父も母もよく働いた。小言を並べて七人の子どもを育てて、母のくつろいでいる姿など見たこともない。

こんなに働いても台風にあえば屋根板はめくれて雨漏りがする。百姓が嫌なら勉強しろと言う。どっちも嫌で、何かうまい考えはないかと、原点はさぼることに固定されていた。俺は今のままでは大人になっても雨漏りのしない家なんて持てるのかな。

いつかせまり来る日に、人の痛みを背負って立つ厳しい自立への不安を思い悩むだけのまま、こんこんと眠った。

目が覚めると部屋に夕日が差し込み、そこに眼鏡を掛けた白い服を着ている人が座っている。黒革のカバンを開けて注射器を取り出している。医者だ。太い注射器と太い針、赤い液が入っている。しかも二本も注射すると言う。私は恐怖が走り、布団をはねのけて「注射は死んでも嫌だ」と叫んでいた。

そんな無様《ぶざま》な私が大人になり職を転々としていたとき、ありがたいことに拾ってくれる人がいた。配管職人である。もうその時は何でもいいから腹いっぱいに飯を食わせてもらう条件だけで、怯むものは何もなかった。

主に都心での野丁場である。親方は配管からの漏水は「配管工にとって、水の一滴は血の一滴だ」と情け容赦なく怒鳴りまくった。集中力のない、役立たずの人達は次々と消えていった。それでも、農村から若い人達が集まった。今年オリンピックを迎えた今の中国と同じかと思える、東京オリンピック前の日本の労働状況であった。

当社のスローガンはヘルメットに記してある通り、「一滴の水に執着する」である。このスローガンは潜在的不作為を意識させることもあるが、それだけではない。水は扱い方によっては、目的の機器や吐水口から出てこずに、うんともすんとも言わず逆らうこともある。特に大きなシステムの配管工事にみられるが、管内に異物が詰まっている訳でもないのに蛇口から水が出ない。水の中にはバブル（空気）が含まれて、それは水の中から発生する微量のバブルが年月をかけて管内の一部分に動かない空気の集まりとなってしまう。この空気の作用により水の鎖が切られる。エアー溜まりの仕業《しわざ》が水の出ない原因で、そんな状況を作らないよう最初から考慮しておくべきである。よく橋に沿ったR状の配水管にはエアー抜弁が付いている。

さて、サブプライムローンから発した金融市場の危機は、安全弁のない巨大なメーン管にバブル要因のエアーが溜まり、管が朽ちるようなものだ。そこの管内にエアーによる強力な連鎖反応水打作用が起こり、ついに破裂して世界を震撼させる膨大な真水にエアーが水増しして吹き出したようなものだ、と世界経済を配管と水にたとえて考えてみた。

私達は水を制御するのに減圧弁、給排気弁、エアー抜弁、バルブ、可とう継手等々、自然の法則に添って各要所に使い分けているが、水は天から落ちてくる。その水が必ずしも低きには流れないものなのである。

二兆円が使えるなら

街路樹の下を通り、誰もいない歩道橋の階段を上る。自分の身の丈を越えると、街路樹の葉のない花みずきが目線にある。初霜が降りて、上から赤く色づいていた葉は風もないのに枝の付け根から落ちる。その風情が美しく足を止めると、そこに差し込む光に透けた赤い実が成っている。階段を上るごとに実の数が増してくるのである。

絵具や写真では見られない自ら光る赤い実は、光の加減で実の上部が透けて、空の青さに映えて朱色の光が七色にキラキラしている。

橋の上から見る木々は、一様《いちよう》に上部から葉が落ち、熟れた木の実はさらされて空に乞いている瞳に見える。下葉は青く茂っていて、下から見上げる人間には木の実は全くの死角である。

地球上には人間がひしめいているのに、木々は喜んで鳥達に秋の稔り鳥瞰図《ちょうかんず》を差し出しているように思えた。それは人間が木の実を取るのを下葉で覆い拒んでいる。植物と人類の長い間の折り合い、そんな過程を日常のひと齣《こま》から想像してしまう、植物の街川口市の一風景があった。

地球上の生き物は全て動物と植物とが一対一の対等であるが、もし動物が滅亡しても植物は生き延びるだろう。植物が滅亡したら動物は必ず滅亡する。したがって植物は何をおいても生命のパートナーであり、動物は植物に恩義がある。そんな幸運が私に与えられているなどとは考えてもみなかった。自分だけが何か大発見したような気になった。その晩は仕事の事はそっちのけになった。

人類が覚えた一方的な知恵を使って、この地球を金で支配しようとしているが、このこせこせした思い上がりの生き方など、やがて馬鹿馬鹿しくなってしまう。空気も水もタダだが、これは植物が創造したもので、感謝の気持ちを表さねばならない。恩恵に報いる〝植物税〟があっても不思議ではない。道理を正せば植物税は住民税より高いはずだ、などと植物のありがたさを思い、そうだそうだと次から次へとわくわくして脳が麻痺してしまっていた。

そんな夢うつつの中でゆったりとした二兆円の使い方を考えてみた。まず思いつくのは空いている土地、砂漠の活用方法である。ここには水がないし、雨も降らない。今の人類の技術では二兆円をもってしても砂漠に水も引けないだろう、と考えてみるが砂漠は他の国の土地である。これは考えるだけ無駄であるとすぐあきらめた。

植物を育てるのは水が絶対条件である。雨々……水の源をたっぷりともった太平洋がある。そうだ！　塩水であるが海も水であると、考え方が百八十度回転する。日本には有り余る水があるのだとイメージが一変した。

ここまで考えがたどり着くと眠気が一遍に覚めてしまい、大きな金をより大きく使う大ぶろしき、それは穴だらけの蜘蛛の巣だと思った。蜘蛛は簡単な網を張り、のんびりと獲物を待つだけの戦術だけで人類より長く生き延びている。

蜘蛛の上前を跳ねるようだが、蜘蛛の巣プロジェクトチームを作り海洋農園を考えればよい。それも大きな太平洋に浮かぶ小さな領土を杭に仕立てて二兆円分の網ですっぽりと海面を覆い、目印のブイは波力電力を利用すればよい。

それは川口市ほどの面積の網が張れるだろうか、埼玉県の面積か。心配なのは、大きすぎて二百海里内に網が納まるかだ。そこにはやがて海藻が繁茂《はんも》して、稚魚の揺り籠になるだろうし、鮪も鯨も珍しがってやってくる。海草は膨大なCO_2を吸収して地球温暖化防止に有効な手段となるだろうし、海洋投資二兆円の波紋がどこまでも広がって、行き詰まった世界経済の解決方向として人類にどの位役立つか計りしれない。そして、狭い日本の食料自給率が上る海洋農園の糸口が開けて地球上の人が皆喜んでくれるだろう。それも今世紀中に。

アニメの世界が現実にタイムスリップをした海洋農場があり、先駆者日本が尊い汗を元手とした生き方は、植物と動物の対等で仲良い生命の平行線を持続する「相対」の関係として、新たな未来が発見されるのを期待し、一夜の夢はストレスを吐き出し寝ることも忘れてしまっていた。

何か大切なこと忘れていませんか？

菜園に大根と白菜が取り残されている。未熟な野菜は野に咲くタンポポのように葉を大きく広げて陽を浴びている。これらの野菜は発育盛りに、運が悪く日陰で育った境遇である。白く染まった霜柱の畑にまだらに残り、寒風にさらされて、時期外れの陽光を満遍なく浴びている。賑わった畑の後、痛々しくも一隅に取り残された。

しかし、そこには神が宿り来たような安堵感があり、とても穏やかな静けさが漂っている。待って待ってやっと陽の目を見たが、もう望みのない野菜である。私は引き抜くのに忍びなく、改めて椅子を立てて、畑うない（耕し）を一服だけ待つことにした。

畑うないにこだわるのは、地中に潜む根切り虫や夜盗虫の害虫退治の方法だからである。どうも堆肥を大量にうない込んだのが原因のようで、ラッキョウは地中より芽が出ず、玉葱の苗が軒並み食い倒されてやっと気付いた。

それら害虫の退治を本で調べると、冬の間堆肥をうない込んだ一ヶ月後に石灰窒素をまたうない込むと良いとの結論を得て、その予定は入っているが、実行する時間の余裕を作れそうもない。たかが一時ののめり込みを至福とする、そんな暇人の考えに後ろめたささえ覚える。

農家育ちの私は、夏休みの来る日も来る日も雑草をむしる作業が特に嫌いだった。そこで考えたことは、大人達が雑草の芽生えどきに肥料をまいて、鍬《くわ》で一日柵《さく》を引けば、夏休みの間中かかっていた私の雑草取りも一日でできる、という一挙両得だったが、大人に対し「こうすればよい」と自分の意見などとても言えなかった。

その頃の私には農業の全体像やプロセスなど想像もつかなく、ただ部分的に担当している辛いだけの雑草取りであって、指導的な意見など言えば「お前に他に何ができる！」と怒られる。その殺し文句にはぐうの音も出ないのを知っていた。

今、建築業の配管工事及び工場のプラント工事等に携わり、社員の行動を見て、良かれ悪かれの働きぶりを農業のプロセスに一度置き直して考えてみた。

まず、工事量の分担を、誰にでも分かりやすく、田畑の作付面積に置き換えてみた。農業のプロを一級施工管理技士として、作付は一人五十ヘクタールのテリトリーが業界の平均と見込まれている。その五十ヘクタールの田畑には会社より年間四千二百五十万円の資金が投入され、そこから収穫される収入は五千万円が平均で、粗利益は約十五％である。そのトータルの内訳を調べてみると、ただその日を何となくすぶり続けて十ヘクタールにも満たない作付で、そのうえ、「もう二度と来るな」とクレームまでしょい込んで来る人と、一方では、頑張って百ヘクタールの作付を終えて千客万来を謳歌《おうか》する人もいる。これらの付加価値を全て加算すると業界の平均の利益率は一％程度である。

心掛け次第でそこに発生する格差は天と地程の開きを生じるが、それでいて、分け前の給料の格差はそれほどない。零細企業の社員は「まとめてなんぼ」全員一つの家族とみなされ、弱い人の生活が平等に成り立つようにと強い人は兄貴のように身をけずり、弟が開眼するその日を待っている。

プロ野球なら一割打者と三割打者とでは年俸の大幅なるひらきができるが、会社では一割打者が飯を食えるのは仲間に三割打者がいるからだ。弱い人はそんな状況にいつまでも甘えることなく、この感謝の心を決して忘れてはいけない。感謝の心を忘れるとまず「自分を見失い」、うぬぼれと甘えが増幅《ぞうふく》する。そうすると、もうモラルへの抑えが効かなくなってしまい、織り込み済みの嘘が次々と出て、虚偽《きょぎ》から発する混乱は仲間の命取りとなる。

こうなると利潤競争の貢献などに加わることはとてもできない。こんな難問にぶつかるから、「為せば成る　為さねば成らぬ　何事も　成らぬは人の　為さぬなりけり」という格言の謎がどうにも解けぬ。いまいましく思っていると、閉塞時代《へいそくじだい》を書いた藤沢周平の小説を思い出した。その主人公は下級武士である。惚れ惚れするような品格で忠義一徹に命を懸けて働くが、禄高《ろくだか》は十五石の一人扶《ひとりぶち》とか二十五石の二人扶《ふたりぶち》とあてがい扶の生活である。

先祖代々から生産性が止まった閉塞時代、内職に頼り武士の気位、面目を保ち、生計を立てている。そこには長期間続いた封建時代の戦がない身分制度の行き詰まりがあり、貧困に苦しみ、うだつが上がらない日陰に育った武士のジレンマが窺える。

時代が変わり、今の人もあてがい扶を好み、全体像のプロセス作り積算をあえてやらないのを当然のように考えているが、当時の封建時代は肝心要の見積りや実行予算は全て家老が握っていた。その配下で経営の実態を知らぬ下級武士は、全体像を知り実行予算を組める能力を十分に備えているのに、それを与えると権力者の予算分配のうまみがなく、権力行使の特権とされた。それゆえ下級武士はお家の危機への介入は知る由もない。プロセスのないその仕組みから生ずる複雑きわまりない不正や理不尽さに迷い込み、為す術もなく、歴史の一隅に消えていく武士の姿がそこにあった。

世間の不条理

朝起きると、床の中で胡座《あぐら》をかいている自分の姿がある。足を伸ばして寝ると、夜中に必ずふくらはぎにこむら返りが起きる。それが恐ろしくて胡座をかく習慣がついた。小さな長靴を不注意に履くとふくらはぎに起こるあの激痛である。寝る前に足を揉んだりと用心するが、そんなことおかまいなしに激痛が襲う。

そんなある日、床の上で正座をした姿勢で腹筋運動を試みた。後ろに倒れる首の部分には本態性肩こりに効果のある岩槻の桐枕を置き、思い切りよく反り返って見ると、起き上がる腹筋運動どころか太ももの上部の筋が引っ張られて猛烈に痛い。私はすぐに横に転んで足をといていた。そして両足とも思い切り伸ばしてしまった。その姿勢ではてっきりこむら返りが襲ってくると覚悟したが、その徴候が全くない。

私はこの動作によりこむら返りがないのを疑問に思い、先程と同じ動作を繰り返し、足指の先まで思い切り伸ばすと背骨がボキッとなり、腹部がむず痒いような血行を感じた。その晩は足を伸ばして寝たがこむら返りに悩まされることはなかった。それ以後、工夫を加えて何分間かの正座の反り返り運動により、こむら返りはピタリと止まった。

それともうひとつ、最近気が付いたが、「貴方はこの寒い中、どうしてズボン下を穿かないの？」と聞かれる。そう言えば、毎年誰よりも早く毛糸のズボン下を穿き、防寒に備えていたが、今は地下足袋で霜柱を踏みしめても寒さを感じないのは、日常は行わない正座反り返り動作により血行が良くなったからと感ずる今日である。生理的激痛、この自己を襲う不合理《ふごうり》なことと対決する私のノウハウで、まず元気の源である体力作りを読者に伝えたかった。

正直なところ、社員からもらった題名の「不条理《ふじょうり》」は文字としては読めるが、その意味と意図するところは雲を掴むような気がして、念のためにパソコンで調べると「不条理とは不合理であること。あるいは常識に反していることを指す」とある。ますます理解が遠のくが、お題に応える作文は書かねばならない。

ストーリーが成り立たぬまま、それでも今すぐの必要性に迫られている。それこそ不条理が電流のように頭を駆け巡る。ひと回りしてストンと決まった結論は、出題者はいろいろな不条理な羽目に遭い、日々悩み苦しんで来たのであろうということ。つまるところ、弱みに付け込まれ、おんぶに抱っこ、そんな駆け引きの波に揉まれたが、それによって彼は心技体も勇気も備えた。仕事友達もたくさんできた。それは人に好かれる善の性根を据えた選択を誤らなかったからだと思う。その人を愛する余裕ある心は、きっと幸せな未来が待っている。

目的に立ちはだかるアンフェアな他力、自力ではどうにもならないと思うほどの世間の不条理、言葉にならない不安、そうしたものをいつも抱えての社会勉強において、それをひとつひとつ耐えて時間をかけ納得するのが個人の成長だと心得ている。

人は考える葦だと言うならば、知恵があるゆえに人は動物の中で企みをもつただ一点の生物である。多くの人が、いじめとも言える不条理の世界で波に揉まれて生きている。ある意味では見透かされ、法にかけても解けぬ不条理の中でならば、自分もと不条理にも醜い悪事に走りやすい敗北がある。苦しい時こそ正しい信念の目標のもとに生きる。その心掛けが自他共に認められる自立心の証だと思う。

不条理な羽目に陥り、苦しんでいる人はたくさんいる。特に労使が一体となっての零細企業内での亀裂、そこから生まれる不条理の根源を調べてみた。

（1）不作為な心、個人に限らずやるべき事をやらぬものぐさ者、延々と嘘と言い訳でごまかす行為。これらはずっしりとのしかかる。

（2）麻生副総理が言うように「さもしい心」。この言葉を民主党菅代表代理は卑劣だと解した。衣食足りてもまだ残るさもしさは本人のみが気付かず人から毛虫のように嫌われる。

やるべきことは全てやった。百年に一度の不況を乗り切る最後の切り札は、自己浄化によって互いに協力し合う心の問題である。“Change, Yes we can”それは醜い毛虫が自らの脱皮により美しき蝶に変身するように、心の自己変改を行うことだと米国大統領は示唆している。

不況下での意識

米国の映画賞、第八十一回アカデミー賞で、日本映画が二部門でグランプリを受賞した。そのうちにテレビで観られる日が楽しみである。

私が最近観ているテレビ番組は、「黒澤明特集」「鶴瓶の家族に乾杯」「水戸黄門」である。黒澤明の作品は何歳になっても文句なしに面白く、何度見ても飽きない。鶴瓶が地方の家族と触れ合う番組は根っから無欲で善人の彼の姿にほのぼのとした温かさがあり、幸せ感に浸れる。水戸黄門が、権力を笠に着たさもしき代官を懲らしめる姿は爽快だ。「鶴瓶の家族に乾杯」と「水戸黄門」は月曜日二十時からなのでかち合ってしまい、四十五分からチャンネルを「水戸黄門」に回すと、「この紋所が目に入らぬか」と葵の印籠をかざすところである。「水戸黄門」は東野英治郎から始まって以来の懲りないファンである。

これら三つの共通点は、金融危機により不条理にも追い詰められ、不況下に打ち沈んだ意識を、一時でも忘れられる心楽しさにある。特に「水戸黄門」は、年貢用の米俵に座ったところを身分の低い百姓の嫁に見つかり、吹き竹で頭を叩かれても素直に謝ったという話を母から聞き、潔《いさぎよ》い男とはそういうものだと教えられ、幼心が今でもその念力にかかり続けもう観念しているストーリーなど、現代への示唆と思える。社内では公にできない、組織内部のいやしき行為は、見て見ぬふりをしている人達が多いが、摩擦を恐れ正義がしぼむのを計算に入れた悪事など、黄門様が死してもなお、ちくりちくりと欲に狂った現代社会に警鐘を鳴らし続けていると思えるのだ。

水戸と言えば梅林。私はいつの間にか小川が流れる用水に来ていた。春先の小川の流れはまだきれいである。

百年は経っている梅の花も散った。黒々と光る「鉄幹」が岡の上に私を招きよせる。沈丁花の香りに振り返ると、一望できる田んぼがパノラマのごとく広がっている。

香りの彼方にはきちっと区画されている千を超える市民農園があり、春をつげる畑の絵模様がある。農園の先は遠く、見渡すことができない。細いながらもどこまでも続くあぜ道を散策したくなり、潤いのある春風の方向に歩いてみた。

区分けされた二十〜三十坪の畑を耕す人達十人十色の意識があり、人間模様が畑の中に浮き出している。じゃが芋の植え付けもきれいに終わり、そこの隣にはあさつき葱だろうか、顆粒状の土をかき分けて丸っこい赤子の芽がちょっぴり覗く。その横に植えてあるサヤエンドウや玉葱の作間作間には、サンガイグサやハコベナが肥料を与えられたように葉や根を思い切り広げている。思うに、この抜き残された雑草は風霜《ふうそう》に弱いサヤエンドウや玉葱を守る保温効果をねらい、暖かくなる日を待ち、意識的に残された雑草だと気が付く。

この畑には団魂の世代を育った人の姿が想像できる。まめに働き雑草たりとも生かし、付加的利益に結び付く工夫は、戦後復興に向かって汗を流して働いた人々の歴史が伺える。

農園を愛する耕作者は作物を育む思いが強く、そこからは昼夜を問わぬ意欲の向上が工夫を生む。人が見ていようが見てなかろうが、時は一秒一歩を刻む段階であり、仕事の基本は一円の階段を何億と登り踏みしめるからであり、生涯はその一円の手取りが自活人生の合計であると私は最近思っている。

作物は手抜きをよく分かっているもので、計画性もなく長続きがないただの思いつき、その場逃れの手入れ、押しつけの耕作をしていると病気になってしまい、生長《せいちょう》を諦めてしまう。実らないそのしっぺ返しは作物にとっても、耕作者にとっても、自分に返る神のなせる仕業、不幸と言わざるを得ない。

幸いなことに私達は、世間が求めている独自性に溢れる立派な技術を持っている。ちょっと知恵と勇気を使えば、自分で仕事を立ち上げられる。

半面、今日も会社に行けば投げやりの仕事でも給料が貰えるからと、荒れるに任せるその日暮らし。病人でもないのに辛いと仕事を他人送りするずるがしこさ。この人達の作る負債を助けるには、税金を二重にも取られる比ではない。どうしてそうなるのかと思うと、やたら腹が立つ。これはまだ幼児の段階の意識が消えぬ甘えだ。絶対に自分を戒《いまし》めるべきである。

そのためには、前日より何をやるかしっかりした目的意識が大切で、自分の為《な》すべきことが自然とチームワークに波状的に結びつく。チームワークにおいて、独自性の障害は、情報を拒み、嘘や連絡を怠っていることである。

匠のリスク

天平の甍《いらか》が建ち並ぶ東大寺、唐招提寺など、奈良時代の壮大な建造物や仏像を見ていると、時代を超えて匠達が発するプライドのにおいがプンプン漂う。その世界に引き込まれ、酔いしれてしまいそうな、こんな建物を仕切った頭領と会ってみたいと当時を偲ぶ。

この歳になるとさすがに、何かの正しい価値が少しずつ見据えられる気がする。今でも立派に息づいている、その建造物の全体像を一目瞭然と分からせてくれる。匠の気が乗り移った建物は、時代の重みを一手に背負い、時の権力者を睥睨《へいげい》さえしていたかのようにも見える。

今から歴史をさかのぼること千二百六十四年前の奈良時代から、技術、技能を兼ね備えた多くの匠には心にしみる心意気があった。その間、この建造物を見た人々は感動して、未知なる大きなものに挑戦する勇気を与えられ続けたことだろう。

当時、奈良の都は十万人ほどの人口だろうか。会社組織もないこの時代、権力もない匠が、どうしてこんな壮大緻密な建造物に挑戦でき、匠の組織を為しえたのか。そのことさえ不思議である。

頭領というもの、困った時の仕事の悩みは、どれほど世界広しと言えども相談する人がいるとも思えず、解決する知恵を与えてくれる人が誰もいない孤高の立場である。

多くの人が一つの目的に向かって、ひとつひとつの分担をこなす。それは絡み合った数の石垣をどう能率よく組めるかという課題に似ている。時には中空から石垣を積み上げる方法も考えねばならない。これはもう個人の力では不可能だと行き詰まった時のプレッシャーは大きい。ただただ恐々として、試練を放棄してしまおうと思う時もある。そんな時、眠れぬ布団の中で奈良の頭領の立場に心を移して、あの例この例と色々と考えてみる。人間この空間にかなわない出来が幾らでもあると思いつく。悩んだ末、前へ前へと向かっていた心がストンと真反対の発想になる。あの偉大な匠の頭領も試練の一部一事を諦めてその場をしのぎ、後は運を天に任せたその手を何度も選び、明日を切り開き生きてきたと気が付く。

もの作り匠の仕事は、結果が良かれ悪かれ真正直を貫くのが真価である。私達の職業は生涯においても、自立した仕事を完成できない人が半数はいると思われる。その主な原因は、挨拶もできない一秒や一分の不作為な行為が日々重なり、いつも後手に回り、意思の疎通がとれなくなるからだ。そうなると他人に責められ、苦しまぎれに嘘、そして嘘、事あるごとに言い訳ばっかりで生きる状況に追い込まれてしまう。中には他人の為には横の物を縦にもせず、こんなことも気が付かないのかと他人を見下し、自分だけは特別な人と思い込むのぼせ者に成り上り、箸にも棒にもかからない天の邪鬼が発生する。そんな心が匠集団の大きなリスクである。

その証明は仏像が示す通り。集団が事を為すにまず見るべきは、足元をすくう天の邪鬼を仁王様や毘沙門天が見せしめに足で踏みつけて動けないようにしていること。仏門には不必要と思われる天の邪鬼を刻み、それをあえて残したのは後生への忠告と受け取れる。甘えゆえに足元をすくう天の邪鬼が、仏達にはどうにも腹に据えかねたのだろう。これらのことから、人間絡みの修羅においても、天の邪鬼に屈する事のない大仕事への心意気を思わせる。

さて、第二回ワールド・ベースボール・クラシック（WBC）で、日本代表（侍ジャパン）が大会二連覇を果たし凱旋した。ひやひやしたが粘りに粘って、ど根性を見せてくれた。

今、私達がおかれている技術、技能の現状をほんの二十年前にさかのぼって見てみると、時はバブル期、スポーツに例えるなら野球型経営とも言えた。それも消化試合で柱になる投手さえ一人いればよかった。不況の今は五人が限度だが、バブル当時の守備要因はなにも九人にこだわる必要がないほど予算もあった。人手不足によって匠も素人も関係なく一色に塗りつぶされて、仕事のできる者とできない者との給料の格差も狭まってしまった。こんな中で、なにも好き好んで摩擦を引き受けようという親方になる人達はいなくなり、自分の殻にこもってしまった。仲間の面倒を見る親分気質など、この頃からとんと影をひそめてしまった。

バブル崩壊後、建築不況が襲うと、もう牽引者《けんいんしゃ》がいない。そこで企業経営はロスの少ないサッカー型に戦術のシフトを転換せざるを得なくなる。サッカーは個々が自助努力により摩擦に挑戦する勝負。

しかしここに欠点があった。練習不足を補う自分の小さな域を守るだけで生きていたプレーでは意思疎通の連携が取れないでいる。またもや天の邪鬼の出番となり、そこは烏合《うごう》の衆《しゅう》と化してしまう。

私達受注産業に取り組む匠の集団は、いつも得体の知れない天の邪鬼に挑戦しているが、どこも同じと見えて、テレビの国会中継がそんな姿を放映している。

埋設配管の恐さ

白い花が咲いて、赤い実がなる。小さな花でも大きな実がなる。菜園にて種蒔時に収穫時迄の経過イメージがわいて、その作業をしている自分に対して気付いたことだが、建築業に携わっていると見えない先に対してのイメージが豊かになるようだ。

歴戦の兵ものの親方が言っていたが「俺はどんな現場でもユンボのバケットを一度入れたら地中の様子、何がどうなるか、その全体像は手に取るように分かる。だから依頼者の信頼に応えて来た。それがプロの自覚だ」と胸を張る。親方はどんな苦しい仕事でも、それは頭に折り込み済みで請負った仕事に泣きを入れない。プライドに溢れる実にさわやかで安心感を抱かせる心頼れる男だった。

図面や書類を山ほど抱えて出掛けるのに、消しゴムだけが磨り減った手直しだけで帰ってくる。その日の材料を一度に揃えられないで、働く人達を待たせて一日中材料運びをしている。勝算のイメージ伝達が叶わない仕事振りは、立場をいいことに仲間を無益に振り回す。私は思わず「この馬鹿野郎！」と声を荒らげてしまう。

こんな人達がいると、私達匠の世界では、現場はめちゃめちゃになる。このような状況判断ができない人を「物が見えない人」と言う。その原因は与えられた全体像を自分のリスクのみの考え方で、まともに見ようとしないし、やる気もないからだ。私にはどうしてもその心理は理解できないが、勇気のある仕事が本当に恐いのだろう。考えられないことだが、象を扱うのに象の一部である尾だけを手に取るから実物の象に圧倒され、おじけづき、勇気のない、尽力をおしむ姿勢となる。沼の水を笊で汲む歯がゆいばかりの小細工に走るが、これは問題点から逃げているので、誠の意志を伝えられずにその場しのぎの嘘により、だまかして後でつじつまを合わせようとする。私が子供の頃、農業が辛くて嫌だった体験と合致する。

見通しとは、考えるその先にある現実を見ることと気が付いたのは、勉学に後れをとった高校生の頃で、学問をする身でありながら学問に打ち込めぬ自分に悩んだ。後れをとった面白くもない勉強を頑張って、今から倍の時間を勉強しようが、今迄の後れはつけが溜まり過ぎてもう追いつけない。これは焦りだ、これが青春か、と思った。

その後れを取った道理は分かっているが、次に開ける社会次元など何も分かっていないし何も知らない。自分にそんな説明をできる能力もない。とにかく後れをとったことは確かだ。集中力のない勉強でさぼりにさぼってきたそのつけが今、人の倍勉強しても追いつけないこの馬鹿頭の原因だが、誰にも理解してもらえないと知る。

とにかく社会に出たら認められるように働こうと思ったが、その社会の仕事が今度は滅法つまらない。生きる為には一生、飯をガソリン代わりに補給する。死にたくなるような昼夜の単純重労働の繰り返し。社会が認めた俺の利用価値とは現実にはこんな程度だったのかと、もう自分の存在すら忘れ、お先は真っ暗であった。

そんな経験をした後だったから、この未知を切り取る裁量第一、腕一本の建築業の仕事にありついた時は、ぞくぞくするような太古の血が騒いだ。まさに神の助け。栄養不足で弱りぬいた病人並の体力でも気力がみなぎり、初めて仕事の面白味を知った。しかしそこには又、何かも揃ってはいない見えないところに障害もあった。当時の建築業は数を頼みの暴力が幅を利かせ、因縁をつけてはイニシアチブを奪うことがまかり通っていた。その時はもういきがらずに耐えることを学んでいた。

その境遇の中で先輩達を見て仕事のできる人と駄目な人を観察した。匠の世界では、毎度約束を軽くすっぽかし無責任を悩まず、ずぼらで言い訳達者の人は手詰まりで、まず単純作業向きな人と見た。

仕事のできる人はどんな小さな事でもまめで手を抜かない。論より証拠、気付いた時はすぐ動く。そして酒を呑んでも夜っぴて考えを重ねる努力家である。だからその人の働いた後はそつがなく誰もが影で誠実さを褒めている。

信頼とはまさに学問へ取り組む手抜きのない姿勢と同じなのだ。私は日々の学問の努力と、来る日も来る日も単純作業を続ける辛さはつくづく味わっているので、約束事だけは必ず守るぞと誓っていた。まずは手切りのパイプネジ切り。作業場は寒風の野晒《のざら》し、先に帰る仲間を尻目に一人になろうがもうそんなことは屁の河童、裸電球の下、夜っぴき小回りをやりぬいた。すると、半年後にはそのネジ切りの能率は四倍となり、半日で終わるようになる。午後は先輩達のネジ切りを黙って手伝っていると、親爺も俺からの上前はねが多くなる。そうなると親爺も黙ってはいない。いやでも給料ははね上がり、腹が満たされ、念願のリスクが一つ少なくなると、いつの間にか先輩を子分にしてしまっていた。加速された能率への手応え、商売への心得、人を使う説得力を覚え、今迄捉えることができないでいた信頼の道筋を示す全体像が少しずつ見えてきた。

百尺竿頭《ひゃくしゃくかんとう》に一歩を進む

こんな立場の人もある。「もうこうなったら工事費（手間）は無料です。せめて在庫を使わせてください」。休日早朝のＦＡＸを手に取って、私は雨空を見上げてしまった。物を大切に、尚お客本位の逆転の発想、体を張って百尺竿頭に一歩前に進む潔い知恵、甘くはないな。体にむち打って生きている姿が手に取るように分かる。

それでいて今この題名に取り組む気力もない。こうなると何を書けばよいか考え込んでしまった。まずこんな立場の人は誰だろう。

よく「大所高所から見る」と言う。そんな意味を察するも、最近分かるようになってきた。人類は生まれた時から他の動物と違い、一尺の竿頭にいる霊長類である。しかし、生涯を一尺の竿頭の上で生きていると、二尺の竿頭の正しい視界はとても見渡せないことは事実である。

仮に、社会のシステムを考えてみる。百尺の高さに一尺の俵を積み上げるのには、一番下の土台は百俵必要となり、次は九十九俵となる。百段階竿頭が一俵となり、ピラミッド形の安定感が構成される。百尺の竿頭を積み上げるのは大変であると想像できる。根幹である土台の一俵が、俺はやめたと飛び出したなら、上段の九十九俵は斜めに転げ落ち、頂点は一番の大ケガをする。

スクランブル交差点はもちろんだが、四車線の交差点内の通行車両がゼロであるとき、私はこの空間、この時間は都会生活の息をつく間に思える。たとえるならば、ひと昔前の信号機は、左右から来る車を赤信号でもって、交差点外に両方の車を同時に止める歯止めのルールがなかった。交差点内には優先権を持った車がいる。赤信号のないとっさの判断で、すったもんだすることも日常的で、赤信号の規制がない馴れ合いが堂々とはびこった。

そのようにして経済は、その結果起きる危機を百尺竿頭に立っている人達が見抜けずに、働き者の善良な人達を苦しめ、百年に一度の経済危機に陥ったと言われている。

こんな兆候が表れてくると、頂点に近い人は、とても落ち着いてなどいられない。だいたいピラミッドの中枢五十段ほどが進路を決めるエリートの立場にある。高度の知識を修得し、地球の核のドロドロしたマグマの存在であるべきなのに、表面から見えないことを良いことに、2＋2＝4、2×2＝4の当たり前、専門知識の法則の中で道筋を立て、それ以上の努力は無頓着で責任逃れ。馴れ合いやお手盛りが見え隠れすれど、最初から優位な立場の人に傾いた論争に終始されている。

そうなる糸をたぐると、正義の人心が離れ、積極的な本分の仕事よりも、かつて自分のみ知った道に蜘蛛の糸を張り、かかった獲物を食い物とする。

核の中でありながら心ない嘘で崩れてしまった俵を元に戻すなど不可能に近いであろう。歴史が示す通り、馴れ合いや立場を利用したお手盛りがはびこり、大衆の不信感が募り過ぎると、百年に一度の周期でその国の文明文化はこのような嘘を糸口として滅びている。もし、これを是正できる竿頭の立場の人がいるとすれば、とてつもない権力を持った私達には遠い存在であるが、気前の良い麻生太郎総理に、百年の歴史に例のない世紀の金の使い方をお願いしたい。

子供の頃の記憶で定かではないが、分厚い本をパラパラめくっていると、小高い丘の上に立って奈良の都を見下す一人の武者が目についた。（今想像するのに聖武天皇ではないかと思うが）たどたどしく読んでみると、見下す先には飢饉に苦しむ民家が建ち並び、その人物は朝夕、丘に立って、食事の用意をしている様子の民家から立ち上る煙を見守っている。それこそ百尺竿頭に一歩を進む意味だと思い当たるものがある。

前の小泉総理は百尺の竿頭に立った時、党利党略を足蹴にして、自民党をぶち壊すと裸になって膨大なエネルギーを発して選挙に大勝した。ここでは国民の注目をぐーっと引いた。そして逆らう人達には、やるならやってみろと念願の信念を真向からぶつけ、ひるむことがなかった。いわゆる、身を挺しての背水の陣を敷いた小泉劇場のアピールを徹底してやってのけた。この生意気な反骨精神に国民は夢をかけた。忘れていた感動、潔さにはジーンときた。百尺竿頭に一歩を足を進める、絵に描いたような政治家に勇気を奮い起こした。大衆はできるなら耐えることには耐え、明日を待つ心境になったものだ。

GMの破綻

多摩自然動物公園の開園の日、当日は入場無料なので何人かで出掛けた。場内はまだ整っておらず、入場者も少なく閑散としていた。ひまっ気をもてあまして、帰りは多摩川に下り、土手の上から石投げでもして遊んでいた時であった。

川原から一台のモスグリーンの大きなキャデラックのオープンカーが登って来る。砂利道のカーブを右に左にハンドルをかっ切るごとに、重量車特有のキューキュキリキリときしむ音がする。運転をしている人は恰幅の良い黒人の上級将校で、肩と顔で風を切っている。助手席には私達と同年輩のきれいな女性がコーラを片手に頭にかけた黄色いスカーフをなびかせている。絵になるステータスシンボル、仲間が一斉に注目すると、黒人将校は得意そうに私達を見て顔をほころばす。

ハリウッドの映画を見るような一巡の風が過ぎ去った後、誰かが「朝暗い内から夜暗くなる迄汗を流していたのでは、あんな車は一生かかっても乗れない」と言うと、皆は石投げをやめて、そこに座り込んでしまった。当時、私達が運転するのはオート三輪車である。一人が立ち上がって、紙袋に入った菓子パンを持って来る。十円玉を五枚、五十円ずつ出しあったコーラ一本分の弁当である（当時ガソリン一ℓ六十円）。ジャム、ピーナツ、クリーム、バター、あんパンの五種類ものごちそうの配分である。一人がパン二個を掴んだうちの一個を口の中に強引にねじり込むと、ジャムが口の周りにニュルッと飛び出す。それを手の平で口に戻すと、「こんなうまいもの一度に食ったらもったいない。パンを一個食ったら、一個の石を百メートル先の川のど真ん中にぶち込もうぜ」と石を拾う。

あのキャデラックのGMの全盛期から半世紀も経っただろうか。あの車に乗っていた美しい娘も七十歳にはなっている。

GMは消費化社会、情報化社会を矛と盾にとって大衆には目もくれぬ、向かうところに敵なし、俺について来いと言わんばかりにステータスブランド製品に突き進んだ。そして今は、金持ちのステータスシンボルであったGMも夕日が落ちるごとく破綻した。それから半世紀がたった今日、日本は働けど食事もままならない状況はとうに過ぎて、自動車は庶民の足となっている。スーパーマーケットの買物客に高級車を見かけないように、高級車はもう金持ちの受注生産的な一部の競争に変わり、大量生産は大衆から見放されて成り立たなくなってしまっていた。

一世紀前、電気自動車の登場は、同時に登場したガソリン車に敗れてしまっていたが、その後の自然科学文明の進歩は凄まじく、今日では無公害の電気自動車が再び注目を浴びている。それはエコリサイクルのかけ声に、大量排出のCO$_2$が次世代地球に及ぼす悪影響を懸念して、車を持てるようになった一般大衆が、これではいけないと本気で考えるようになったから。一部人類は、今生きているその時、自分だけ良ければよいとするさもしさに気づいて、その現状を庶民から初めて正し始めている。

それはテレビなどの普及発達により、良識あるグローバルなメディアの貢献だと思う。そうだろう、汗して働いたのでは一生乗れないと誰かが言ったＧＭが見放されて破綻したのだから。

石炭より始まった十八世紀末の産業革命、石油によるモータリゼーションをもう確実に影を落としている。我々庶民から見ると、一部の人達が単に金欲しさに暴走させてしまった百年に一度の節度のない金融危機を迎え、日本の産業界は百尺竿頭を一歩進む塗炭の苦しみを味わっている。

二十一世紀は石炭、石油の燃料はすでに後退して、自然科学を基盤にした英知である、新しい電気エネルギーがもうそこまで頭を現している。産業革命の蒸気機関により衰退した風車や水車が再び自然エネルギーとして静かに燃えている。巷ではまだ見かけないが、自然エネルギー、太陽電池のソーラーカーが陸運局の認可を得て道路上を走っている。

戦後、資源が貧しかった日本の企業は、その後おごることなく大衆生活と密着した大衆の為の方向性をしっかり見据え、無駄な燃費を限りなくゼロに近づける自然力による未知の分野を切り開き、新たな技術革新に矛先を向けている。次世代は日本が世界に向けて技術者の誇りを発信している。

社会人への第一歩

裸一貫の男が、社会へポンと飛び出す。これからは己の腕から稼ぎ出し、「一人を使えれば、千人を使える」ことは、人を抱える心意気、商売の格言を証明する第一歩でもある。その成長過程は自助努力以上の何ものでもなく、めそめそした精神的甘えの決別を求めるのが社会人である。

私が十八歳の時の、社会的対応能力のことを考えてみると、水の入ったコップが倒れて、コップの中の水が漏れる、そのくらいの社会人への質としての応用問題ができなかったと思う。社会的立場で立たされたならば、何も知らず、状況判断ができない年代であった。今考えると、私以外の誰もがその程度の体験常識しか備えていなかった。

社会人への第一歩の手順、心構えは、そんなゼロに近いところから踏み出しても、決して恥じることはない。そのうちに仕事の変化に疑問を持つことが生まれると、必然的に専門書を読む習慣付けができるようになる。そこで得た知識を、即仕事で実践できるのがこの職業である。理論の裏付けをかなえられる、そんな恵まれた環境を揃えているのが、職場の魅力である。要は、白紙の頭を好奇心でまっ黒に塗りつぶして学ぶ実践経験は、これから向かう人生の嵐に耐える体力作りのチャンスでもある。

今、静かに振り返ると、私が学校時代に覚えたことは何もない。何のためという目的意識もなかったが、学問に興味など全然なかったし、親が勉強せよと言うから学校に行き、落第の恐怖にさらされていた。それでも泥田《どろた》を泳ぐような勉強方法で、しゃかりきに机に向かった時もあった。寒さ、暑さ、空腹と眠さをこらえて机に向かっても、能率は全く上がらない日々が続いた。

寮友から日に日に引き離されているのを知り、その原因は、自分が落第のない義務教育時代に、すでに基礎学力の遅れをとっていたのだと知る。井戸水を汲むのに楽だからとの発想で、桶を笊《ざる》に替えて水を汲んでいた。汲めども汲めども、笊頭《ざるあたま》では努力の甲斐もなく、その間違いを認め、承知せざるを得なかった。学校では同席する級友に、「お前は寮という、勉強環境の整っている所でいいな。親に感謝しなければ、罰が当たるぜ」と言われ、「俺はこれからすぐ家に帰り、百姓の手伝いをしないと、高校は出してもらえないんだぜ」と真顔だ。

彼を見ていると、俺の悩みも知らずにとても羨ましそうだ。俺はすぐに、「おい、お前は腹いっぱい飯を食えるのだろう。だったら百姓の手伝いくらい、俺なら屁のかっぱと言うもんだ」と、こんな会話を取り交わしていたのが思い当たる。

そんなある日、学校帰りに畦道《あぜみち》を歩いていた。畦の小草が一本も残さず、舐めたように丁寧に刈り取られている農作業を見た。さしもの私も、大も小の草も残さずに刈り取る根気、決して後戻りをしない丁寧な仕事振りを見て、ピーンときた。俺は遊びたいがために学問を焦ったが、学問とは学校では教えない、端から総なめのことなのだと。

学業の失敗に懲りたが、こんなことで諦めるわけにはいかない。社会に巣立った時は、この遅れの巻き返しを図ろうと考えていた。職につくと、まず都内の本屋でやさしい本を見つけ歩いたが、私に分かるやさしい技術書など見つからない。結局手に入れた本は、レベルの高い技術書で、そのなぞなぞのような内容を頭の中で何度もこねくり回していた。専門技術語を理解してイメージを組み立てるのに、十年以上もかかって覚えた専門語はざらであった。現在の基礎技術には、戦後の先輩達が本もない時代に、苦学して学んだ歴史の道のりが見える。

先日、若者がハウスメーカーの太陽光発電講習を受けて感動した通り、箱物と一口で言われる建物では競争から脱落する危機感を建築業は持っている。自動車の世界では、ハイブリッドカーが次世代として注目されているが、建築業も諦めてはいない。つくばみらい市では、パナホームが発電パネル付オール電化、住宅団地五十七戸全戸完売と、新聞の一面トップに載っていた。大きな活字「未来を照らすソーラー熱」の見出しと写真は、資源小国の日本が、技術革新により技術立国を生き抜く感動の大地を証明し、そこに若者達は第一歩を踏み出したのだ。

お金と時間の使い方

一年前は小泉内閣の緊縮で、それから一年間に三人の内閣が選挙に備えてお金（税金）をばらまいた。しかし、いくらばらまいても選挙民は尾っぽを振らなかった。八月三十日の総選挙は、民主党が公示前百十五議席が一気に三百八議席に、自民党は公示前三百議席が百十九議席となり落城してしまった。

さて、私達が働く受注産業の建築業、かつその中で枝葉に類する管工事業では、建物を人体に例えたならば、配管は血管にも例えられる。その血管は全て休むことなく働く心臓（ポンプ、ボイラー、冷凍器、コンプレッサー）と繋がり、血液を体中に送り続けている。

人体の血液は、流動資金の循環にも例えられる。事業家は一円をいつも血液の一滴と思い、清いお金と尊重している。血液の一滴は血の一滴であり、その一滴を得るために、できることを豆粒のようにまめに働く時間が、分相応であり、凡人の知恵の一つだとも思っている。

体内をまわり続ける血液は、体中の傷んだところをくまなくまわり、潤沢な血液は常に体内を浄化している。また、汚染された血液は逆に体を腐らせてしまうものである。汗して稼いだお金の用途はきれいに使える時間の延長である。現代社会は資本主義時代、お金がなければ生活が成り立たないのが事実であって、時間の使い方もおのずとその稼ぎに繋がってしまうものである。

稼いだその目的は昔から変わることもなく、まずお金を土台とし、安住した衣食住を整えることが先決である。衣食住は個人で為し得て、自立するのが普通である。そのために各自商売のコツ、より高い、より広いコミュニケーションのノウハウを努力修得している。

社会人になると、当然専門技術を学び、それを生かし商売を構成するが、人から人への連絡方法は一時たりとも欠かせない。それを伝えるのは言葉で、5W1H（Who：〔主語〕誰がWhat：〔目的語〕何を When：〔時間〕いつ Where：〔場所〕どこで Why：〔疑問〕なぜHow：〔解決策〕どのようにして）の表現を端的に伝える言葉をしっかり学ぶ必要がある。これを人に伝えるようにマスターできないと、ちぐはぐとなり、その人は人生の半分を無駄にしてしまうと言っても過言ではない。そしてHow（どのようにして）の祭しが付け加えられないと、付き合ってくれる仲間との連帯が叶わずに、稼ぎの半分は足をひっぱられることになる。意思疎通が欠けてイライラしてしまい、二重にも無駄な時間を耐えねばならない。

5W1Hの実行は、人と足並みを揃える能率を優先する時間を作る手腕で、これを軽く見ると一方通行のわがままな生き方と人に思われ、知らぬ間に自信喪失となり、引きこもりにもなりかねない。

5W1Hの根本は、時間を縮め、お金を生む最良の媒介方法であって、協力を裏付ける信頼の意志が根底に流れている。

連絡を怠る身勝手は、仲間を困らせてしまう勇気のない証拠で、その結果、仲間は何度も煮え湯を飲まされている。

当社で作成した5W1Hの連絡手帳の発行はトータルで一万八千部にもなるが、どうも人が工夫して押し付けられた知恵袋は、空念仏となってしまって利用方法を怠っているようだ。忙しくて手帳などに記している暇がないと思いがちだが、それは能率にブレーキをかける逆の発想で、この手帳をまめに使うことにより、とうてい不可能と思っていた「時の扉」を開いてきた人をたくさん見ている。

人との協力がかみ合い、達成感らしい達成感などそう味わえるものではないが、人と人との交わることのない時間の相対線、分相応の足りるに値するお金や時間を、いつの日にか手に入れ安堵したい。

ちなみに、今の建築業の収益の平均は、一億の現場を請け負えば、総投資額が九千五百万かかるのが現状である。そのわずかに残った利益から消費税を真面目に支払って社会的責任を果たしている。これが分相応なのか、一般的な中小零細企業の実態である。こんな現状を今の若い人達はとくと見据えて、自分の為すべき分担に挑戦して日本の将来を考えている。

〝報・連・相〟が必要な訳

一日働いて失敗ばかり、疲れた、と家路を急ぐ。ああ、今日はついてないや、と溜息をつく。決して気分の良い一日ではない。誰もがこんな失敗を防げる転ばぬ先の杖があったならと考える。

その失敗の大半は段取りにある。無計画で無理な段取りであれば当然焦ることになる。人間だもの転ぶ。大半は浅はかな段取りで転ぶ。それを他人のせいにしたがる。失敗を他人のせいにしていたら、何年生きてもその人の進歩はない、ただの天の邪鬼である。建前通りの行動、そのわがままな自分に気付かず、他人が頼り好意を寄せているのに、これからの仲間の期待を裏切り失望させることになる。

せっかく巡り合わせたチャンスを逃がす、これでは情けない。こんな自分の邪気にふてくされないで、もう一度段取りを見直す必要がある。まず最初に考えられるのは、５Ｗ１Ｈが相手に正しく伝わっているか。

そして肝心なのは、人が動きやすい段取りに対しての根回しをしっかりやっていたか反省することにある。そこで気が付くのが〝報告、連絡、相談〟の不備である。

受注産業の私達は、雨が降り、雪になり、風の日もありで、天気次第で段取りは刻々と変わる。人間模様もおのおの都合が発生して、お天気模様より更にたちが悪い。仲間に対する腰の引けた段取り方法であると、心底を読まれ、弱みにつけ込まれると、仕事の計画が裏目裏目に出て、手間仕事の職人は悲鳴を上げることになる。

こんな例は誰でも知っているし、現実に遭遇している。困るのは当人ではなく、その波紋は組織全体にひびが入り信頼がなくなることだ。互いの信頼という財産は、十年二十年とかかってお客を築き上げたものだが、ひとつの現場の失敗だけで、貴方の会社はもうお断りだと黙って引導を渡される。

「俺は〝報・連・相〟の音痴だ」と言ってはばからない様子をちょくちょく見かけるが、これはすなわち努力不足で、外に発するパワー不足の社会人音痴であり、仕事仲間から孤立し外に出られない状況に陥る。

私達の仕事の自力能力を乗物に例えるなら、昔は牛車、馬車、リヤカー、人力車とあったが、自力で動くのは自転車、オートバイ、乗用車、トラック、ブルドーザーなどの重機。大小の仕事の山を目の前にして、「自分の仕事力量」をとらえるのに、知らぬうちに「乗物は何か」に視点をとらえて行動を起こしているが、もし仕事のテリトリーを挟めて、自分の好きなように仕事の分担を選び、楽して利権だけで給料が貰えるのなら、乗り物としては荷物が少なくて最小限の仕事で済む自転車となるはずだ。しかし、この様子を見られたら仲間からも頼りにされない。自らの頭のハエを追うだけでわずらわしさもぐっと少ないだろうが、そんな様子をさげすまされても気楽を求めるのか。

仮に、〝報・連・相〟を機械の伝動能力に例え、一連に並べるならば、歯車である。用途によっても材質は定まるが、精密で摩耗が少なく信頼性のあるのは、鍛えられた鋼鉄の歯車である。量産可能な古い歴史を持つ鋳型でできる鋳物の歯車そして合金の歯車、プラスチック歯車、最も古い木製水車や風車の歯車。最後は最も強度の弱い発泡プラスチック歯車。これは鋼鉄製歯車の比でなく、その場でカッターナイフを使い製作できる。しかし風でも折れる。強度を保つには負荷を分散しなければならない。鋼鉄の歯車とかみ合わせたなら何万倍ものスローな回転時間を要する。発泡プラスチック歯車はカッターナイフでも作れる安易なものだが、まず動力としては役に立たない。

この歯車を人に例えるならば、その原因は社会人の一員として元気なうちに自助努力を怠った結果と思えてならない。〝報・連・相〟を経験と長い時間をかけて学び、そのノウハウはわずらわしい仕事にも摩耗しない資質をマスターする。不況の中での社会現象は大量解雇が問題となっているが、苦難を克服して〝報・連・相〟を学び無限の能力をもっている数少ない人材を誰が解雇できるだろうか。中小零細企業だからこそ、借金しても次の糸口、チャンスが来る時迄、互いに仲間と支え合い持ちこたえられるものである。

栄《えい》枯《こ》盛《せい》衰《すい》

最近の話題は、太陽の下で趣味を超えた農業の輪が社会状況の中で広がっている。

私も百坪の畑を耕し、日曜菜園を楽しくやっている。菜園の肥料は、有機物肥料と無機物肥料の二種類に分けられると、菜園の書物を丹念に繙いて知った。

菜園でひと汗かいて、誰に気兼ねするでもなく、たばこをいっぷく。シャツの襟を開き、青い空をぼんやり眺めていると、菜園ならではのとてもゆったりした空気が流れ出す。浮世離れした気持ちになると、ついついこの空の向こうの限りない宇宙を想像してしまう。この無限の宇宙の彼方に、もしかしたら生物が存在して、その星のひとつに地球と同じ栄枯盛衰の星があり、今同時に、私と全く同じ環境があり得る。ゆったりとした時を過ごしている知的生物がいて、彼も地球の方向に向かってのんびりとたばこをふかしている。そんな現実が無限の宇宙にはたくさん濃縮され、どこかの星にいる仲間とテレパシーを取り交わす。そんな想像は、今も宇宙が広がり続けているから行き着く思いであり、そんな答えにも根拠がない宇宙観を膨らませながら、ただ一つの点も定まらない青い空を見上げる。

宇宙の中において偶然に生まれた有機物の栄枯盛衰って何だろう。地球においても偶然の中で有機炭素が作り出した栄枯盛衰って一体何だろう。大小のリミットの中にも納まらない偶然の言葉があまりにも多い宇宙の広さ。四十数億年前にできた地球というとても小さな星で、無機物と有機物の調和のとれた穏やかな地球生物が生まれたのだろう。

畑のほぼ南中央にあるサンシュユの木のこずえに、晩秋のある日、小鳥が赤い実を取りに止まった。十本程の株が束になっているこの木が作物の邪魔になると思っていたが、サンシュユの木に渡り鳥が止まり、羽を休めた姿を見てから、生物同士の相乗的な関係への考え方が変わった。この木の根元回りの北側にミョウガを植え、西側は農具置き場として大きなプラスチック箱を二箱揃えた。東側には廃材となった厚いシートを敷き、三坪程の休憩所を作り、雨に濡れてもよい椅子を三脚揃えた。友愛の園芸談議、コミュニケーションの場所を重要視した思いがある。今夏、サンシュユの木陰は私の居場所になった。先日のこと、友人の畑に手伝いに来た夫人に、このルビーのごとく赤い実を見つけて一粒分けてやった。

この夏は特にキュウリ、ニガウリ、ハヤトウリ、エアーポテトなど、棚を要し育成をうながす作物には、そこはお手の物で、廃材の鉄管を立てて、今年は二十坪の棚を作った。しかし、計画が甘かったため、十月八日の台風十八号により棚が大分傾いてしまった。今はハヤトウリの白いのと青いのとが大きくなりすぎて、エアーポテトはハヤトウリの勢いに押されながらも、霜が降りるまでは栄華をほこる大豊作である。

人為的に作られる畑の栄枯盛衰は、畑に施《ほどこ》す肥料にある。炭素（C）を必ず含み、それ自体生活機能のある炭素で、動物や植物をよく腐らせた有機物死骸肥料の堆肥がある。また、炭素以外の全ての元素の化合物で、生活機能は全く持たないが、窒素（N）、リン酸（P）、カリ

（K）が混合された無機物性の化成肥料もある。

昔のことで記憶は定かでないが、有機化合物の尿素は無機物により作られた経緯があると書物で読んだことがあるが、尿素が有機質か無機質か、私の頭の中では引っかかったまま整理されていない。

肝心なことは分からない私だが、自然が織りなす作用の中、どうも生き物の栄枯盛衰にはこんなところに謎がありそうだなどと思うが、もう一度生まれてきても解答を得るのは無理なようだ。

人類にとって地球温暖化環境の汚染元炭素、自然には存在しない炭素繊維カーボン、未来の素材有機物炭素バッテリーなど科学の進化進歩により、炭素はとてつもない長いスパンをおいて栄枯盛衰を辿りながら生物に貢献してきた。私は化学の脚光を浴びる炭素を折りにふれ注目したいと思っている。

癒しの方向

暮の今頃になると、年に一度の電話がある『あの風呂に貼るカレンダーを送ってくれ』と。『あれはいい、疲れた心が癒される』と言う。いつの時代でも年末となると、正直に骨身を削って生きている人達は、心身がどっぷりと疲れている。そんな人がカレンダーを心待ちにしていると思うと嬉しいものである。

昔の銭湯には、湯舟の向こうに必ず壁いっぱいに富士山の絵が描かれて、大きな風呂の中で手足を伸ばし、湯気に包まれて富士山を眺めていた。

当社が配るカレンダーは風呂用で、万葉時代の四季折々の咲き誇るでもない無言の花が六枚綴りとなっている。それを濡れた壁にペタリと貼り付けてぼんやりと眺めているのが、私の日常の一時で、なんとも心地良い貴重な時間だ。

癒しについては改めて考えたこともなかったが、うろ覚えの記憶ではマイナスイオンとプラスイオンがあり、マイナスイオンが癒す効果があるとテレビで見た程度の知識である。マイナスイオンは主に自然の景色の中で、滝など飛沫《ひまつ》が霧となっている情景のところに多く発生し、精神的疲れを休める医学的効果があるとテレビで解説していた。癒しとは、どうやら病気で入院したり保養する際に向いているのかなと思いながらの記憶である。

滝と言えば、日本には人を圧倒するような滝はまずない。下流には、行き先をせき止められた幻の魚がうじょうじょしていた。若い頃は獲物を狙って次に起こす行動が見つかったが、今はその楽しい行動が叶わず、代わりに浴槽の中に頭を入れ、眼をつむり、肺に溜まった空気を静かに吐く。すると見えない泡が体をなで、ボコボコした小気味よい水と空気の音が全身に伝わる。

俺は魚だ、と思う。まるで太平洋をゆったりと泳いでいる魚のような感覚になり、実に気持ちが良い。

浴槽の中で頭をつけ、自分の胸の鼓動音を聞き、俺は今魚だと思う時、かつては海にいた魚が私に宿る。

私はもっぱら、太古の祖先が残した流浪《るろう》の旅を空想の世界で一人楽しむことが多い。一時の間、空想の世界に身を置くと、人類という枠からも解放されて、無垢な気持ちで鳥となり空を飛び、人間ってあんなことをしてるのかと地球の俯瞰図《ふかんず》を楽しみ、あるいは魚となり海深く泳ぎ地球の鼓動を聞く。そんな時空の癒しに浸ることができる。

会社のMさんは、癒しとはストレスの反対語だと答えてくれた。ストレスは努力により、ある程度の目的レベルを超えると、それは心の問題であったと気付き、なんだこんなことかと思うこともあるが、一方で、努力ではとても補いきれないことが非常に多いものでもある。

動物の中で、知恵を与えられたが故の人類が、与えられた知恵を悪用する反作用により、当然考えられるのは仲間を裏切り、自分だけ楽して利益を得ようとする思いやりが微塵《みじん》もない醜い心。それが原因で起こるのは争いや戦である。そんな人は軽蔑されつつも実に嫌な存在である。

地球には人類がただ弱者強者の争いが嫌で生活環境はどうであれ、地球狭しと苦労を苦とせず、争いを避けて極貧の地に迄も流浪の民が逃れ地球上を住み分けている。

こと足りた今日でも、自分だけが良ければいいと思っている詭弁者《きべんしゃ》の心貧しい人が、私達の身を寄せ合って生きている会社の中にいたらストレスが溜まり、とてもおちおちはしていられない。一時的にでも悪と同意するのはとても辛いものである。癒しなどとは程遠い信頼関係の時を続けることとなる。

このように不作為な悪の状況は法のもと野放しとなっていて、もう庶民が諦めきっていたが具体的に手をつけたのが、長い間政権野党にて世の中をジーッと見てきた現政府である。

具体的には国家予算の事業仕分け作業が実施された。私達には考えてもおよびもつかない複雑極まりない国の行事機構に陥った縦割り行政にメスが入り、既得権に巣食う得体の知れない化け物の温床を国民に知らしめるべき行為として、税金の無駄遣いのあぶり出しが始まった。日本にはまだ、正義に満ちた頭脳明晰《めいせき》の人材がこんなに多くいるのには心を癒される。

政治と民の信頼関係の始まりで、今迄は梃子《てこ》でもびくともしなかった慣例の既得権に八月の総選挙で国民がやっと一矢《いっし》を報いた。

言い訳と反発

勉強嫌いで何も分からないくせに、上っ面だけの言い訳と反発だけは達者だと、よく諭されたのは小学校時代か。中学生、高校生くらいになると、他人のお世話になっている恩を感じることができつつも思春期を迎え、心の中にこもる不満の情報が整理できずにそれが態度となり、言い訳が一気に噴き出して表れた。言葉にならない家族への反抗期を迎えたが、それも本を読み、外での体験学習を重ねていくうちに心が整理され、潮の満ち干のように行きつ戻りつしながら不満していたことの咀嚼《そしゃく》を繰り返し、一生をかけて素直さを勉強する。

特に私達の仕事は、受注産業であるがゆえに利害のいざこざ、ぶつかり合いが多い職種だと考えている。自己弁護の言い訳や反発などは、日常茶飯事の洪水のごとくで、結果的にはその出どころは自分の不作為にある。そんな中、頭の中から自助努力が消えてくると、甘えによる〝泣き〟と言われる手法が使われる。大概は仕事上の不条理を訴えてくるものだが、そのような悩みは雑草のごとく地下に深くはびこる悪の芽。世界中のどんな巨額の富を使おうが、化け物は退治できない。

言い訳の悩み、そんな相談をされた時はもっともだと思いながらも答える。「良い手立てもないのならば、貴方が騙された不条理に耐えて、真相を知って、たくましくなるしかないよ」と。

世の中は得てして、道理を守る立場の管理者が、その道理を覆すところに、素人には解きがたい濡れ手に粟の隙間利益がある。窮鳥《きゅうちょう》懐に入らば、救うどころか「これを食わない手はない」と、チャンスとばかりに猟師の特権を振りかざす。それは心の腐った不作為的行為であり、立場を不条理に逆利用したものだ。しかし、現実にはこうした歯止めのない司法の無法地帯がある。華やかな都会のジャングルには、親切ごかしで人を食らう山姥の知的進化したエイリアンがいる。エイリアンは計算された金の世の隙間を見つけ混乱を引き起こし、世の「律」を撹乱する。すると、正義はかすみ、この世は欲得尽《よくとくづ》くめのおためごかしがまかり通り、もう世は末、悲しき末法時代の到来を予感する。

真面目に働く力のない弱い者の泣き寝入りとその日常の循環。世の中にはこんな一面はざらにあり、信用し信頼される相互関係が商売の前提だが、そこに潜む、裏切られまた裏切られたリスクは、あくまでも自分持ちということになる。

私には学校時代を通しての言い訳に反省しなければならないことがまだまだ残っている。

雪がしんしんと降る夜、父に聞いたことがある。「父ちゃん、星の特別多い夜には地上に星が降ると聞いたが、本当にそうなの?」と。すると、「この雪が止んで明日になると星が煌々《こうこう》と輝く。その星が雪の上に雨のように降り注ぐ。それは見事だ」と教えてくれた。翌日の様子に興味津々、好奇心はつのるばかりで、待ち切れぬ思いで月が昇ると、一面の雪野原の川原にそっと急いだ。一人で見上げる、まさに満天下のキラキラ星は、白い山頂には星のカーテンが八方にかかって、もう空が抜けそうだ。どこを見渡してもその光景は夢でも見ている境地で、白い雪に照り輝いて眩しいばかり。これだけの星の数があれば地上に落ちた星のひとつくらい見つかりそうだが、星のひとかけらも見つからない。星は天から落ちて来るので、ひと際光るところの雪をかきわけるが、そこには見慣れた川砂利が出てくるばかりである。

そうこうしているうちに寒さが身に染みる。諦めて立ち上がり川面を眺めると、いくつもの丸い月が波の底を流れている。凍える寒さゆえか、意味も分からず込み上げるものがあり、空を見上げると涙が出る。父は俺を騙したのではない。父はこれを教えたかったのだ。いい父ちゃんだなと思いが膨らみ、手をほほに当て暖をとり振り返ると、そこには月光に映る父がいた。

子供は本当に単純で天動説の空想家である。空いっぱいに広がる花火より大きな星空を見ていると、星のひとかけらぐらい見つかると本気で思っていたのは確かである。この少年期の思いは無知なるがゆえ、父に伝えられない駄目っ子な自分の「言い訳」がたくさんある。学校から帰ると、父と共に生きる為の農作業を手伝った。大人と子供の距離、仕事優先は本当に辛い、いやいや仕事。それでも父の考えている躾《しつけ》はいたずらっ子ゆえに以心伝心が時を経て伝わっていた。それは無知から抜け出す反発、自助努力のきっかけではないかと思う。好奇心が興味へ、既存の考えから変化して、言い訳を濃くしていたように思える。

現在の日本の建築業はスパイラルデフレである。これを克服（反発）するのは分かり切ったことで、安くて良い品を作るアイデアの競争にある。不作為に反発して気がついたことを速く、まめに実行する。まめまめしく働く姿勢に無駄はない。それは自分が選んだ道だもの。

日はまた昇る

事務所の近くにスキップシティ（NHKアーカイブス）の広場がある。そこに急拵《こしら》えの黒い軍艦の模型があった。司馬遼太郎原作『坂の上の雲』のドラマ撮影現場である。

「まことに小さき国が開化期を迎えようとしている。明治維新によって日本人は初めて近代的な「国家」というものを持った。誰もが国民になった。」このような出だしでテレビドラマは始まった。この気構えのある言葉には、責任や立場は違えども、誰もが胸にぐっとくるだろう。

ただ国の復活を思い、主人公は自らの貧困と闘いながら勉学に励む。学問を足場に視界を広げ、世界の舞台へとひたすら坂の上の雲を目指して駆け上る。その若竹のごときさわやかな姿を見つめていると、私は高齢者である身にもかかわらず、精神が高揚する。この純真な主人公に幸多かれと祈る気持ちで若者達を見守る。

我が家の側には、すくすく伸びる孟宗竹《もうそうちく》の藪がある。そこには小綬鶏《こじゅけい》も多く住み、サッカー場よりも広いだろうと思われる広大な竹林だ。春になると柵の向こうで竹の子がニョキニョキ育ち、あげくは倒れた竹が重なり合い、中程などなお濃く密生して常に暗く、行き詰まりで見通し難い藪である。

竹林の名称は『神戸《こうど》ふるさとの森』で、最近、通りすがりの目にも整備されているのは以前より気付いていた。私は二月のこの時期は夜明け前に家を出る。車で東に向かって五十m進むとT字路にぶつかり、その正面が竹藪である。T字路では出合い頭の事故を注意するので、いつも横目で竹の幹の節々を見るのみで通り過ぎる。

たまたまその日はT字路の前でシートベルトの警報が鳴った。車を止めベルトをセットし、煙草に火をつけて燻《くゆ》らせた煙の前方を見ると、ちょうど逆光の薄日が射して浮かび上る竹林のコントラストが美しい。古い株の黄色の幹から青竹に、昨年に生えた葱色の幹へ、と光が移り、竹林の年代の変わり様を映しだしている。その全体の様相が突然強い光を浴びて前方に浮き上がる。竹林への御来光である。

ちょうど地平線の彼方から陽が昇り、地上より射し込む水平な光は竹林を透けて通り、空気が白むその先は竹林の幹が黄金色にきらめいている。朝焼けが赤く照り返す竹林の幹には大きな水滴が吸着した様で、その紋様に反射した七色の光が展開を始める。その一閃《いっせん》が幹に射し込み、静寂が漂うと竹の幹に後光が現れる。

不思議に思い眼を凝らすと、その時、竹林に消え入るように舞い降りるかぐや姫の幻影が見えた。

竹林に射るような朝日が水平に射し込んできた夜明け。その瞬間、一度に広がる光の乱舞乱反射。夜明け前から夜明けに映える後光の新たな美しさは、『竹取物語』のその時の人を発見した興奮があった。

今のこの時期だけ陽が遅く昇るので思わぬ幸運を発見したが、同じ角度からの光景をもう一度確認するその時のチャンスは、日がまた昇る来年の今を待たねばならない。

『神戸ふるさとの森』の孟宗竹の幹が陽光を浴び、キラキラした竹林のダイヤモンドリングの数々を見る。

平和な時代の背景を思わせる『竹取物語』。竹取りの翁は竹の幹に真横より受ける夜明けの中で、ひと際大きなダイヤモンドリングに導かれて、一本の竹よりかぐや姫を発見したと思われる。

今、この日本国に、得も言われぬ美しきかぐや姫が降りて来たなら、何を思うだろうか。時勢はたるんだ箍《たが》となり、眼の色を変えての私利私欲、私物化に走る世の中を見て、ロマンに満ちた物語当時の平安時代と比べどうだろう。やはり神の目線で俗世を見たかぐや姫は、また悲しくなって泣く泣く月に帰ってしまうだろう。

夢も希望も失い、飽和状態になってしまった建築業。しかし落ち込んではいられない。もう一度ロマンを掻きたてれば強いモチベーションが湧いて、私達の身近にもかぐや姫はたくさん存在する。

また、新しい槌《つち》音を響かせて心の中にかぐや姫を引きとめたいものである。

品格

絵画に対する感性と建築物の職人の感性は共通するのか、絵画を見る機会が多くなった。独自な興味を持つようになると、特に風景画は、絵師が何を考え、見る人に自然をどのように筆で伝え描きたかったたか、対象物を誰に見せたいために描いたのか、この絵に至るまでの絵師の生い立ちや、その心境の変化などにも思いを馳せる。

今話題となっている絵画、没後四百年の桃山時代の長谷川等伯《とうはく》作「松林図屏風《しょうりんずびょうぶ》」を見ていると、この水墨画には無駄な隙間がなく、自然そのものが絵の心中に融合している。山から吹き降ろす北風にもまれ、松幹は懸命に根を張り、やや傾《かし》げてなお孤高《ここう》に立つ。全ての松の芯芽が靄《もや》の中より垂直に立ち画面に浮きいでている。

そんな風貌をうかがわせる「松林図屏風」は、仙人が霞を食べ、身を削ぎ、なお律して描いた一枚の絵である。日本の高い道徳文化を思わせるものがあり、そこには祈りにも似た筆使いから醸し出される品格と、ただの強き者のレベルを超えた清楚な心得の響きが伝わってくる。私はいつの間にか自分の内面に培われた潜在意識の心中より、さわやかな境地が芽生え、自分の外面の心においても新たな道筋を教えられる。

私達の社会は、よく裾野の広い円錐《えんすい》形の富士山に例えられる。それは安定した産業の人員構成図だろうが、砂を高く積み上げるのは、砂時計の砂が時間をかけてこぼれ落ちるようなそれ相応の裾野が必要である。人間社会も裾野が広いのが自然の理にかない、包容力があり、平和である。川口からでも富士山は見えるが、いつも見えるのはビルの上にチョコンと顔を出しているだけで、量を測る裾野は見えない。裾野が覆い隠れた今の世情、やはり「富士」は富士山の全体像を見るのが美しい。

私は二十歳代から二十年くらい、協力し合う配管工事の職人の端くれとして学んできたが、普通に十年なり辛抱すれば、技術の大概は覚え一人歩きができると分かる。二十年も経てば、「俺の腕は日本一だ」と威張りまくる人もいる。気負いだけで個人技術に磨きをかける。これを得るだけで満足している人もいるが、それは一点の力ずくの絵で味気ないものである。

実際仕事において、千人、二千人と手間をかける協力工事は、いくら腕自慢をしても一人ごとの腕で工事が完成した例はない。第一に、裾野作りに大切な真に協力する人が集まらない。気負いだけが空回りとなり、結局一人相撲のおんぶに抱っこで、借金だのみとなる。挙げ句の果ては金の始末がつかず、追い詰められてけつ割りのだらしない結果が待っている。

段取りをつける人が仕事の先を見抜けないで、危機感もなく借りた金でいくらホイホイと腰掛職人を集めても、数だけでその工事が完成する訳はない。甘いところだけ食い散らかして逃げられてしまう。

そんな危機状況を見守る物言わぬ大衆がいる。その裾野に生きる多くの人達は貧困と闘い、国を支え続けた事実がある。その過ぎてしまった安堵感により、人類の歴史は懲りもせず、同じ混乱を繰り返してきた。

半世紀前の建築業が未成期でも、あえて表面では使われなかった当時の言葉をそのまま借り受けて、例を三件程挙げてみる。

君は生きるためにこの仕事を選んだのに、「今日もまた目的もなく、その日暮らしの腰掛根性の続きなのか！」「明日もまた、何か別に目的がある出稼ぎ根性の続きなのか！」「将来も、おんぶに抱っこの目的も見通しもない下請根性続きなのか！」。強い目標がなければ達成感もない。この三つの根性は、己にこだわる心の内を見透かされ、何度も諭されるものである。

腰掛根性、出稼ぎ根性、下請根性の三つは、甘え勝手な心の内の出来事で、自分が見えない自分の死角にある姿が第三者には浮きぼりに見えても、その見えないものを当人に説得することは痛々しい腫れ物に触るプライベートの域に入ってしまう。この悪しき品格の欠落は当人が早く気付いて、己から律するように自覚したいものである。

思えば当社事務所に、設立以来欅の丸い丈夫なお盆がある。誰かがストレスがたまり、キレてしまったのだろう、八つ当たりされたと思われるそのお盆には大きな傷跡があり、ボンドで補修してある。もうこの傷は直らないが、毎日磨かれていると傷ついてもなお、品格がにじみ出て来るものである。

文学の経済性

太平洋戦争終結から、初めての桜が咲く季節がやって来たその時、私は小学校二年生になっていた。教科書は三年生になった先輩のお下がりである。

当時、私の家は旅館をしていたので、お客さんの大半は兵隊帰りの商人ばかり。居間のこたつにやってきては酒を手酌で、戦争談義に余念がなかった。面白いので、私は聞き耳をたてていた。今でも覚えているのは、「領土は金で買うのではなく、腕力でぶんどるのだ」と言い合っていたことである。戦場では戦友の死体が野ざらしにされ、その眼には棒が突き刺さっている。戦中では眼の棒を抜く間もない。眼には眼をと怒りと憎しみが募り、戦意を高揚させる殺戮《さつりく》話をしていた。

私にもいつかは召集令状が来て、戦争に行くことになると思っていたので関心を強く持っていた。

そんな時代背景の中、学校には友達がいっぱいいて、遊ぶ情報はいくらでもあり、勉強などそっちのけの楽しさがあった。しかし、先生の語るある文学の話がきっかけで、段々と学校へ行くのが嫌になっていた。その動機は、世の中の可哀そうな出来事を知る話が原因だった。先生が話してくれるのは、戦争とは次元が異なる、得体の知れない悲しさとの遭遇である。強がり一辺倒《いっぺんとう》から人への愛のいたわりを知るようになっていた。先生はこの時がチャンスとばかりに、人の悲しみを知る大切さを教えようとする。

ある時は芥川龍之介の『蜘蛛の糸』の紙芝居だった。血の池に落とされた犍陀多《かんだた》という極悪非道の男が、かつて一匹の蜘蛛を助けたことがあり、その報いに、御釈迦様は助けた蜘蛛の糸を男の頭上に垂らし、地獄より救ってやろうとした。犍陀多がその細い糸に登ると、続いて地獄より登り来る大勢の人達がいた。犍陀多は自分が助かりたい一心で、「こら罪人ども、この蜘蛛の糸は己のものだぞ。お前達は一体誰に尋ねて登って来た。下りろ、下りろ」と喚《わめ》いた。

その途端に蜘蛛の糸はプツリと音を立てて切れ、血の池に真っ逆さまに落ちてしまった。この犍陀多の醜い行為の是非を問われる幼い心は、天と地がひっくり返るほどに動揺してしまい、それはもう背負いきれない重く悲しい余韻が残ってしまった。

私は、知りたくもない悲しい話は聞きたくないと思うようになっていた。当時の世情には、強いものに憧れる男たるものは、どんな事があろうと人前で涙を見せてはいけない、泣く事は弱虫で恥ずかしいことである、という教えがあり、それが男の子の情緒を縛っていた。

その話は、森鴎外の『山椒大夫《さんしょうだゆう》』である。か弱い女子《おんな》供四人が旅の途中で難儀《なんぎ》をしていた時のこと。親切ごかしに近寄った山岡大夫という人買いにたぶらかされて、金を全部巻き上げられる。挙げ句の果て、二人の人買いの船頭に二人ずつ売り渡してしまった。その安寿と厨子王が最後に辿り着いたのは丹後の国である。そこの山椒大夫のもとで買い取られ、奴隷にされて辛酸《しんさん》を味わうこととなった安寿と厨子王の姉弟の辛い物語には、もう心が引きちぎられ、耳を覆ってしまっていた。強欲非道な暴力、人の道を踏み外した極悪人。これから生きる世間にはこんな人がと考えただけで震えあがり、眼の前の世の中が真っ暗になった。幼心に情愛は目覚めたが、人の痛みを知る苦悩を客観的に理解できぬまま、一人ぼっちの不安に落ち込んだ擬似体験は、そのままトラウマに迷い込み、翻弄されて眠れぬ日々が続くことになった。

追い打ちをかけるかのように、『蜘蛛の糸』と『山椒大夫』の続編とも言える、学校での映画鑑賞があった。黒澤明監督の『酔いどれ天使』である。酒と博打《ばくち》に明け暮れる乱暴で身勝手な内容の映画だ。いずれは私も、こんな世の中で人を殺して生きるのかと、不安と恐怖の模擬体験の呪縛に落ち込んでしまう。またも眠れない夜が続くと気弱が募り、劣等感にさえ悩まされ、喧嘩は負けるし勉学もその気になれない。

知恵よりも感受性の勝った多感な成長期に、文学で心に引きずった模擬体験は、日々、侵食する小さな波の攻めぎ合いにより、ことあるごとに消化される。二十年も経つと、精神の甘えから解き放たれる強い精神力が勝り、呪縛が溶けた下地に新たな自立心が芽生えていた。

生きるがための利潤追求の外郭商売は、嘘やお惚《とぼ》けの罠があるのは折り込み済みの社会で、建前上の美しいばかりの理念だけでは通用しないのが経済の成り立ちである。尽きることのない体験学習は、人それぞれが独自に修めているのに、子供の頃の呪縛に屈している自分に気付かずにいると、やること為すこと裏目裏目とドジが続出する。新しい悩みの挑戦は尽きないものので、勇気の欠けた経済感覚の人生観は、利潤追求の正道を逆行することとなる。

ストレスとの付き合い方

〝ストレス〟という語は、今は日常語として通用しているが、私がこの語を改めて認識したのは、テレビで三井不動産の江戸英雄社長が語った時である。この人は、千葉の君津にある集約産業の礎《いしずえ》とも言える臨海工業団地に大きく貢献した、スケールの大きなアイデアマンであった。当時の若者達は江戸さんに学ぶことが多く、注目していた。江戸さんの趣味は園芸で、暇をみては裏庭で野菜作りに没頭している様子を興味深く伝えていた。

テレビ画面の中で、司会者のアナウンサーが「業界の多くの人は仕事が趣味だと言う人もいますが」と話を持ちかけると、江戸さんは「とんでもない、仕事はストレスの固まりで、楽しい訳はないのです」と、両手を上げ、ジェスチャーを交えて答えた。前代未聞の仕事をやり遂げた人の、ストレスとは一体何だろうと思った。そして江戸さんは「母なる大地に親しみ、耕し、種を蒔き、無心に汗を流す園芸は、まさに禅の境地である」と力説した。

私もその頃は園芸を始めていて、自分で作った茄子や胡瓜などの糠漬《ぬかづけ》は美味いものだと味わっていたので、江戸さんの話は心地よく響いた。

丹念に畑を耕し、野菜の生育をうながすことにより、ストレスが吹っ飛び無心に至る禅の境地の園芸とは、どのように素晴らしい趣味なのかな、と関心が増した。

そんな影響を受け、失敗を繰り返しながら園芸作業を諦めずに続けていると、いつの間にか失敗が減っていた。青春時代を貧しく育った私は、野菜の生育に良かれと肥料を大量にばらまいて大きく育てる方法をとっていたが、それはかえって軟弱さを助長する方法であった。

もともと野生である野菜本来の自立を促すために、原産地、種の起源をイメージした。原産地で培った気候環境の適応性に沿った栽培方法を本で調べてみた。生育のこつを多少は掴んだものの、野菜の生育を手の中でころがす指導力を握りながらも、肥料を与える量や順序、適期などが分かりつつ、間を取ることがむずかしい。堪《こら》えることができない。思いついた今、その時に、野菜を無視して一度に何もかもまとめて行おうとする。せっかちな性分であるがために、物作りとは異なる生きた作物作りには、心の動揺、煩悩《ぼんのう》が立ちはだかる。その時のチャンスまで、無心に待つ境地に至るなどには程遠く、身の程知らずな「合理的」などの考え方に惑わされる。欲得での心のあやが浮き上がり、ついに我《が》がにじみ出てしまう。

この動ずるジリジリとした心の調整が最大のストレスであって、はやる心を明日に抑える辛抱は大の苦手なのだ。

人間しかり、人類の起源をさかのぼり見ると、武器もなく何百万年も裸で野生の自然界に生きてきたが、当時は動物界の中での自給自足能力は一番弱いと思われる。有史以前の人類は容易《たやす》く牙のある動物の標的とされ、逃げて逃げて、ついにはサーベルタイガーに頭をかみ砕かれた化石が、洞窟で発見されている。

祖先が棍棒《こんぼう》を持つ知恵に辿り着く前に、百頭のライオンが人間たちの前に現れたなら、人は為すすべもなく、団結も崩れ、ただ右往左往することになるだろう。そこには、鉄と豆腐くらいの腕力生存競争力の差がありありと見える。手も足も出ない恐怖は計り知れなく、得意技もなく、のろま故に動物界での人類が辿った死の恐怖は、大きなストレスを背負った。追われに追われ、ストレスが行き詰まった最後のあがき、百万年もかかったストレスの中より、人は知恵の光明を見つけた。弱い故のストレスが原点で、今日、知の文明文化を築いてきた。その知恵の代償として、今でも野生の中では一番弱くストレスなしでは生きられない動物になってしまった。凄惨《せいさん》なストレスを知恵の起源とした人類のみが、五感の中に新しいストレスの歴史を繰り返している。

もしも原始の時代にタイムスリップをしたならば、そこに、勇気ある指導力を備えたマサイ族の若者が槍を持ってライオンに立ち向かえば、人類を救える神の存在となるだろう。

私は時々思う。進化する人間は、原始の時代より具体的な心のストレスを抱え続けているのだろうか、と。

夢と現実

春はおぼろ、今年の連休は好天に恵まれ、私は疲れも覚えずに菜園に通った。連休もたっぷり取れて、菜園の作業は手抜きをせずに教科書通りの手入れをしようと心掛けた。

まず草を取り、畑の横をチョロチョロと流れる溝にいるエビガニをどかして水溜めを作り、乾いた畑に肥料を与え、根気よく水を運んだ。弁当を持参して、一日八時間は汗を流しただろうか。ある時は、闇に包まれ、隣にあるお墓の板塔婆が風もないのにカタカタと鳴り、そこで夜になったことに気付くという、夢のような園芸作業だった。

あくまでも趣味の領域で、働いたとは思いたくないが、好きな夢を追い八時間も動いていると、その夜は熟睡して八時間一気に眠れた。おまけは、毎晩夢の中で脂汗をかき、トイレ探しに目覚める辛い夢を見ることもなかった。

初夏並みの気候に恵まれ、水も肥料もたっぷり与えた百坪の畑に四十種の野菜。二十四節気のひとつ「小満」(万物の成長の気が徐々に強くなる時期）に、夢をいっぱい託した野菜がすくすくと波打ち、すがすがしい青春の時を味わった。

その後、日当たりのよい場所の春大根は、元気が良く青々と大きく育っている。早くもウリバエが大根葉の中を出入りしている。かがんで葉をかき分けてみると、黄色い芯がツーンと突き出ていた。その先には花のつぼみが出来て、早くも薹《とう》が立っている。引き抜いて見ると、大根はまだ人参ぐらいの半端な大きさで、結実しようとしている。ならばぬか漬けぐらいにはなるだろうと次を抜くと、これも薹立ちをしている。時期を待てずに、ませただけで育った筋入大根では、煮ても焼いても食い物にならない。気温が上昇する長日時に肥料や水を与え、あげくの果て薹立ちを助長させてしまった。私の期待に精一杯応えてくれた大根だが、これからの成長は望めなく、託した夢をいさぎよく諦めざるを得ない現実が生まれた。

「薹立ち」。半世紀も前に、私の親方がよく使っていた戒めの言葉が思い浮かぶ。「あいつは仕事を覚える前なのに、おぼろ月に夜な夜な誘われてもう薹立ちしてしまっている」と。そこには失望のニュアンスを漂わせていた。本能が先走り時期を待たずに薹が先立った野菜は、ひと山いくらでも売れないというたとえで、暗に人間の事実を知らせてくれていた。

元武人でもある親方は、「武士は食わねど高楊枝」と言い、その時いくら貧しいからと、心の内までも貧しさに踊らされぬようにしっかりしろ、と当人の気位《きぐらい》を促していた。油菜科の大根は気候が温かくなったら環境に適応する。それは種族を存続させる遺伝子の働きがあるからで、抑止力がない下等な動植物は「心構え」の「心」が抜けて構えるから「薹立ち」になるのだとも親方は教えてくれた。

今、私達がおかれた利害環境において、代価を求めても中途半端の薹立ち仕事と言われる由縁は色々とあるが、その行為は他人が認めてくれず、以後は仕事を断られ生活が成り立たなくなる。

ひと昔前、月休二日制度の中で学んだ、空腹を堪えて堪えてもその時が来るまで臺立ちを防ぐやせ我慢の法則は、日本の国に蓄財をもたらして来たが、国家はその国民の気概に頼る術《すべ》を前提にして今に生きている。

私は会社で十時間働き、新聞やテレビも合わせて二時間は見る。そこに夢を求め、そして考える。大きな組織国家がどんな仕事の仕組みなのか、その壺の蓋を開けてもらうまでは、何も分からない、ただ国益の大河の流れに沿って死に水とならぬように、ただ黙って働く以外は頼る術もないのである。

今の日本は、グローバルなビジョンが乏しく党利党略の選挙をにらみ、ばらまき国政が先行して、一時しのぎの窒素過多の臺立社会を誘引しているように思えてならない。国の模範ともなるトップが既得権を握り、まさに臺立ちをしようとしているが、混乱している仕組みを正す良い知恵はないものだろうか。

人口一千万人で五人に一人が公務員の国、ユーロ危機の引金となったギリシャの二の舞にならぬようにと、千兆円に上る借金国日本の、そのトップの責任は大きい。夢と現実の溝を事業仕分に託し、国民の前に闇につつまれた蓋を開け38事業を廃止した。捨て身を覚悟で臺立ちと闘っているのは、他ならぬ頭領・鳩山由紀夫首相である。

勇気と無鉄砲

青梅よりも酸っぱいマルスグリ（別名グースベリー）が、いつの年になく、庭先にたくさん実った。早速、会社に持ち込みお茶を入れて、出社する社員に「君、無鉄砲だが勇気があるならこの実を食べてみな」と勧めるが、一人を除いて敬遠されてしまった。

年をとると遠ざかることが多くなる。その代表的なのが勇気と無鉄砲さである。

私が若い頃は、体をはって生きることが勇気と思い、可能性を求め何のためらいもなく無茶苦茶に働いて職人術を覚えた。

しかし、無鉄砲だけでは個人プレーの修行範囲であるとは分からずに、のんのんとし、明日の成果をもくろんでいた。そのうちに、のんびりしていた時の状況も長くは続かず、必然的に親方へと後押しをされる。そうなると今迄はでかい面をしてもらっていた給料の、その十倍は稼ぎ出さねばならない立場となっていた。努力すれば運は向こうからやってくると思っていた。しかし、現実は足もとから崩れていた。そこで私は、仕事欲しさに世間に向かって、「火の中もいとわず、何でもできる、そして何でもやる」と公言してしまったが、親方の実績もなければ信用もない者にろくな仕事などある訳はない。わずかに貯えた資金はすぐに底をついた。そこで考えたあげく、仲間のモチベーションを高めるためにも、リスクも稼いだ金も皆で全て共有して公平に分配しようと話し合った。仲間はすぐに承知はしたものの、早急に必要な機械などの仕入れがあり、その月は帳面を全開した上で納得させ、全員が無給料だった。

その時は、加護された世間知らずの自分に初めて気が付き、これはのっぴきならない事態だと震えていた。猪みたいな無鉄砲な生き様に素直に従う仲間に、飯を食わすにはもっと頑張らねばと気負うが、仕事はあふれる程ある時代なのに仕事がないという、無鉄砲ゆえの苦い体験がある。

あの日からもう四十年、時は変わり、当社でも多くの人が出入りを繰り返した。私のデータによると、不作為による結果、臆病ゆえの無計画が主な原因で十人のうち一人でも物になっただろうか。ほとんどが無言のたらいまわしにされている。それでも当人は困らないのかなと思う。その生き残りが、今当たり前のことができるか否かで、人財、人材、人在、人罪と、これも勇気と臆病のバランスで色分けされている。閉塞時代の方策であり、勇気が消えた時代の生き残り策が、こんなかたちで浮上して来ている。

私は体力的な衰えを感ずるこのごろ、鮎釣りなど無鉄砲なことはおよびもつかず、そうかといって家でじっとしているのも耐えがたい。そんな心境が、気をまぎらわせる趣味の園芸に一段と熱が入ってきた。園芸は人と人との摩擦がなく、無鉄砲も勇気も必要ない。失敗は折り込み済みで、雨が降ったら降ったで自然に任せ、作物の成長を見守る。遊びならではの満足感があったが、しかし、私の漠然とした趣味を根底よりくつがえす、先人のたどっていた新たな道の発見があった。

しとしとと降る梅雨の中、傘を差して作物に見入っていると、傘の骨をつたわった八筋の滴がせわしなく地面に落ちているではないか。私はこの時、この雨垂れは何だと、たわいもない思いで傘をすぼめ、ひと振りして立てると、傘の頂点に突起物がある。その突起物は、傘の八本の骨を一度に束ねている。この芯よりは雨は傘の骨の筋をつたわって滴となって落ちてくる。

私の頭の中で突如、パラボラアンテナ化した傘が、私に対して何かのヒントを示唆しようとしている。それはとてももどかしく私の喉もとにひしひしと迫る。

野菜作りは約八工程の作業手順があり、傘には八筋の滴が同時に落ちている。八と八、それを合わせ見て私は八工程を一度に統括する方法があるはずだと考えた。正面から考えたのではそれはとても無理なことで、八工程と八筋を一度に絡めるそこには時間のずれが生じてしまうが、八工程と八行程の中には常に共通する押さえの原点があると考えた。それは野菜の起源を求めて百万年もの歴史をもつ原産地の環境にさかのぼることである。そこに古来より作物の育成に変わることのない原点の原産地が見えた。その原産地の遺伝子は野菜作りの原点に培われている。

私の菜園には五十種類の野菜があり、これは日本農業の縮図である。ここから、今耕す百坪の畑に原産地農法を取り入れ、鳥瞰図を描く無鉄砲な発想より新たな勇気を発見した。

お客様あっての仕事

欠食児童が何百万人もいた敗戦直後。私は小学校四年生だった。あの時、「父ちゃん百姓は辛いよ、畑の草むしりはもう勘弁してください」と弱音を吐いていたら、その後、私の人生は変わっていただろうか。

畑の中に何本も立てられたコールタール塗りの電柱に油蝉がたくさん集まって大合唱が始まる。肌に焼きつける太陽はギラギラと真上に昇り、何枚ものガラスを一度にこするような蝉の声が暑さをあおった。もうこの時刻になると、少年の体からは汗も出ない。頭はがんがん痛くなり、それでも一日中、〝一草一歩〟進む草むしりにしばりつけられる。それが夏休みの日課であった。

そんな毎日の中でも心待ちにしていたことがある。それは天の助け、山間の青い空にもくもくと湧き起こる黒い入道雲である。辺りが急に暗くなり雷鳴が轟くと、西からやってくる一陣の風がとうもろこし畑を薙《な》ぎ倒す。体がスーと冷え、待ちに待っていた夕立である。蝉の声が止み、パタパタと音をたててやってきた大粒の雨に打たれる。私は思いきり大きく立ちあがり、パンツのゴム紐を広げて土砂降りの雨を全身に隈なくあびる。生きかえった一瞬である。

私は、この夏休みの猛暑の中、草むしりで、大人の重圧を体験した。辛い体験は得てして凹み、方向を間違えてしまうことが多い。そこで息子達が小学校の夏休みに、体験学習として三十坪程の草むしりを手伝わせた。長男が六年生で、次男が三年生の時だった。次男はしぶしぶついて来たが、三十分もすると熱さにたまりかねたか「父ちゃん、家に帰って母ちゃんから冷たい水をもらって戻って来るからね」と言って、そのまま夜になるまで戻らなかった。私の同年期と比べると、そんな親を嘗《な》めたまねは、とても思いもよらないことであった。

当時の私は逃げられぬ草むしりが発端となり心の変化が生まれていた。俺は大人の仕事を手伝っている。それはめっぽう辛い。根気を保つためには無駄な体力を消耗しないことだと気がついた。まず実行したのは分担である、朝の掃除、夜の蚊帳吊りも風呂焚きも全部妹と弟に押し付けた。学校での掃除をやるのは損だと思い、これも全部級友に押し付けた。先生にどんなに殴られても、飯を食わせてくれる訳でもない人の言うことなど聞くかと思った。「この悪がき、お前は、まむしの斎藤道三（当時の教育）だ」とののしられても、さぼることが得策だと思っていた。おそらく手がつけられなかったのだろうが悲しいかな、幼い心の損得勘定で、辛さを逃れることを一心に考えていた。それは為すべきことをやらない方法である。すなわち不作為。

まず自分の所在を不明確とした。まだ他人から教わりもしないが十歳ともなると、報告、連絡、相談の言語は知らずとも行動は身についていた。そこで見ざる、聞かざる、言わざる、を本能のおもむくままに使い分けてやぶ蛇となる言動をさけて、密かに道理に逆らい規則をやぶり続ける。それが友を裏切り、毛虫のように嫌われているとは気がつかなかった。

百姓の手伝いは辛いがゆえ他人の痛みより自分の痛みを優先した。だから、人から褒められたことも好かれたこともなかった、少年の日があった。

今は働かずとも旨いまずいと言える程に食にはこと欠かない飽食《ほうしょく》時代となった。この豊かさが逆にあだとなり、働く人の中には噛んで含める程に言われている、〝報・連・相〟はおろか挨拶も面倒がる横着者をよく見かける。仕事を処する悩みや反省もなく自分が楽をするためには、規律に逆らってでも我を通そうとする。その結果は、自分に足りないものを何でも仲間やお客様に被せることになる。理不尽な魂胆《こんたん》は疾《と》うに見透かされて、お客様よりクレームが入って来る。「続けての仕事を、この担当者にまた任せるなら以後の仕事はお断りします」とはっきりと言われる。困ったもので立派な大人が恥ずべき不作為な行為を気づかずにいる。これは反省の余地さえない、迷える小羊である。かたくなに我の殻の中に閉じこもっていることに気づいていない。

「お客様あっての仕事」「お客様あっての商売《あきない》」とは、もちつもたれつの心のレベルであり、商売の原点をあまりにも正確に的を射ている。お客様に対しての限りない努力を重ねて、感謝をして感謝される。その陰にある偽りのない正しき姿勢が、お客獲得の本当の経済戦争である。

『戦後六十五年』私達が今考え、思うこと

出先の近くで青空市場が開かれているというので、立ち寄ってみた。日本全国の食材店が軒を連ねている。欲しい物は何でもあるが、これという購買欲は湧かなかった。

それにしても戦後六十五年たった今日（二〇一〇年当時）、この食材市場のにぎわいの中に私はとけこめない。人影がひときわまばらな店先に、北海道産鱈子のパックに大きく一〇〇〇円と書いてあるのを見つけた。店頭に立って「十個ください」と言い、袋に入れてもらい受け取ろうとすると「はい五万円です」と笑顔で手を差し出してくる。「このパックには一〇〇〇円と書いてあるが」と問い返すと「申し訳ございません。ここに百g千円と書いてあるのに気がつきませんでしたか」と、シールされた小さな字を指さし真顔で答える。私は高いのか安いのか分からずしょうがないと、いっぱい食わされたような気分で二パックを受け取った。

終戦と言えば昭和二十年（一九四五年）八月十五日、私は国民学校の小学校一年生だった。

当時我が家は、父は農業、母は旅館業を意欲的にやっていたので、私は時々卵の買い出しを言いつけられた。農家の庭先に行き「卵を売ってください」と言うと、今日は無いよと言われる。そこで「俺は卵のあるところを知っているよ」と、その家に無断で上がり、囲炉裏の隅の灰を手で掘じくると何個かの卵が見つかった。籾殻の入ったバケツに卵を十個も買ってくると、母が喜んでくれた。

卵の仕入値は一個七円だったと思う。お客さんの朝食は一合五しゃくの白米のどんぶり飯とみそ汁、生卵、焼海苔、煮豆、季節の漬物で彩を添えた。私はその膳を運ぶのを手伝っていた。

終戦から六十数年の時を今に飛んでみると、現在、卵は十個入りひとパック百円にて店頭に並んでいるが、一個が百円で合計千円と思う人はいない。

養鶏場の卵は、卸値が一個七円なら家族で一万羽を養鶏せねばならないと考えられるのが今日の生産性である。一万羽の鶏を管理をするのにどのように養鶏施設の資金を作り、省力化された施設での餌やりや鶏糞の清掃、卵の集配等々、一歩の無駄も許されぬ集約農業の緻密な労働がある。そのうえ鳥インフルエンザのリスクを考えて、養鶏に対するノウハウの構築と共に生活の糧を守るために一万羽を飼育する。その数字は重く、私は一万個の卵を想像するだけでただただ頭が下がる。

戦後六十五年たった今日、鱈子は百倍、賃金も百倍となったが、円高により卵は百分の一のコストで生産され続けている。やむにやまれぬ、引くに引けない、グローバル化された地球経済では、日本の農業の百倍の面積を耕作する国がある。その穀物が何万㎞にも亘り、日本の養鶏場に横付けされる。

今、当社に「万」という種類にも余る部品がある。これを何に使うか、全てイメージできる技術者もいる。また、十万もある部品を頭に浮べて、写真のスライドのように映し出せる技術者もざらにいる。しかし、ここ迄は教科書に書いてある技術レベルで、先進国と言われる日本では、この程度のマスターでは特筆するほどのことではない国情となっている。知っているだけでなく、現場で技術を正当に生かす果敢な勇気が伴わないと、知識のある人が頼りになった例《ため》しはない。仕事を一口で言うならば、言われる前に先読みをして考えて実行する「絡み仕事」の領域が存在しているからである。

建築業はざっと二十の職種が、ひとつのビルを作る目的のために働いている。重労働ゆえ皆腕っぷしは強く、気性も荒い。建物の設計が突然変わり、人と人の間で利害の混乱が起こる。そんなときの解決策はまだまだ腕力がのさばっている気風が戦後六十五年続いてきた。

バブル経済が弾けて早や二十年、苦しい予算の中でそれでも建物は素晴らしく進化を続けてきた。それにもまして、日夜、引くに引けない「絡み仕事」の中で、行き着いたところは、結局、心の変化だった。この複雑きわまりない絡みにより学び得た知恵、解決策、根まわしや段取りといったことに一歩先んじる人が増えてきた。それは、まだ見えない「絡み」の争いごとを予期して、自分の道を一歩譲る余裕を持てるようになったことでもある。混乱の中で絡み合いをまるく納めるために進んで人に一歩を譲る手法は、新たなる心の飛躍により、自助努力の新境地を切り開き、能率に寄与される結果となった。

自己犠牲とも言える心の捨て石的な行為で、逆境を好転させ、その絡みを解く妙案を目のあたりにして納得するとき、人間とはただものではないなとつくづく思う。

報・連・相の徹底

雇用促進をかかげ、「官から民へ」ととなえて民主党の管直人総理が再選された。総理は雇用の質をどのようにして高めるのか、その具体策を大衆に知らせているだろうか。総理から大衆へ、雇用促進のプロジェクトに備えて「報告・連絡・相談」のコミュニケーションの妙法があってもよいかなと思う。二代目総理が大衆にうけるだろうと実行した、何兆円にも及ぶ撒餌《まきえ》のばらまきも、結果的に選挙には大敗している。政治生命をかけると豪語しているが、こんな撒餌で、やる気になっている人が雇用を創出する資金源となるのだろうか。

今年は記録的な猛暑が続き八月は雨らしい雨もなく、川口市は彼岸中日の前日も気温三十五度を越えていた。

私にも覚えがあるが、炎天下で重労働を職として働く人は疲労困憊《こんぱい》にあえいでも、なお労働基準法にふれない建築業の親方は、月休二日もあたり前である。まさに身を削って働き、若い衆の給料をたたきだしている。万策《ばんさく》尽きても、這い上がろうとしている姿がある。そこ迄頑張れるのは理由がある。職人は誰もが技術を覚えるのに裸一貫、腕一本の技能職で、その日暮らし。金とは無縁であるからだ。

この道の出発点から十年たつと、そこに削られて生き残る者は十人に一人となる。それからまた苦難十年、泣きが渦巻く職場を強《したた》かに切り抜けて、自立ができる起業家率はさらに十人に一人になる。そこまでになると、ほとんどがもう引くに引けず貧乏を承知のうえで、真新《まっさら》な親方になる。

　そのようにして育ったある親方が、猛暑の昼下がりにやって来た。その時、私は冷房をかけてマッサージ器の上で昼寝をしていた。親方は私を直視すると「何だいこの会社は。下請いじめだけで、他に生き残りの策はないのか。俺は下請け仕事を真っ当に生きているのに、ここは人をただの金もうけの道具として使っている。義理も人情もないやつに赤い血が出るか。ぶっ殺してやる」と真っ赤になって意気まく。

　私は人をだまして儲け、目先だけで生きのびる刹那的《せつなてき》な行いは微塵《みじん》もない。そこで「俺は碌《ろく》でもない男だが、知っての通り俺も仕事に対しては真っ当に生きている筋金入りだよ」と述べ、親方がこれほどまで怒るのは、誰かにおどらされてか、よほど悔しいことがあったのだろう。これは私が気がつかないところで、「報告・連絡・相談」の上でも行き違いがあるのだと思った。

　まずはそれを予見して、「見積書を出してあるのか」と聞き、冷たい水を飲ませた。事情を聞くと、発注側は工事費の中に一部材料費込みと思い、請負側は工賃のみと思う。実にあいまいな約束事で仕事が進行していた。覚えもない予定外の材料費が支払いごとに差し引かれている。見積書がないと、そんな初歩的なミスがトラブルの原因になる。取り決めどき「報・連・相」がびっしり詰まった具体的な見積書は、納得し合うための叩き台の必需品《ひつじゅひん》である。これからの親方は、忙しいからとの理由で見積書も作成しないのは言い訳になる。つけこまれないように、独学でも積算だけは勉強して質を磨くように、と諭《さと》した。

私の経験からすると、管材、継手バルブ類の細い材料は外注の親方が手配するのが正しいと思っている。例えば外注の親方は自分の生活費の中から材料の支払いをすることになる。当然百を要する物を、手間暇かけ、考えぬき、八十に節約する。ここで二十％もコストを削減できる。親方ともなればここで一人分の給料をひねり出す術《すべ》を身につけている。また社員に材料を手配させると百の材料に、そこには油断が加算されて百二十％を支出する。これは人の世の常で、立場が為せる性《さが》として、どうにもならないようだ。ひどいのになると余分に材料を発注し相談もなく横流ししたり、工事費を水増しして外注にキックバックを要求をする。他人は気がつかないと思っている厚顔。そんな人は仲間から疎外《そがい》され、あちこちの会社をたらい回しにされ、さげすまされる嫌な存在であることに気づいているのだろうか。

私の目で見るところ、卑怯なる不作為は善良なる人達へのテロ行為である。悪が見えるのは、ほんの氷山の一角であって、この魔の手に気づかぬ真面目な経営者は、自己責任を問われて、法の外での生き地獄から死に追いやられてしまうのが日本の現状である。

進んで火中の栗を拾うような、善良で強い気持ちを伝える「報連相」の心意気は自己研鑽《じこけんさん》であり、意志疎通の原点であって、赤い血の流れる友達の和を広げる妙法でもある。

孤独を生きる

チリ北部サンホセ銅鉱山の地下で落盤事故があり、十月十三日、約七十日ぶりに三十三名が地下六百三十四ｍより救出された。三十三名は落盤から十七日間地上と音信不通となり、完全な孤立無援な地下道にいた。この間三十三名は、思い思いにゆれ動く心をどのようにセーブしていたのだろうか。それぞれが孤独と絶望の中で、万が一助かると思いながら一縷の望みをかけた十七日の間は、生きている印は、ただ心臓の鼓動を数えることだったろう。

昼夜にわたる、懸命な救出作業により真夜中二番目に地上に出てきたマリオさんは、鉱石を両手にして「地下には神と悪魔がいた。私は神の方の手を握った」と地上の人々には想像を絶する言葉を発した。世界の人々が固唾を呑んで見守った悲劇は、さもあらん、孤独に打ち勝ったマリオさんのこの一言で決着がついた。

隔離された状況で私も十時間以上閉じ込められた経験がある。中学三年の夏休みの時で、町から従兄がやって来た。父は大いに喜び、五㎞ほど離れた場所にある鍾乳洞を探検することになった。

洞窟の中は、じめじめしている迷路である。底は暗く得体の知れぬ大きな縦の穴が幾つもあり、カンテラの光を当てると、鍾乳石が幾重にも連なりキラキラしている。地上と地下洞とは経過した時が異なり、自然の神秘に感心するばかりだった。

足元に注意して百mは進んだ登り坂のその時、ガス灯のカンテラが何かにぶつかって消えてしまった。真っ暗な中で父は慌て、泥手でマッチを擦るが、赤い火は軸木にまで移らなかった。油紙に包んであったのにマッチ箱は濡れてしまい火が点かない。諦めて畳一枚程しかないスペースに五人が寄り添って救出を待つことにした。

真っ暗闇な洞窟の中は、眼の前に持ってきた手が見えない。手探りで、それぞれの居場所を定めると、父は「助けは必ず来る。夜になるまでには間違いなく助けが来るから、ここを動かないでいる」と宣言した。私は、父の確信に満ちた一言を聞きながら、百姓の辛い手伝いに比べれば今の状況のほうがずっといいと思った。

退屈しのぎの話も途切れてしまい、時間が経つにつれて、こんな真っ暗でつまらない思いをするなら、電灯のある机に座る勉強なんて大したことはない、と考えるようになっていた。

しかし、隔絶した暗闇の中でなにひとつとして変化のない十時間は、とても長い。俺みたいな疎んじられている者を、果たして助けに来る人がいるのかと自分を責める気持ちも湧いてくる。今の現状と今までの外との状況を比べていると、あまりの違いに、もうどうにでもなれと、膝の上に顎を載せて、出口の方向に顔を向けて、消えたマッチの赤い火を想い浮かべていると、うとうととして眠くなった。

その時である。最後に見た小豆粒ほどの赤い火が黒一色の中に距離感も曖昧なまま眼前の宙にある。宇宙にいる錯覚にとらわれて、他に比べるものもない一点をじっと見ていると、かすかに声はするが人は見えずに、そのうちゆらゆらした何本も何本もの松明の灯が大きく近づいて来る。

肩にロープをかけた人に「誰も怪我はないかね」と聞かれ、鍾乳洞を出ると外は暗く、見知らぬ大勢の村人が集まっていて、皆「良くやった、良く頑張った」と代わる代わる俺の頭をなでてくれる。俺は迷惑をかけたのに、その上褒められるなんて。恩情にそぐわない自己嫌悪と、人のやさしさに触れた嬉しさが混ざりあい、ただ喜べない複雑な孤独感が湧くだけで、お礼の言葉も出せなかった。それでも頭をなでられると、内心、何のこれしきのことと反発するが、胸はキューンと熱くなった。

その後、闇の中で見た小豆粒程の火が大きくなるのを思い浮かべていると、光が胸の中に大きく広がり、勇気が湧き、武者震いを覚えた。すぐに布団から飛び起きて、従兄からもらった旺文社の進学総まとめの参考書を取り出し、机に向かい本を開くと、内容が要約されていて、私は勉強への集中力が湧いて、一気に五時間も本に向かえるようになっていた。

嫌だ嫌だと思っていた勉学からの逃避。それを一度クリアすると、高い山の頂に立った気持ちのようだった。過去の自分を見下して、俺でもできる、と勉強の孤独から一時は解放される。

しかし、それはいかんせん一夜漬け、なまくら刃であることを、そのうちに思い知ることになる。少年時代に「我」の闇の中を押し切って、その姿勢を正さぬかたくなさが邪魔をして、せっかく机に向かった甲斐もなくずるずる学問から取り残されてしまった。そして、何ともむなしい、ただなぞるだけの孤独の勉学にのたうち回っていた。

成功よりも工夫が大切

青い空に赤いトンボが飛び交い、黄金の波が揺らいでいた。

「米」は「八十八」と書く。稲の収穫も終わり、今年も新米の香りを味わった。瑞穂の国の日本人は全員が飯を炊けることとなっている必修科目である。

私も米に執着があり、若いころ飯炊きの経験がある。当時の仕事は都心の野丁場が主であった。

そんな中での飯場生活である。親方以外はその日の小回り仕事を割り当てられていた。そこでの飯炊きはとなると、皆、後ずさりして沈黙が続く。そんなとき、私はたまりかねて「飯炊きぐらい、どうして嫌がる。たかが十分間の事ではないか、このろくでなし」と、つい焦れてしまい、言い出しっぺの私が飯炊きをするはめになる。が、当然飯炊きごときに仕事の時間をさいてはいられない。朝は五時に起きて昼は十一時前になると米を研ぐ。ボールの底を五百㎜の鉄管の切れ端に差し込み、動かないように固定すると、水道を少ししぼり、水を出しっぱなしにして一升余の米を入れ、寒中であろうと両手で米を力まかせにザクザク洗った。研ぎ水が透明となり米がピカピカ光りだすと、次は空気に触れる間もなく東芝の最新バイメタル付二重電気釜に米を移してスイッチを入れる。その間五分である。幾日か飯炊きをしていると、誰からともなく「この飯は旨い」と口を揃えて言い出した。

当時は食物で旨いまずいなどと、ごたくを並べられる人は雲の上の生活レベルの人達であった。その時は、同じ米の飯に旨いまずいなんて味の違いがあるとは思いもよらず耳を疑った。

一日一善、その心意気が通じて飯炊きを手伝ってくれる人が現れた。しかしその人の炊いた飯は黄色くて臭く、その上べたべたしていてまずかった。それでも人の心を揺り動かした純な気持ちが先に立ち、黙って食べた。人の心を動かす、こんなことは、私の生涯で最初で最後だろうが、当時の飯炊き仲間は質素で思いやりのある、よき米の味がした。

今は鉄道博物館となっているが、三十年も前に、そこの場所での工事を請負った。ボイラー室の天井が露出で、その階上に和式便器を一列に並べて二十ヶ所、便器の白い底と鉛管が整然と並ぶ。

検査の当日、検査官がその天井を見上げて立ち止まり、「これは何だ」とつぶやく。側にいた私は、すわきたと緊張が走った。そして「これを施工した業者はどこか」と真剣な顔をして振り向く。元請が恐る恐ると手を上げると、検査官は「こんなに見事に納まった仕事は見たこともない」と誉めた。そしてじーっと天井を見ている。

実は和式便器据付けには苦労していた。従来はまず便器を取り付ける木枠箱で床に箱抜きを行う。これは鉄筋工には邪魔で強度が落ちるだろ、とイチャモンをつけられる。それから防水下地の均《なら》しには左官工に一ヶ所半人工ぐらい請求される。和風便器の据付けには一ヶ所にたっぷりと一日はかかる。そして引き渡し後、コンクリートの伸縮作用により便器に十に一個のひび割れが生ずるのが現状であった。

そんな現状にただ押し流されるわけにはいかず、私は解決方法を工夫して実行した。まず木枠をコンクリート枠に変える。木枠ではとても困難な便器に沿ってR形状の型枠を作り、床面穴を最小限にし、仕上がり床面高に対しては工夫調整し、小判形の筒状のコンクリート枠を作製した。それをコンクリート打設前に据付位置に置く。そして鉄筋工には見ての通りこのコンクリート枠は規格品で強度を落とさない最良の方法であると説明し、変える訳にはいかないことで押し通した。便器がコンクリートに触れない施工方法を実施することにより、今迄はプロ百人かかる人工《にんく》数を素人十人で正確にかつ簡便に仕上げた。付加価値も多く、上記のクレームを一挙に解決することになった。

今日、建築業における平均収支は、一日百万円の売上であれば純利益は一％の一万円程度である。一日会社のためにまめに働く人と、片方では会社の資産を少しでもと、しゃぶりものにして労を惜しむ人も出てくる。さもしき魂胆はいつも堂々巡りで、それは八十八の尻尾をもちながらどうしても、一つの尻尾すらも出さない。浜の真砂はつきるとも、汲めどつきぬ人の心。自分の財布と会社の財布とを分別する事業仕分は、いくら有能な大臣でも工夫の域では不成功に終わる。

義を見てせざるは勇なきなり

中学校の教室の後ろの壁いっぱいに張りだされてある書初め。初日を浴びたその中の一枚「義を見てせざるは勇なきなり」が風もないのに揺れている。

今、大学出の若者達に「あんた孔子を知っているか」と問うと、だいたいが知らないと言う。受験勉強にはそんなことは関係ないのだろうか。

そんな人達の参考にとなればと、孔子のことを調べてみる。孔子は二千五百年前の人で、当時日本は縄文時代である。その時には中国は鉄器が普及されていた。それにより、畑を耕やす鉄の農具は農業を飛躍的に進歩させた。生活がうるおい、次は交易をめぐっておきまりの諸侯(氏族国家）は、皮肉にも文明の起源である鉄器を武器にかえて対立抗争をくり返すこととなる、春秋時代である。

そんな乱れた環境を憂いた孔子は世の秩序を保つために道徳を重じて、儒学の根本となる『論語』を弟子達が著した。

「義を見てせざるは勇なきなり」はその『論語』の一説であるが、私の両親は明治生まれで孔子を神のように敬っていた。孔孟の教えは当時の私には有難くもなく断片的ながら、いやいや何度も聞かされている。おそらく元総理の麻生さん、鳩山さんなどは帝王教育の躾として、頭が硬くなる前に、耳にたこができる程にたたき込まれたと思う。そんな善人が良かれと思う国家の決断はとことん揺れ、迷い抜いていた。

改めて、正しいこと一点ばりである『論語』の教えを子供心に、どのように信じて理解していたか考えてみるが思い出せない。それどころか、今この世をこの論理で生きて行けるだろうか疑問をもってしまう。

親に教わった孔子の教えが、いかに正しくとも、今の世は欺瞞に満ち溢れ、対欺瞞には作為のもとに手もなくやられてしまう。それほど無防備な論理に思える。私は何度も地獄の苦汁を孔子で味わってきている。

私はこれに対処するために、その対象とは逆の事を考え、誠と嘘の前後を合わせて魂胆を立体的に浮かべる考え方が多くなった。だいたいの察しはつくが、やはり騙され続けている。義とか勇は人格が伴う言葉で、使う人によりうっかり信用できず、折につけての判断がむずかしい言葉なのである。

私に「義を見てせざるは勇なきなり」の言葉を問う社員は、これを働くことの美学と信じ、ずーっと胸の内にしまい込んできた。ただ黙って働くことを旨として自己研鑽に努めて、耐えて内なる心にしまい込める仕事のうちはよいが、なんとしても商益を求める言葉を外に投げつけて他人に律を求めたならどうだろう。まして義、勇と、それを課せられた仕事を人に伝えるのは、為せぞ尽くせぞ、今迄は味わったことがない外への憤懣やる方ない感情が高ぶる。

率先垂範もならず、欺瞞対策のエネルギーが切れるが、これは一時的に誰にも起こることで、たかが逆境経験である。「働けど働けど猶我が暮らし楽にならざり、じっと手を見る」、ここでへこたれてしまえばそれまでで、本当はここからが出発点。知恵と勇気の人生である。しかも、これは豊富な体験に基づいて溜めた客観的普遍な考え方へ導く、応用問題。唯我独尊の芽生えである。この先は真の商売への〝ならぬ堪忍〟と〝辛抱〟の第二の自立が待っている。

そのヒントは二百六十年の長い眠りの江戸幕府が倒れ、閉ざされていた鎖国が解かれ、武士が支配した縦割である封建制度の箍《たが》が外れた状況に見出せる。まさに新しい混迷の情報ラッシュである。ざんぎり頭を叩いてみれば文明開化の音がする、とともに庶民は目標を失い救いを求めていた。

そこに登場したのが一万円札である福沢諭吉である。著書の『学問のすゝめ』で表している。天は自ら助けるもの助く、弱きものに光を当てる。それは自助の精神、自助努力、独立自尊、と喚起したこの言葉を全体的に捉えて一言で表すと、今の日本国も普遍な言葉に突き当たるのではないだろうか。

モチベーション・アップ

完成までに、延べ一万二千人かかる建物の設計図がある。これを施工するには、一人の人が生涯をかけて働く労働日数のほぼ一万二千日分に匹敵する。この建物を工期一年で完成させるのに、一年間の働く日数を三百日としてみると、一日の現場作業員は約四十人工《にんく》となる。そして、大工さんをはじめ四十種の職方が入る。この程度の現場だと工期が楽で、だらだらした現場になりがちになる。

ところで生涯で働く日数が一万二千日あるからと、この現場を一から十まで、思い通り一人で挑んだらどうなるだろう。そんな例はとても考えられないが、挑戦者は大学で建築を学んだ元気な若者で一級建築士である。もちろん現場体験の学習はない。

これは私の予測であるが、この一人での現場は、刺激や情報から孤立してしまい、一万二千日をしゃかりきに働いても完成は不可能だろう。金が続くかぎり完成はしない建築現場はないと云われているが、たとえ孫子三代続いても自分一人の力での効率継続は不可能であると考えられる。その大きな原因は、仕事直前において迷いが生じ、次における明確なイメージを持てないことと思われる。

この現場を仮に集合住宅マンションに例えると、十一階一〇〇戸ぐらいだろうが、一万二千人÷一〇〇戸＝百二十人で、一戸当たりは百二十人の施工人数となる。

当社が担当する設備工事は、データによると、一戸当たりは十二人工、一〇〇戸で千二百人工、一日平均の作業員は四人工で、一人当たり年間請負の数は二十五戸となる。このくらいでは、倍も働いたのに親方は、お粥もすすれずに、首吊りか倒産に追い込まれるのはまぬがれない。

もし、現場がセオリー通りの工程が組み立てられていたなら、この現場は親方が一人で軽く仕上げられる。しかし、建築現場では職人の能力格差が大きく、国技の角界と同様に横綱から序の口までが混在する。中には工事のシステムさえ覚えられない人達を雇用して、暇なときと忙しいときの大きな波があり、それでも親方は請けた以上はどんな苦労があろうとも泣き言は言わない。全て自己責任で受けて立つ。朝は若い衆より一時間早く出勤して現場の全体像の状況を読む。寒さ暑さは眼中にないが、親方の何よりの恐怖は仕事の遊びができることだ。手が空くと見れば、すぐに仕事を組み立てるのが務めである。

一方で自分の腕を日本一に磨こうとし、また一方で、そこに割いた時間に金が逃げる。これが親方の泣きどころ。二兎を追う者は一兎をも得ず、のジレンマにあいながらも、愚直《ぐちょく》なまでの親方は、もう後がないゆえに、一瞬一瞬不作為からの解脱となる。それは請負業なるがゆえの約束で、人が人に認めてもらう基準となり、正しい生き方である。請負業は明日の米一升あれば信用次第で億の仕事も請負うことができる。モチベーション次第で実に働きがいのある職業である。

どっぷりとはまって、たくましく人を育てる魔法の請負業のシステムは長い歴史があり、誰が考えた訳でもないが上から下迄一直線の請負業が、今、下から心の変革をもたらそうとしている。ひと昔前は、数の多い職方が理不尽にも暴力で現場を牛耳っていた。上で仕切るゼネコンも見て見ないふりをして、統率が取れていなかった時代が長かった。

それがどうだろう。建築不況が二十年も続くと、いつまでも目先の利害で仲間といがみあい、同じ日本人同士で職利職略の機徴に長けただけではやせ細るだけであり、自滅すると気が付いてきた。これではいけないと考える親方衆の数が多くを占めてくると、今迄は気付かなかった現場付加価値の全体像が見えてくる。現場のサイクルの中で、ここは死中に活を求めて一歩譲《じょう》歩《ほ》するのが得策であるとの考え方が浸透して来た。

世界一高い建築技術を誇る今の日本には、新興国が、なりふりかまわずにひたひた追いかけてきている。安心はできないが、日本の建築業には世界のどこよりも早く、ピラミット型の底辺より民主主義をふまえた意識改革、新しき協力体制、スケールの大きなモチベーションアップの切札が見えてきた。

不言実行

日中親善大使のジャイアントパンダの雄と雌が、三年ぶりに上野動物園にやって来た。パンダの主食はイネ科の竹と篠や笹である。稈鞘《かんしょう》（竹の子の皮）が早く落ちるのが竹で、皮がいつまでも長く残っているのが篠や笹と呼ばれている。

雪で途中二つに折れ曲がり、幹（稈《かん》）がはじけ割れている孟宗竹があった。背丈は二十m、幹は二十㎝、竹藪の列からはみだした、ただ抗しがたい雪の重みによる痛痛しい姿、それだけの運命でその一本が倒れている。

竹藪は手入れが行き届いているので竹林というべきだろうか、その竹林には竹が数万本はあると思われる。周囲は紐でぐるりと結ばれているかのごとく、大きな竹の束となって固体化したようになっている。倒れた竹は特別に立派なるがゆえに、竹藪の手入れをした人が切り倒すのを惜しんだのだろう。藪の列から離れ、孤立した竹が一本、朝な夕なと全身に陽を浴びて、不言実行、凛として輝いていた。しかし、ことには全て背景があり、それは平穏な条件に恵まれていた時のことで、倒れてしまえば不言実行もこのぼんぼんの世間知らずがと、この程度の結果だったと裸にされる。

竹の根は地中に網の目のように隈なく張り巡る。数万本の竹がひとつの根に繋がり、互いの情報網を備え繁殖の機会を油断なくうかがっている。それがゆえに草木が萌える温暖な気候となると、他の草木の追従をゆるさずに、幹芯は次々と節をくりだし一日一mも成長する。他よりも早く優位に場所取りのチャンスに成功する。次は十本ぐらいの単位の仲間が束を形勢して、お互いの力を寄り添わせて風雪に耐える準備も怠りない。竹の束は、力を仲間内に分散して、支え合い、弱点を補い、各々が集団の中で自立できる自然の仕組みに思えてならない。

社会で言うならば数ある中小企業の群れの結束である。ただ背伸びをして天上に伸びる、弱い企業の集まりは密な情報交換から生まれる。竹藪的な相乗効果は、風雪に耐える柔軟な仕組みに変身している。

不言実行の最たるものは国技の大相撲である。心技体をかかげ、個人技を競い、神々しい迄に磨きぬかれた関取もいるが、ここも藪の中、もちつもたれつのなれあい八百長相撲が発覚した。これで楽しみにしていた大阪場所は中止が決まった。労を惜しみ、自ら悪いことと知りながらも楽をせんとする心ゆえの、とり返しのつかない自分のための欺瞞による不正。これは平和を乱す、人類の最大の汚点である。

不言実行の過程では、学問を学び経験より技術を覚える。ここ迄は遅かれ早かれ辛抱次第で覚える。ここ迄たどり着くと不言実行の過程は終わったと、自分は研きぬかれたダイヤモンドのごとく受身の態勢を決め込み、成長が止まってしまう人が多い。が、実はこのレベルに到達して初めて利潤追求の参画に加わることとなる。次への視野はこのころより広がり、仕事の面白味が次々分かってくるのも謙虚な姿勢に気がつけばこそで、人生これを味わわずしてどうする。竹に例えるなら、この時点では、竹の子が一ヶ月かかって背丈だけが人並となり、ひょろひょろしながらやっと頭を出して人並みに日光を浴びる立場になっただけの弱者である。

竹の生命は百年と聞くが、竹の子からの百年の計、これはいったい、長いのだろうか、短いのだろうか。私が四季を追って観察できる竹は、春先の北東の風、もがり笛にあおられた竹が肌をむきだしてヒューヒューと甲高い音をたてている様子と、秋口の南の風、台風によりゴウゴウと竹先がうねり地を這いずりまわる光景。冬は、雪による部分的重みに耐えきれずに、音をたてて竹割を生ずる姿ぐらいである。これらは不言実行の背景は自己防衛のありのままの姿であり、全て藪の中の出来事である。

権威主義で通った不言実行の武士の時代から、世界は情報公開の有言実行に移っている。チェニジア・エジプト・リビアがそうであるように、北アフリカでは民衆がグローバル化した情報にあおられて権威的体制に疑問をいだいた。人民の為に民衆が立ち上がり、国がうねり揺れ動いている。

想定外・東日本大震災

平成二十三（二〇一一）年三月十一日十四時四十六分、マグニチュード９・０、国内での観測史上最大の地震が発生した。震源地は宮城県牡鹿半島東南東百三十㎞沖合である。

その日、私は重い帯状疱疹病にかかり、午後は帰宅して床に就いてうとうとしていた。家がミシリミシリと軋《きし》めく音に目が覚めた。天井を見ていると急に家がガタガタと大きく揺れ、本が棚の中で左右に大きく踊っている。落下物が当たらない位置を確認の上、今迄に体験したことがない大きな地震だと考えながらも、家が倒れるなどはありえないことと決め込んだ。三分程だろうか、床に座り直し地震の静まるのを待った。

全ての部屋の火の気を確かめて、斜めに動いているテレビを正面に向け、スイッチを入れると地震速報が映っている。最初の映像は建物内が揺れ動き置物が落ちる様子。それから後、ヘリコプターがとらえた俯瞰映像が凄い。河口より逆流している津波は家や自動車を瓦礫の濁流にのみ込みながら、音もなく広がり田畑を包み、建造物は何の逆らうこともなく波の下に消えていく。沖合より迫りくる津波はテレビの映像から飛び出すほどの勢いでせまりくる。思わず身を引く臨場感、自然の驚異、津波の恐ろしいエネルギーをまざまざと見せつける。その津波がリアス式三陸海岸の全域五百㎞に襲い掛かった。気象庁は「これほど大きな地震が起きることは想定していなかった」と説明をしている。

その想定外である十四m以上の津波により、東京電力福島第一原発の地下、電気系統、万が一に備えた非常用のディーゼル発電機、バッテリー等々がよりによって塩水に冠水した。当日のテレビ放送によると、原子炉格納器内の圧力容器（鉄板厚十六㎝のボイラー）内が高温により異常な事態となり、冷却用ポンプにて圧力容器に注水を行ったがかなわず、炉内の圧力を除に下げるためベント（放射性物質を含む排気弁）の電気装置を通して開閉を行ったが、これもかなわずに、これから人為的作業により排気弁の開閉を行う予定となった。このために原子力緊急事態宣言が出された。

私は若い時に何度かボイラーをパンクさせた苦い経験があるので、このベントの開閉の成り行きに注目をしていた。しかし、それ以後は原子炉報道の対象用語が、抽象的言葉に置き変えられてしまい、大衆向け報道から掛け離れてしまった。

その十日間、現場に人為を超える何らかの異変が起き、冷却ポンプによる注水を諦めざるを得ない事態になってしまったのか、送水方式に変わっていた。まず水素爆発を起こした建屋上空から、自衛隊のヘリコプターによる海水の送水に切り換わった。次は高機能を備えた消防庁の曲折式の放水塔ポンプ車を始動。さらに、何とアームが六十二mも伸びる高層ビル用の生コンクリートポンプ車を遠隔操作により稼働させた。

世界中が日本を注目している中、震災発生から十日、やっと現場の声が放映されてきた。ただひとつ冠水からまぬがれた二号機の配電盤への通電完了が生々しく報告された。

その間、東京電力の作業員の方は、ろくな食事もなく昼夜廊下で毛布にくるまり寝起きしていた状態で、二時間も寝るとはね起きて放射線の検出された現場にかけつけていた。記者のインタビューに「原子力に関わる現場作業員は人を守り、国を守る、責務を課せられている。二号機が通電までどうにかこぎつけたのは、この時間を与えてくれた自衛隊員、消防隊員、建築関係者、また多くの皆様の援助のおかげによるものです」と答え「苦しくとも途中で逃げ出した仲間は一人もいません」と健気にも語っていた。放射線の寄せ来る波を乗り越えて、憔悴しきってもう立っている力も残っていないのに、なお人の労をねぎらう感謝の言葉を発した。

先陣を切って、現場で働く純粋なこの強い使命感は『走れメロス』の物語を再現している。私はそこに気が付くと手を固くにぎり、新たなる勇気が湧き、胸がキューンと熱くなってきた。

家電「三種の神器」への道程《みちのり》

鎚音響く初夏。東京オリンピック開催前年、一九六三年の光景である。原宿駅で、ゴルフバッグを肩にかけた若者が二人乗り込んできた。当時ゴルフをやる人は珍しく、どこかの御曹司だろう。

二人は反対側のドアに近よると、外を眺めて、「おい見ろよ、あんなに重そうなハンマーを振り上げてコンクリートを壊しているよ。良い根性しているな」と相手に問いかけている。「そうだな、僕も見ているがクラブと違い、この暑い中の重労働では一時間ともたないよ」と答えて沈黙が続いた。

私はそんな会話の内容は、現に体験ずみなので、人がもっている根性なんてしれたもの、時と場合によりけりで限度があると分かっている。こやつらに、あの八kgの大ハンマーを振らせたら一時間はおろか十分が限界だろう。今は女子にもてそうだが、俺よりも世間を渡っていないな、と思った。

その時、私は今の配管業に従事して五年は経ち、早や二十五歳になっていた。この職に就く前は挫折を繰り返し、職を転々としていた。

最初の就職の面接では、「貴方は体力に自信がありますか?」と聞かれ、何においてもとりえのない私は、それを重々承知の上で、「体だけは丈夫です」と答えざるを得なかった。早速まわされた作業持ち場は地鳴りを上げているプールのような炉のそばだった。常温は四十度以上もあり、一日の体力消費量は六千カロリーである。グロンサンを渡され、空腹になると同僚と備え付けの食塩を舐めた。私の食費は一日百円が限度であった。社員食堂では、十二円五十銭の食券で定食が摂れた。しかし会社から外に出ると、一番安いあんかけうどんが十五円もした。

ここでの将来管理職になる人達は、超一流の国立大学出は当たり前で、六十kgの米俵を片手で軽く持ち上げる。工場が一km四方は優にある重厚長大な大企業を目の当たりにして、貧弱な十八歳の私はガリバーの国に迷い込んだ感じで、想像だにしなかった展開に、これから先、何をしたらよいやら見るもの聞くもの、何がなんだか分からなくなってしまっていた。

当時、「鉄は国家を作る大動脈であり、そのために君達は世界一の働き者でなければならない。今やドイツに勝るとも劣らない」と教育された。先輩達は何もかもすごいなと圧倒されながら、自分は与えられた仕事をもう少しの我慢と働いたが、四ケ月も経つと、祖先の遺伝子にもない、私が初めて体験する資本主義による、過酷な管理体制の労働条件に対応できずに、ついにぶっ倒れて発病してしまった。

所詮は飢えた小羊で、やむなく両親のところに帰ることになる。兵庫県よりの帰路は、家の手前二十kmより交通費を節約して、お土産のまんじゅうを買うのを忘れなかった。そこから歩いて帰ると、親には哀れそうに見られるし、兄には「なぜ帰って来た」と問われる。

まずはともあれ、遠慮せずに味わう、味噌汁のうまいこと。何杯お代わりをしたろうか。疲れて死んでしまった血がむくむくと流動し始めたのを覚えている。

ちょっとの間でも、他人の飯を食ってくると、あんなに嫌いであった百姓の手伝いなんて、今は何てことはないと思い、飯を無料で食わせてもらえるありがたさを知った。そして壊れた体力の回復をはかって、再び、都会に働きに出る。それが青春の日々であった。

以後、食料の自給を考えて、品川沖であさりをバケツいっぱい拾ってきては空腹を補う知恵がついていた。そんな時である、「俺は海軍にいる時ですら米の飯には不自由をしなかった。真面目に働いていれば、白い飯とお天道様はついて回る」と言う人に出会った。半信半疑であったが、三度の飯がたらふく食えて雨露がしのげる建築現場での飯場生活は夢のようであった。

空腹の憂いが収まると、今度は勉学に励み、勇気をもって腕さえ磨けば俺の仕事はいくらでも広がると考えるようになっていた。

東京オリンピックは、トランジスター商人と言われた池田勇人総理大臣が音頭をとっていた。大蔵大臣を務めていた時には「貧乏人は麦を食え」と言い、物議を醸した総理だが、「私は、嘘は申しません」と時の流れを敏感に察して所得倍増計画を唱えて実現させた。

その頃から高度経済成長がはじまり、団魂の世代の社会進出と重なった。人々はこつこつと銭を残せるようになり、家庭の幸せを省みるようになっていた。そこに登場した家電「三種の神器」である洗濯機、冷蔵庫、テレビへの夢は、庶民に目的を与え、働く意欲を鼓舞し、所得倍増に拍車をかける要因となった。

家族を持つということ

近頃、柱に寄り掛からないとズボンが穿けなくなってきた。そこで、妻と片足立ちできる時間を競うと、とても敵わないことが分かった。言い訳がましく、「俺は血気盛んな時は、日本刀さえ持っておれば、大虎が現れても、大地に足がぴたりと吸いついて、たじろがない足腰と気迫に満ちていたんだが」と嘆いたが、そんな若いころも確かにあった。

結婚する時に、母が、「男は一人口では食えないが、二人口になると力を合わせて、立派にやっていけるものだ」と教えてくれた。私が考えるには、1＋1＝2となるが、1＋1＝1にもなる。それは道理には合わないがそんなものかと、まあその時はその時、倍働けばよいかと思っていた。

しかし現実には、私の給料など半月でなくなってしまった。つまり1＋1＝2以上である。妻は子供が玩具《おもちゃ》を買い漁るような金の使い方である。セールスに乗せられて、何を買ったのかローンの督促状がひんぱんにやってくる。生活費が足りなくなると親に金の無心をしている。その上、掃除も洗濯もせず、食事も作らない。私が冬寒くて目が覚めると自分だけ電気毛布をかけて、私にはこたつ布団一枚である。「昨年の布団はどうした?」と聞くと、「また、新しいのを買う予定でいたので処分した」と言う。その行き当たりばったりのやり方に頭にきて、電気毛布の線をちょん切った。「私はこの毛布がないと寒くて眠れない」と言う。まったく頭にくる。

過去にはこんなことがいっぱいあったが、別に決裂した訳ではない。妻との片足立ちで敗れてから、先に老い行く自分を思い、今迄の些細ないきさつは過ぎた夢となり、たいした問題ではなくなっている。この様子を見て育った二人の息子にも一度公表しておきたかった。

その家族の内面をふくらませ、あまりにも複雑な仕組みが会社である。その複雑な神の手を逆手に取り、作為に満ちて、家族の為だろうが、会社を白蟻のように食い物とする族《やから》が現われる。あまりの卑《いや》しさが目に余り、一人が逮捕に到った経緯もある。それに比べて、悪意がない仲間の失敗などは男としてのプライドをかけて踏ん張ることによって、仲間を許し得る心の有り様を学んだ。

私は家庭菜園を長い間続けることにより、大切な二つの事を見付けた。その一つ目は特定した作物の成長を拒む、土壌が備えた嫌地である。その嫌地に野菜を育てようとしても土壌そのものが作物を頑として受けつけない。嫌地は特定の作物の連作による障害であったりするが、その土地は作物の性に合わせた土壌に変えるか、作物を変えることで解決できる問題である。

二つ目は、人や作物は力まかせの考え方ではどうにもならない限界があることに気がついたことだ。作物には潜在的に持っている強い個性として、原産地の影響がある。そこに耕作者が心配《こころくば》りをすることで、作物育成のコツがあると思えてきた。自然界の中で何百万年も何事にもめげずに自力で生き抜き、原産地から受け継いできた変わらない遺伝子を尊重することにあった。

原産地をあげてみると、スイカは中央アフリカ。キュウリ、大豆はインド北部。ジャガ芋、サツマ芋、トウモロコシは中南米。等々、原産地の気候風土を知らずしての作物作りは、配慮不足の手抜きの結果となる。作物は一方的に妥協を拒む。私の作物作りは原産地のイメージに添うことを心掛け、そこで得た成果をヒントに人間や作物との関係となる糸口を探ることまで意識している。

人類は、羽のある鳥よりも地球の隅々にまで生存する。そのため、多種多様な性格を備えた原産地から影響を受ける生き方がある。観察すると、古代に根付いた人達が環境に添うことで生き延びた妥協術があると分かってくる。これこそ確かなことだ。

原産地があまりにも過酷な生存競争ゆえに欺くことを覚える人種もあれば、原産地が運よくトロピカルな気候で外敵もなく、椰子の木が五本もあれば食える環境にあり、海幸山幸に恵まれておれば、当然明日のことも考えない楽天的な家となるのが成り行きである。

家族の平和はまずは労を惜しまずに力を合わせる。それでも畑と作物の関係を例にとると、畑と作物の折り合わぬ性質の違いが必ずある。これを嫌地と言っている。農家の人達はこの嫌地と原産地を知りつくして作物を自在に操っている。

信頼への取り組み

日本の名城を数多く見学してきたが、外観から眺める城は優美で威容を誇っている。大きな沼のような堀の橋を渡ると、そこからは一変して、戦国時代の備えの厳しさが処々彷彿させられる。城の造りには当時の苦しい財政の影がそこかしこに見受けられ、生涯あるかないかの戦いに備えて、利便性は排除された防御策が十重二十重に取り囲み、万端おこたりがない。不自由を旨とする武将の質実剛健さゆえの生活様式が残っている。見学者は無口となり、きつい階段を息を切って登る。

城は幾多の苦難に遭い、戦国の世より五百年の時を脈々と続けた歴史があり、万が一の戦いに備えた難攻不落の要塞と言われた。

現在、あらゆる防備を一点の曇りもなく追求されている建造物が原子力発電所である。「災害は忘れたころにやってくる」と言われるが、まさしく三月十一日、大津波が東京電力福島第一原発を襲った。その津波の被害は十兆円を超えるとも予想され、企業の責任枠を超えてしまった。あの日から早や四ヶ月が経とうとしているが、復旧のめどさえ立っていない今日である。福島第一原発事故は多くの国民にはどのように映ったのだろうかと、私は客観的な目線で考えてみた。

まず、津波は海岸にそそり立つ、第一の防波堤を軽く乗り越えた。次に、第二の防波堤となったタービン建屋本体は、過去に例のない想定外の十mの津波にもびくともしていなかった。テレビを見ていてさすがだと思った。

しかし、堅牢誇る建屋でありながら無防備とも言える出入り口の開口部が壊され、海水がドーッと地下室に浸水した映像を見ていると、ああ、もしもそこに開口部シャッターがなければ、こんな大惨事には到らないはずだと考えてしまった。

問題の開口部シャッターはタービン建屋の搬入用通路の一階にあった。その開口部シャッターは太平洋の海上に向かって設置されていたから、そこを津波が一気に襲い、破壊し地下室に倒れ込んだ。海水の浸水により装備されていた非常用の電気系統が機能停止してしまう事態に陥った。停電により、原子炉の炉心を直接に冷却する熱交換用の循環水ポンプが動かなくなってしまった。それが原因でメルトダウンが発生し、放射性物質漏れによる大惨事になってしまった。

技術者でもない私は、あり得ない光景を想像するだけで、もう打つ手がなく、万事休すと思った。

水素爆発が起こり建屋上部はきれいに吹っ飛ばされた。その様子を見た世界中の人は、福島第一原発事故を知り驚愕した。国は三十㎞以内の住民を避難させて、日本の英知を結集させた。すでにメルトダウンが起こりうる中で建屋上空よりヘリコプター、消防車、生コンクリート車、など日本技術の粋を集めて送水で対処したが、その結果、放射能を含む大量の汚染水処理に手をやいているのが現状である。

難攻不落と言われた、福島第一原発が建造されたのは四十年前のこと。当時の原子炉建屋の設計者は一般的には安全第一を考えたはずだ。地震や津波に弱い開口部になるシャッターの位置は、間違いなく海の反対側の建屋の裏に設計されたとしか考えられない。それが想定外であったのに何で利便性を優先させたか。設計者は主張が通らずに無念の涙をのんだことだろう。

ここを訪れた多くの人は、想定外などの枠を知る由もないから、太平洋側に向かって取り付けられたシャッターの位置に危機感をもった。見学者から「海上方面にシャッターがあるのは危ないのではないか」と指摘されていると想像できる。それを「なるほど」と素直にチェックするテレパシーが必ずあったと思えるが、そこには一体全体、縦割り行政での中でどんなミステリーがあったのだろうか。

原発事故調査会の会見によると、会長は力を込めて「海上側より押しよせる津波の破壊力は戻る波よりもはるかに酷《すご》いのが実状だ。それは現場を見てよく分かった」と発表をしている。この言葉はシャッターの取り付け位置に強い疑問を持ち、暗にシャッター取り付け位置を指差しているようにも感じた。

国家の威信である「信頼への取り組み」は、もう四十年前から「聞く耳をもたない」想定外の枠で決まっていたと思うのは、私ばかりではないと思う。

耐え難きを耐える

大震災の日々の様子をテレビ画面で見るだけで頭が混乱してくる。苦しんでいる人達の境遇は想像を絶する。被災者の様子を見て、私の平常の苦難などまだまだ頑張れる余地があると、逆に勇気が湧いてきている。

私達は仕事において、どこが苦しくて耐え難いだろうか考えさせられて、データを開くと五十％の社員が一年で脱落している。平均寿命が十年とされている日本の会社は、十年で力が尽きて脱落していることになる。経営者が後に残された道と言えば、弁明の余地も許されずに、言い訳無用の吊し上げが待っているだけだ。耐え難きを耐えるとは、一つ戦略を間違えると、私がまだ知らない想像外の地獄が渦巻く光景だろうと思う。

私は会社を興して十年が過ぎた時に、俺もやっと十年間も辛抱したと安堵したものである。その頃を境にして、人は自らを鍛え上げるものだと確信をもっていた。自我の主張を抑え続けられていた第一反抗期の余韻として、勇気を忘れ頑《かたく》なに自己弁明に燻《くすぶ》り続けている。第二の反抗期は自ら燻る殻の中にいることに気付き、自らの力で脱皮するエネルギーが必要である。それを切っ掛けに今までよりもハードな業務を素直に受け入れられるだろうと考えた。私は社員の次のステップを願って、蓄積した資金を教育のために変えて、燻り続けている社員が失敗を恐れないように、利益は度外視して組織に風を吹き込んだ。

会社とは社会のため、人のために廻り回って利益を生む仕組みである。それを阻害するのが人間関係上の弱い者同士が波風を避けてのもたれ合いである。もたれ合いは甘えで、そこに付け込まれ、乗せ上げられ失敗するケースが実に多い。そこを分かり脱皮することを世間では一皮剥けたというが、一皮剥ければ、拗《す》ねていた女々しさは取るに足らないことと理解できる。若い時は、既成概念にこだわって錆ついていたわだかまりも、自ら強い指針を立て、惑わず目標に向かって進むと、第二反抗期の矛盾は自然に消えて時間と共に不平不満が半分となる。それに伴って心の負担も仕事も半分になることが分かり、そこで出会う嫌な悩みは自力によって培われたゆとり、寛容さが次の扉を開いてくれる。

私は耐え難い暑さに耐え、健康を願い、日曜園芸に励んでいる。機嫌良く畑作業するそんな時、突然に蛇、蛙、蛞蝓《なめくじ》の三者の中の一者に出会うと、もう耐えるなんてものではなく、体中がゾクッとして身が凍り竦《すく》んでしまう。それは勇気なんて簡単に消失してしまうものである。特に、ヤマカガシ、ガマガエル、大きな芋虫など、各様の赤く光る斑摸様は気持ち悪く嫌悪感と恐怖とに襲われ、身を反らす。

この三者に嫌悪感を抱《いだ》く人は多いが、恐ろしい三竦みについて気付いたことを記述したいと思う。

蛇が蛞蝓を恐れて、蛞蝓は蛙を恐れ、蛙は蛇を恐れ竦んでしまうように、ある物事をめぐって鉢合わせした三者が互いに牽制し合って、お互いの動きを封じ合う。それが三竦みの形である。

しかし、これらの視点を逆にひと回りして互いが反対の立場になると、蛞蝓が蛇を頼りにして蛙を避けることとなり、蛙は蛞蝓を頼りに蛇を避けて、蛇は蛙を頼りにして蛞蝓を避け、危険を互いに背負い合いながら身を守る術《すべ》がある。

そこには天敵どうしが矛先を変えて、その場の利害を越えてしまった。強い者が弱い者を盾に、弱い者が強い者を盾にした。さながら戦場のような、生き物における強かな共存の仕組みが見られる。生存するにおいて三者が三様に固定された三角形の三竦みになってしまったなら、この生物の種《しゅ》は途絶えてしまう事となる。

芽生えては消える数多《あまた》にいる生物の世界、現存に至るには幾世代にもわたって望みを託す「耐え難きを耐え、忍び難きを忍んだ」生物のみが生き残った進化の道程を窺い知ることができる。

今の国会論争を聞いていると、実情の姿は見えないが、三竦みの絡み合い様相を呈する中、物を言わぬ影が舌舐りをして、大震災の復興の足かせとなっていないだろうか。

会社と社員の相互関係

今の世界は会社が動かしている。想定外の計画停電でよく分かったが、東京電力は日本国の牽引的存在である。東電福島第一原発の大津波事故は競争にさらされた結果、常識の考えが及ばない想定ミスの重なりで、企業のあり方、会社の苦悩の様子をまざまざと見せ付けた。だからと言って東京電力からの受注仕事を希望しても、そう易々と使ってもらえるわけではない。

秋風が立つ今時分のことである。「君は入社して半年になるが、学校時代と今の職業ではどちらが面白いか？」とある人に尋ねたところ、「どちらも理解できずにちんぷんかんぷんの毎日です。それでも僕の仕事があり給料が月々にもらえるので、ありがたいと思っています」と言う。そして、ひと息ついて「この仕事は物理学が前提を成していると先輩から教わりました。会社から借りた本を枕の下に入れて、仕事のイメージを描いて眠っています」などと、高い期待をもたせ、嬉しいことを言ってくれたが、それから仕事が辛いと言い始め、行き掛けの駄賃を使い、先輩をかきまわして辞めてしまった。

人が積み上げたものを壊すことは簡単である。あちこちで受け入れてもらえず、たらい廻しにされた挙句に当社を訪ね、こちらも性根を直すために面倒を見てやったつもりが、懲りずに悪事をはたらいて辞めた者もいた。機会をうかがい一丁前になったからと心得て辞める者もいる。外に出て分かることだが、会社を自分の都合で操るほど世間は甘くない。今迄に辞めた人の数は百名以上にもなるだろうが、今その人達が何をやっているか消息はほとんど分からない。

建築業は、人間の衣食住を支える業種の一つであり、なくてはならない基幹産業である。不況とは言え、技術は一流、腕も度胸も一流と特別に優れていれば、引く手あまたである。しかし、期待をもって育てた人が、ただ居心地が悪いという理由だけで辞めていく後ろ姿を経営者は見送り、がっくりしながらも、懲りることのなく、また出直す気持ちで新しい苗を十年の歳月をかけて根付かせようとする。

川口市だけでも同業者が百社はあるだろうが、期待を込めて育てて十年、いざこれからという出番の時に梯子がない。会社は社員を道理をもって縛ることのできぬ定めに、眠れない夏の夜を過ごすことになる。

私達が若い頃は国が本当に貧しかった。一流会社に勤めてもほとんどの人達が働くに足りる食にありつけないのが現状であった。だから三度の飯が食えれば寒さ暑さなどは何のその、石にかじりついても頑張ることができた。

しかし、この建築業界は数ある産業の中で酸いも甘いも噛み分けている人が多く、まだ四十歳や五十歳では鼻たれ小僧扱いである。このことに気づいたのは、立場が代わり、独立して使われる側から使う側となった時である。その時は、無い無い尽くしは承知の上でも利潤追求の波に木の葉のごとく揉まれた。

体力から知力、洞察力、忍耐力あらゆる情報不足が一気に降りかかり、五里霧中の状態で、井の中の蛙とは俺のことかと知る。そこまで追いつめられると親の背中も人の意見もそれは次元が異なる問題となり、誰のどんな助言も聞いたような知恵にすぎず、本当は参考にならなかった。私はこの状況の突破口は自分ただ一人、どんなことがあろうと逃げたなら最後、どんなに知恵を絞りもがいても、途中で諦めることは許されない立場なのだと自分を見つめるに至った。それからは、自分の力が及ばず事態が大きくなる前に解消策を実行した。夜半泥棒が入った時は、ともかく会社に一番乗りをして眺めると、疲れた社員の投げ遣り仕事がある。それを見つけては次に来る全体像を想定し、今自分ができることを躊躇せずに一つずつ片付けた。

若い時からいつかこれはやろうと追いかけていた会社経営のコツは掴めぬまま今になってしまったが、松下幸之助の名言が浮かぶ。「雨が降ったなら傘を差せばよいということです。これが当たり前のことなのです」。気負いなく日常においてこれくらいは誰でもできる。その心掛けを積み重ねた結果が働く基本であった。

多くの人が会社を辞め私は寂しい思いをしてきた。その人達に、甘えを断ち切り、自立心を煽るあまりに、タイミングを見て傘を差し出すこともしなかったのだと、反省しきりである。

君子は豹変する

「君子」なる言葉は、小学校教育の余韻として残っているが、日常においては縁もないので忘れ去られている。戦後になっても君子の話はよく聞いた。学校教育では、聖人君子は国会議員の人達に多く、大臣をはじめ聖人君子が綺羅星のごとくいると教わった。その人達はとてつもなく偉いのだろうとうなずいて聞いたものだ。あの日から六十年余りも経ってしまったが、仕事一筋、泥まみれである私の人生では君子なんて考える余裕もなかった。

やむなく、ことわざ辞典や広辞苑をめくり「君子は豹変す」を調べると、次のようなことが載っていた。

「徳の高い立派な人が悪いと知ればすぐ過ちを改めること。豹は黄緑色の地に梅の花黒斑模様があってよく目立つ。君子が過ちを改めて善行に移る時には、意見などはっきりとした色彩のように分かりやすく態度はがらりと変わる」

このように、もとは良い意味での変化を言ったが、現在は節操のなさにぶれる変化の言葉として使われている。君子もおとぼけや嘘により人をコロコロと騙す安易さを選ぶ時代になったようだが、何を信じてよいかまったく油断も隙もない世の中である。

辞典を調べてから、私はこの言葉について質問した者に「どうして『君子は豹変す』の言葉を選んだのですか?」と尋ねたところ「たまたま国会の様子をテレビで見ていたところ歴代の首相を例に、君子が豹変する過程を、例えていた。それでインターネットで調べたうえで尋ねた」とのこと。私が見るテレビはニュースと天気情報が主で、たまに勧善懲悪の時代劇ぐらい。私など関係ないと思いながらも国政のニュースはかなり多く見て、断片的情報ではあるが首相の君子像をそれなりに調べてみた。

鳩山元首相は、米軍普天間飛行場を県外か国外に移す意向を示したが、敵を知らずして己も知らず、の例で結果は腰くだけになってしまった。後であれは方便だと言う。君子に二語なしと言われるが、育ちが良すぎて、子供の頃に一対一の取っ組み合いや泥まみれの喧嘩などの基礎体験はないなと思った。

菅直人前首相は参院選中に勝利したと思ったのだろう。その選挙のさなかにタイミングを計らずに消費増税を主張して惨敗し、結果、ねじれ国会になってしまった。千兆円に迫る財政再建の重荷を背負い、足ががくがくして、目的地に到着する前に肩の荷があまりに重く途中でほうり投げてしまった感は否めない。何としても惜しいと思った。

この不況で零細企業は一％の利益も出ずに、机上では不可能なことに夢にまでうなされて消費税を念出しているのが現状であり、そのことを知ってか知らずか、消費増税で企業の大多数をしめる中小企業を敵にまわしてしまった。

八ッ場ダムの工事中止は、良し悪しの答えは別にして国民の度肝を抜いた。高飛車に国家権力を見せつけて民主党は何かやるとの期待感を持たせた。また、事業仕分けの作業は国民の注目を集めたが、もうひと押し最重要課題の既得権問題がある。善行を施し天の声に従うべきはずである儒教国の君子が、ひとたび既得権益を手に入れると、自己欲望の性《さが》には勝てずに天の声を逆利用して汚職がはびこっていると聞く。既得権益は国益にサイドブレーキをかけたまま走る自動車のようなものだと思うが、その権力者がのさばり、その解決方法は有史以来途絶えたことがない。

今、日本は先が見えず、いくら働いても膨大な借金国では国民の安らぎがない。そんな私達に気概を与えてくれたのが弱冠五十四歳の野田新首相。「金魚は華やかだが、俺は泥鰌だ」と野田哲学をうって出た。世情がこんな酸欠で停滞していると金魚はすぐにパクパクとしてまいってしまうが、養分のある泥の中での水陸両用が可能な泥鰌は理屈を抜きに金魚の何倍も粘り強い。

ねじれ国会は展望のない泥の中、泡の中での辛抱比べ。経営の神様と崇められた松下幸之助が国の将来を憂いて松下政経塾を創設した。その一期生である野田新首相の何よりの魅力は普通の人の生い立ちである。水清ければ大魚棲まず、一寸先は闇が政治の世界、そんなことは百も承知の上、泥の中より新しき時代の「天の声」である。ひとつのものをふたつに使い分ける二股ソケットをヒントにアイデアを見つけて日本国の舵取りを願いたい。

率先垂範

ユーロ加盟国にスロバキアとギリシャがある。スロバキアの人口は埼玉県ぐらいでギリシャの人口は東京都ぐらいかと思われる。

そのギリシャが債務不履行に陥ってしまった。原因は、国が土壇場になるまで財政赤字を偽って欧州委員会に報告していたからである。その結果、ユーロ危機の発端になった。当然、仲間はギリシャを助けなければならない状態になる。加盟国の一同においてギリシャを助けようということになったが、「俺は解せぬ」とこれに猛反発をしたのだがスロバキアである。

スロバキアは貧しいがゆえに豊かになりたい、その一心で指導者が率先垂範の見本を示して働いた。それに比べギリシャは地中海に添って風光明媚、温暖な気候で、かつては世界一の繁栄を築き、歴史遺産にもめぐまれている。偽って楽をしようとする国を貧乏国が助けるとはなんたることかと怒ってしまった。そのスロバキアもやむなく欧州金融安定化基金の機能強化合意にユーロ圏で十七番目に賛同するに至った。スロバキアのギリシャ救済は巷間においてイソップ物語の「アリとキリギリス」の教訓に例えられている。

ユーロ危機に関連して、次は我が身、我が国に置き換えて考えてみることにした。

日本国の指針を示す膨大な国家予算（実行予算）は誰が考えるのだろう。その数知れぬ国家機構の実行予算、その真偽を見抜くだけの人材が我が国にいるのか疑問を抱いてしまう。並ではない業務に携わる人材は、至難を糧とした百年の経歴を要する神眼主と思われるからである。

国家の実行予算なんて我々から見ると宇宙である。それをひとつの玉にまとめる人間国宝が日本にいる。

二十歳のころである。日本電報通信社（電通）吉田秀雄社長の商売の心構えを書いた「鬼十則」を読み、衝撃を受けて姿勢を正したのを今でも覚えている。その一説に「摩擦を怖れるな、摩擦は進歩の母、積極の肥料だ、でないと君は卑屈未練になる」と書いてあった。その時、凡々と生きていた若僧が身のひきしまる思いで何度も読み、寒天の星を仰ぎ、今の俺は勇気が欠けて、このままだとやばいと正直に思った。今迄いかに生半可な生き方をしていたか、自分の影を満天下に晒《さら》していた。

挫折をくり返し、職人として手間請けで独立した私は、鉛筆を持ったこともないのが実状であった。それでも設計図面を一度見れば、図面の余分な線を削除して、装置の機能を上げる省略方法は結構身につけていた。見積り方法も誰に教わった訳ではないが、現場体験を生かし独自の工夫を凝らした。混乱や摩擦を避ける先手を旨として、人知れぬ努力を重ねた。そろばんに例えるならば七級から一級に上達して、一日で七日間分の見積りができるようになっていた。

為せば成る、初めて味わった己の密かな自信は、十則に出会ってから二十年、そこに鬱積していたコンプレックスが体から凪いでいくのを覚えた。

こうなると、黙っていても平日は忙しいだろうからと土曜日曜に見積り図面がドカッと届く。肝心要の実行予算書は大学ノート二十冊、手抜きなど考えもせずに一千現場にもなった。この程度の先行率先仕事で配管工百人の仕事量を賄えるようになったが、職人の質が仕事を左右するのが受注産業の泣きどころであった。自動車や機械を貸し与えても、やる気のない者はやる気がない。与えられた機械を売りとばして、トンズラやケツワリの逐電者が出る。現場は火を吹き、苦しくなると悲しいかな、責任を転化して逃げる輩が出てくる。根性のなさが丸見えだ。そこには怯懦《きょうだ》の吹きだまりとなり修羅場の情景。この人達は、未完成の現場は皆無であることを知らないのだろう。

この業界は現場監督がいる。社長代理人という立場であるその人に、「君、実行予算はコンプライアンスに義務づけられていないが、実行予算を組んでから仕事をしてくれないか」と相談すると、「僕が率先して実行予算を組むとそこには困る人が出るのと違いますか。そんな摩擦は避けて通りたいです。これ迄言われたことは会社のためにと一生懸命に働いているではないですか。そのくらい認めてください」と返って来る。

国も会社も、摩擦を恐れていていると突破口はない。それはただ、温室内の仲良しクラブに過ぎないからだ。風当たりを恐れたその原点からは、率先垂範の風は吹かない。

歳には勝てず、脳は老いて物忘れが多い今日である。しかし、「会議」と原稿用紙に書き、しばしボケッとしてから、再び鉛筆を手に取ると、考えるでもなく手が勝手に動く。「広く会議を興し、万機公論に決すべし」と、すらすらとこの語句が脳裏に浮上する。閃きか、二度と戻るはずがないと思っていたが、探していた未消化の言葉をいつ覚えていたのだろうと、まるで記憶喪失から目覚めた感覚である。

この機会に二度と忘れないようにと調べてみると、明治天皇が明治新政府に示した政治の基本方針である。この言葉は「五箇条の御誓文」の第一節にあった。

万機公論に決すべし。これは維新の人、坂本竜馬の船中八策にある「万機宜しく公議に決すべし」は、この語句を引用されて、「広く会議を興し、万機公論に決すべし」と、改められた。この語句が後世において民主主義の道筋となるのを知ってか知らぬか、その根幹は若き坂本竜馬が編みだしている。

奇しくも大阪府知事、大阪市長のダブル選挙は、大阪維新の会が既成政党に大阪都構想を突き付けて圧勝した。政令市と道府県行政のらちが明かない二重行政の効率の悪さを、これが正義と、信念をもって万機公論を正面にして民意に問いかけた。

「五箇条の御誓文」は私が高校一年生のときに習っている、当時はただ後れを取り戻すために無闇やたら丸暗記、足で踏み付けて頭の中にしまい込む強引な学業がそこにあった。とくに社会科は世間の仕組みを知らぬ少年期には難解で、通知表は痛恨の落第点。初めての「赤1」をもらったのを思い出す。将来像がない少年期はまともに生きることが辛く、正直なところ、さぼることのみが念頭にあり、友が「三権分立」など会議の尊さをとうとうと述べるのを聞く時は、じんわりと劣等感を味わったものである。

あの日からもう五十八年もの歳月が過ぎた。会議は予定報告や業務のノウハウの伝承が主であるが、会議により社員が会社のあるべき全体像を少しでも把握して、反省し、この先自分は何をしたらよいか自立への本質を見つけ出すのが主旨である。

人にもよるが、それでは自分への苦痛が伴い負担が増えるだけだと躊躇してしまう。こんな例もある。〝ずるたん棒者〟は「俺は一人で忙しいし誰も手伝ってくれないから、ああ忙しい」とひと泣きを入れ、盾として並べた言い訳で会議を拒む。

なさけなや、目標がないと自分でやる気もなく、やりもせずに、不遇を嘆いて、自分の願望を他人に期待している。それが叶わぬと世は不条理だと唱える。このような状態になると、もはや生涯を通して「ふり出し」行為を繰り返すだけで、目線を上に向ける心掛けも進化もなく、人間関係の絡み仕事は覚えられないであろう。

私達の建築配管設備工事は、文化生活の向上とともに施工額は上昇の一途をたどるが、施工上においては昔から言われるように付帯工事屋である。それゆえ他職との絡み工事がついてまわる弱味があり、何かあると攻撃の標的になりやすい。いつも他の職方に「どうもすみません。邪魔になるでしょうが、ここで一緒に仕事をさせてください」と譲り合いを願い出る。他職と比べ下手に出ることを必要とするが、その代わり、能力格差が特に大きな職業である。もしも設備屋にそれのみの工程があったなら建築工期は倍にも延びてしまうだろう。外国に行くと赤く錆びた鉄骨にやぶれたシートが風に吹かれている建造中の建物がある。この光景は設備屋の工程が考慮されているからだと聞いた。

私は多くの配管職人と接してきたが、自分を幾重にも取り巻く難しい環境を素直に取り入れ、そのうえで腕を磨いている。多技にわたる技能職の中での技能オリンピックで優勝しても、仕事ができるプロかと問われれば、否である。そこから周りを見た付加価値を知ることが、新しい原点となり、長い道程がそこから続いている。

会社内には同じ「ふか」でも「付加」と「負荷」がある。〝付加価値〟と〝負荷価値〟の分かれ目は、仕事の腕ばかりでなく、万機公論を大切にする普段の心掛けによって決まる。

同一球団四年連続新人王

「あるじは名高い働き者よ　早起き早寝の　やまい知らず　永年鍛えた自慢の腕で　打ち出す鋤鍬《すきくわ》心こもる」

普段の生活はかくあるべきだと、私の好きな童謡「村の鍛冶屋」の詩である。仕事を喜んでやることで、いつとはなく聞いているこの歌に感化され、仕事を待っている自分がある。

野球選手が新人王として表彰される時、これから為すべき日常の心構えを、新人王達に贈る言葉として村の鍛冶屋の曲を流したなら、さぞ感慨い深いものと思われる。

心技体を備えた新人王を四年も連続輩出したならば、球団は確実に底力がついた。監督は現状の戦力を手中に来期に向けて人材構想を練り、優勝の夢が膨らんでくる。

今年もドラフトで獲得された新人の過半数が、ベンチを温め続けてくれるだろう。控えの選手は出場予定がなくとも毎日早起き早寝、怪我せぬよう、健康を最上に維持して監督より指名される運をじっと待っている。そのくらい有能なレベルの控え選手がいるからこそプロ野球は面白い。

私達のように職業集団を指揮する中小企業の社長は、プロ野球の監督との共通点が多い。よく比較され話題となり、学ぶべき監督の一挙手一投足を食い入るように観察している。

プロ野球はシーズンを通して六勝四敗の勝率がおよその優勝ラインであり、四勝六敗の線は最下位となる。私共の職業では、特別な受注先がある業者は別として六勝四敗などの高率はまずありえないが、もし逆の四勝六敗なら倒産だろう。業界の勝率は五勝五敗（五分五分）その微妙なニュアンスの僅かな隙間で経営が成り立っている。その五勝五敗の中には日本中の同業者がひしめき合う。ひとつの大きな団塊となっている。五分と五分の利潤の中で生きるのは神経が萎縮してしまい、動きがとれない状態で、打つ手のないデフレ経済となっている。そのことは分かっていながら、最初は嫌になり最後は万事休すと挑戦を諦めてしまう挫折を何度も味わう。そしてまた強くなる中小企業の群れがある。

テレビの記録映画で見たが、海中では鰯の大群を鰹がとり巻き、空からは鳥の大群に狙われている。怖さにおびえた鰯の群れから一匹力が尽きて、仲間との絆が切れ欠落すると、たちまち鰹の餌食となる。

そのすさまじい弱肉強食の世界を生きぬいた、団塊の世代の人が企業を興し日本を復興した。今度はデフレの余波が襲い、休む間もなく企業に降り掛かっている。仕事のないデフレ経済があまりにも長く続くと弱肉強食の食物連鎖の因果関係は当然弱い中小企業に帰納的しわ寄せが重なる。中小企業者は高齢化して自らの幸をあきらめ、定年もなく、強い使命感で社会貢献雇用を守り続けている。これは歴史の宿命なのだろうか。

さてプロ野球も飛びにくい統一球となってから、日本シリーズのソフトバンク対中日との一戦を見た。中日がノーアウト満塁と攻めよると、ソフトバンクはこの絶体絶命のピンチに秋山監督はピッチャーの交替を告げた。こうなると私の心理は、負けている中日から、追い込まれて今苦しんでいる方を応援したくなる。この時の両監督の心境はいかがなものだろう。落合監督は腕組をしてまんじりともせずグランドを見据える。見ている私の胃がチクチクするくらいである。監督はもう神にでも願う心境に到達したと思われる。結局リリーフ投手がどうにか三人で収め、ソフトバンクが守り勝った。この状況を見ていたソフトバンクの孫オーナーが、とても喜んでいた様子がテレビで放映された。

日本シリーズでもそうだがシーズンを通して一点を争う五分五分の試合が増えた。その原因は統一球になって戦術が変わったから。池の中に異なる二つの小石を投げ入れると、決して同じ波紋は広がらない。野球も統一球となり、デフレの方向に帰納してきた。

十一勝十一敗の成績を残した新人王澤村（巨人）が今年の抱負を述べていた。切磋琢磨してどんな苦境に落ちても前を向いて、決して諦めない野球をファンにお目にかけたい、ただその一心です、と。

東日本大震災のまさかを学ぶ

二〇一一年の三月十一日、東日本を突然襲った津波は、地元の人々の予測の域をはるかに超えていたことが分かった。津波から助かった人々は、迫る津波を目《ま》の当たりにして、「まさか、ここまで津波がこようとは……信じがたい。迷いを打ち消して、とにかく夢中で高台に向かって逃げた」と、皆が口を揃えていた。事前の情報や知識もなく、千年に一度の恐怖を体験したのだった。

まさかのまさかが、もうひとつあった。東電福島第一原発の原子炉の崩壊である。国益的な立場で、誰よりも早くこの事故の事の重大性を察知したのは、東電の社長だろう。

津波により原子炉が壊されたと知った時、原子炉事故対策の仕組み系統は原子炉と同様、もうずたずたに全て崩れてしまった。社長は打つ手もなく、この事故の収束は、一企業の手にはとても負えないと考えた。事態の情報を一刻も早く、菅首相に伝えたい一念があった。それには首相を怯えさせて強烈な感情移入を与えることが必要だと思ったに違いない。東電の参謀の決断は早かった。事故の重大性の情報を、簡略かつ単刀直入に、「福島第一原発の事故収束は、国家と米軍にお願いしたい」と電報文で願い出た。

天下国家を納める主、トップの政治家が真骨頂を示す独壇場《どくだんじょう》だ。権力遂行の機会が菅首相に訪れた。自然が意図する状況を図り、敵を一掃する大筋は一刻の猶予も許されない。首相として何をすべきか、手順を考えると、体中が震え上がったと思う。気が付くと、「お前は逃げるのか」と東電を怒鳴った。しかし、すぐ混乱から覚め、迅速なる決断で十万の自衛隊を被災地に出動させた。この時、間髪を容れず、鶴の一声をもって「震災で発生した瓦礫は防波堤に再使用するべし」と命令を出していたらどうなっていただろう。その後、何の瓦礫処理の方策もなく、大量に発生した瓦礫の処理方法に、苦悩する姿がクローズアップされていた。横浜の山下公園は、関東大震災の瓦礫を埋め立てた。東日本の瓦礫処理は技術力、潜在能力抜群のスーパーゼネコンに任せて、防波堤の埋め立て材料に使えれば一石二鳥だと誰もが思った。巷の声ではそれが正しい瓦礫処理の方法である。

計画性もなく道路上の瓦礫をブルドーザーで幅寄せし復旧作業が一段落して道ができると、その通路を経て足で撮った映像が映る。陸前高田の防波堤にあった、赤松の何万本かの内の一本が幸い津波の難を逃れて奇跡的に助かった。ひょろっとしているが、高さ三十m以上の松である。青い空と白い雲がゆっくり動く合間から、孤高の松が地上に語りかけているではないか。土地の人達は、この赤松を復興のシンボルとして、枯らすまいと幹には包帯を巻き、人が寄りあって株元に水を注ぎ海水を抜く蘇生作業をしている。

この複雑な光景を見ていた私は、自然と心が澄みわたり、現場に対する感情移入の連鎖がおきていた。そこから思い浮かぶのは、当社の三階ですでに枯れてしまったホンコンカポックの鉢のことである。まめな社員が水をやりすぎで根腐れをおこし、葉は茶色になり枯れてしまった。気にはしていながらも諦めていたが、私はホンコンカポックの根の一部には植物特有な遺伝子が分離して、まだ生きていて、それを蘇生できる方法があるかもしれないと思った。私は蘇生させる方法にどうしても引っ掛かる記憶がある。いらいらしてもそこにある根底に辿れないが、潜在記憶の中から懸命に見つけ出した。

それは、二十数年前、自宅の引っ越しの時、運んだ椿の鉢に水やりを忘れて枯らしてしまったことだ。それに気づいた私は、すぐにバケツ一杯の水を与えたが、もう後の祭り。枯れてしまっているのは明らかである。やむなく椿を根元より切り倒していた。その後、一ヶ月ほど経ったろうか、切り倒した株より、新しい葉が芽生えているではないか。まさか突然に花咲か爺さんになってしまった。

翌日、私は会社で枯れたホンコンカポックの鉢を、三階より日当たりの良い外に移し、花よもう一度、と株元より枯木を丁寧に切り取り、その上を寒冷紗で覆った。待つこと一ヶ月、今度はまさかの想定外ではなく、予期した通りの新芽が吹いていた。そのホンコンカポックの二代目は室内に移され、青々と茂り、すこぶる元気がよい。

震災の日から早や一年近く過ぎたが、今だ余震が続いている。やがて孫子の代になると忘れられるのが人の常である。人類が味わった恐怖は子孫に潜在意識としては残るが、遺伝子としては決して残らない。

仕事には絆　暮らしには和

私がまだやんちゃ坊主であった頃である。けんか相手のお手伝いさんがお嫁に行くこととなった。母はお手伝いさんにお嫁の心得を伝え、色々な物を分け与えていた。私はお手伝いさんが辞めていなくなったらつまらない、いつまでも家にいて欲しいなと思っていた。気持ちが急に暗くなるが、男なんだから決して寂しいなど弱音を吐いてはならない。それは恥ずかしいことと決めていた。思いの絆が切れてしまうと思うと、言い知れぬ寂しさが湧き、感情を抑える中より、おぼろげながら人の情が芽生えた頃だと思われる。

たぶん絆の言葉が生まれてない飛鳥時代の歴史を返り見ると、大和の国、日本国は天災や人災を数多く経験してきている。六〇四年に十七条の憲法を制定した聖徳太子は第一条の条文に「一にいわく、和を以て貴しとなす」とある。苦労を重ねた太子は和こそが永遠の課題であると気付き、絆による協調と、親睦から連なる心情が平和への道理にかなうと述べている。

絆が何本かの線で結ばれて、その絆の線を束ねた先が和の領域である。手から手への物々交換の千四百年前の飛鳥時代から、現代のように金の力に支配された恵みがもたらされてくると、情や労力で助け合う絆とのかかわり行為が薄れて、共に働く仲間の苦労は痛くも痒くもないと自己中心に陥る。

仕事や暮らしを平和に支える社会を鳥瞰図的に見れば、まずは隣の人と手をにぎり合う協調態勢が絆であり。会社の人達が互いに手をにぎり合って絆の輪となり、そこから多くの以心伝心が発生し情魂の輪が親睦の和となる。月輪が絆なら、どうしても日輪が和となる。心の問題が、絆から和に拡大すると、人の育ち方、人の情が宇宙規模に広がることになる。

嘘の言えない正直なある人が、任された分担を不平ひとつ言うでなく、その為に朝は一時間も早く出社して仕事をしている。段取りを立てると、ただ黙々と働き続けることによって仲間へ絆のコンセンサスを伝え続けている。この人は、以前務めていた会社では給料の未払いを半年も耐えて、会社が再建を期することを願っていた。そんな愚直さを暮らしの信条とする彼だが、仲間と一度経験し合った一体感は、汗の結晶であり、仲間に対しては良質な精神的血流をたえず送り出していた。

それがどうしたことか、絆が和となって返り来るべき血流が薄れ汚れてしまっている。これはどこか仲間内で悪い病が発生して出血しているからである。汚染原を見つけて出血を止めないと社員全員が汚染されてしまう。汚染原が何であるか、何処にあるか、原因を知り、正しい対処方法を考えて、悪い病は徹底的に除染せねばと危機感が募る。

人には三顧の礼をもって迎えられる人もいるが、逆に食いつめて三度も哀願の情を乞うて迎えられる人もいる。絆には三顧の礼もあれば、三顧の情もあるということだ。

三度も断られてなお情にすがる。そこには自らの自己責任を嫌がって、人の懐や信用をあてにしているみじめな姿がある。それでは、外に一歩出れば敗れ、内では仲間の稼ぎをしゃぶる典型的な内弁慶である。情のない人が情にすがり身内の犠牲の中で自分の生産性はマイナスとなろうとも人の温清を断ち切り、自分の利益をもくろむ獅子身中の虫となる。これは仲間が苦労して貯えた生け簀《す》の中に網を仕掛け蓄財を密かに流出させるものである。限りある浜の真砂は尽きるとも、心ない泥棒の種は尽きず。プライドがあるなら、自分の信用で人を集め、正面から独立して我が身を削って給料を支払い、社員の実のある暮らしを証明することだ。身内に潜む不作為の作為という病原は現代社会が象徴する罠で騙されてみないと分からない。

人には誰でもひとつは良いところがある。可哀そうだと、一縷の望みをもってどうにか助けてやろうと慈悲の情にほだされる。そこの隙間に託《かこつ》けて逆につけ込まれ、生皮を剥がされるような仕打ちを受けて沈んでいった仏と言われた社長の姿を何度も見ている。

もしも社員の中にこんな悪意に満ちたストーリーをもくろんでいる人が、会社の創設期に入社していたなら、今日のパナソニック（松下電機）も本田技研も確実に存在していなかったと思われる。

心意気

『ＰＨＰ』の四月号の表紙をめくると、松下幸之助の心意気が題名で載っていた。

「使われている、やらされていると思いながら仕事をするほどつまらないことはありません。たとえ一社員であっても〝自分は社長〟の心意気を持ちたいもの。そうした思いに立てば仕事に対する姿勢が変わり、新たな意欲も湧いて、さらなる創意工夫をこらすようになります。ひいては成果もあがり、働く喜びが高まってくることでしょう」と述べている。

会社の優劣を決める松下幸之助の「と金」となる社員の人材作りは、将棋の駒、歩が敵の陣地に攻め込む心意気を「と金」と示唆している。あの会社には「と金」の人物がいると、他社がうらやむものである。事業はやる気以外の何ものでもない。社長は歯痒い思いで社員のやる気を引き出すのに地団駄を踏む。社員に無理なレベルを願っている訳でもないが、そんな人に「君、子供もいるのだろう。自分の利害のことのみ中心とした嘘ばかりに頭が集中しているが、その恥を知らないのは君だけで誰もがお見通しなのだよ。見返りに人の幸を犠牲にしてもくろむ行為は、神の名前を反対にした嘘の使い分けであり、自陣での疫病神となる。嘘は自ら示す人格の失格であり、その見返りは会社ばかりか、家庭にストレスを与えて、家族が不幸になるよ」と悟してやる。創意工夫すべきことに素直に気がついてやる気になる前に、心掛けの長い脱落から、修復不可能なほどの大きな溝ができている。

私も少年期には仕事が大嫌いであった。冬になると父が山林で薪作りをやっていた。小学校の高学年になると裏山に登り、薪を背負って家に持ち帰るのが日課であった。薪を縛った背負子を肩にかけて立ち上がる時の重いこと。雪の上で四つんばいとなり、はいずりまわり、小枝にしがみつき、足を踏ん張ってやっと立ち上がった。七転八倒するその様子を黙って見ていた父は言った。「ついにやったな。初めて挑戦する重い荷物を自力で背負い、立てたその時を成長の証しとして、昔から『腰がきれた』と称賛したもんだ。よく頑張った」と褒めてくれる。ちょっと誇らしく、まんざらでもない。しかし帰りの山道は一㎞もある。薪は肩にくい込み、ぶるぶる震えていた時が止まり、足が前に出ない。耐えきれず一度地に腰をおろすと、今度はもう立ち上がることができない。荷物を減らしても雪道はすべる。重い荷に耐えながら負けるものか、クソーと踏ん張ると、涙がポロポロと出てくる。

その日風呂に入って、ふるえる足をさすり、荷を軽くする方法を考えた。樵《きこり》は太い木材にかすがいを打ち込み綱を付け引っ張り運搬をしていた。背負うから重い薪ならば、丸太棒に先の尖った楔などを打ち込み、縛った綱を肩にかけて引っ張り下ろせばよい。ヒントを得てすぐ実行してみると二度の手間を一度で片付けた。今にして思えば子供にはとても辛い仕事だったが、家のためになるのだと期待に応えたかった。どんなに辛くとも辛いとは思わずに親を恨むことなど毛頭なかった少年時代があった。

「人は重き荷物を背負いて歩むごとし」という徳川家康の心意気をあらわす格言がある。とくに人は重い荷を嫌い、辛いことから逃げる下心をもっている。そこで卑しくも自分が果たす責任を他人に転化することを考える。それはばれないように嘘で固めた手抜きの行動となる。自己欲に眼がくらむと、目的が遊ぶための金や時間作りになり、醜い手法を編み出すこととなる。

　私達の仕事の出発点はまず積算の上、実行予算を組む。この実行予算の組み方は普段の心掛けの中で学んだ重荷の実戦体験が有る無しにより測ることとなる。請負は苦しみを通した体験で全体像に正しい数字が行き渡ることが重要である。頭では解せない日々の心意気の蓄積で、現場の重みを深く解折できるものである。

　世界を震撼させた、ユーロ危機の原因はギリシャが提出した報告書にある。積算と実行予算書の嘘を同盟国が見抜けず仲間に入れたのが要因となった。企《たくら》みある嘘がひとつで、国をも滅ぼすことを教えている。幸い同盟国は、画期的な新経済体系を成功させようと必死の援助を差し伸べようとしている。

　小さな会社の中で嘘や、見て見ないふりをするおとぼけを正統化しようとしたなら、社会から見放され援助は望めない。その罪の惨《むご》さを善良ではあるが、社員教育下手な社長が背負うこととなる。利潤追求を目的とする自由競争の決まりごと、それが切磋琢磨して尚諦めない最良の仕組みが会社制度である。

マナーの優先順位

竹藪の中に黒く盛り上がった土があちこちにある。もぐらの通り道かと見過ごしていたが、そこからいつの間にか土が割れて、竹の子がにょきにょきと大きな芽を出している。孟宗竹の竹の子は一日に一ｍも成長する。下からひと皮ずつはがれてダイナミックに竹の節が現れてくる様子は、あたかも今話題の東京スカイツリーの建設中の様である。世界一の高さを優先したスカイツリー六三四ｍの開業は五月二十二日であるが、スカイツリーの原型に竹の子がどうしても重ね合ってしまう。奇しくもその開業当日に合わせて竹の子バンブーツリーは三十一・七ｍの高さであり、二十分の一のミニチュアは、今ひと雨ごとにバンブーツリーとして成長し続けている。

私は寒村の山野で育ったので草木の緑が体に染み込んでいる。五十歳を過ぎた頃から園芸にいそしむようになった。当初は手入れがされていない土地で土がとても硬く、種が実らずに根っ子で繁殖する笹や杉は地中深く網の目にようにはびこっていた。抜いても抜いても逞しく新しい芽が吹き出してくる。作物は何を植えてもこれら雑草に圧倒されてしまった。そこで私は迷うことなく優先順位を決めてスコップで二段掘り三段掘りと深く掘り返して百坪の畑を耕した。丹念に取り出した根っ子は天日に晒して、他の雑草や枯葉と共に鶏糞を混ぜて掘りおこした溝に埋め込んだ。そのかいがあって、笹や杉菜の元を根絶した。

その後、土が肥えて来ると雑草の勢力図の様相は取って変わっていた。次に芽が出た新顔は、はこべ菜、大犬ふぐりなどの順位が待っていた。これら豊かになった土地に育った雑草の根は糸のようにへなへなで弱々しいが、細い茎に葉ばかりで今度は根こそぎにするのは容易《たやすい》が、細い根っ子のわりには旺盛な食欲がある。

野菜畑の絵を楽しく描き続けて十年、ひと昔がたった。畑が手入れされると、雑草にも遍歴があり環境に優先して植物が順応していることが分かってくる。その様は、時代の変化により会社や社会が浮き沈みすることを示唆していた。

私が一番に手こずっていたのは人参作りで、昨年は八月一日に種蒔きをした。そしてその上を手で押さえつけ種を固定し水をたっぷり与え、さらに上から不織布で覆ってもう一度水を掛けた。それが効を奏してか十日程で発芽を見た。その後は難なく成長を続けて正月にはりっぱな人参を収穫することができた。それは試行錯誤の末、やるべきことをくり返した結果で、まず乾燥を防ぐことで発芽の条件を見つけた。この経験を生かし今年は乾燥に弱い生姜作りにあえて挑戦してみたい。

農業は親から子へ、先人の伝承が優先であり親の手本が絶対である。私が体験学習で十年もかかった人参作りを、農家の跡取りは適切な指示を得て一日で事をなしている。農業の生産性向上は土作りにあり。その極意は水はけが良く、水もちのよい畑作りにある。常識ではこの二つが互いに相反する。この反物理的現象の条件を満たす解決策は有機農業である。堆肥を畑に混入させて土と作物を媒介する良性バクテリアを最優先に増殖して素晴らしい作物の生産を自然から勝ちとっている。

新緑が深い森に入ると、降りそそぐ緑の重圧を感ずる。方向感覚は木の枝ぶりや切り株の年輪で判断をする。海抜を知るのは草木の種類である。雨の中でもよく燃える木の葉や木の皮を知っていないと、もしもの時に不安になる。山頂に立って俯瞰図を眺める。入り組んだ地形、大きな森の中に包まれてしまったなら全体像がつかめず迷ってしまうのは確実である。これは誰でも怖い。

優先順位のことわざがある、「木を見て森を見ず」次に記す二文字を変えると、「自分を見て会社を見ず」となる。内心、「はは～ん、なる程。これは俺の優先順位だ」と実体が浮かんでくる。他の生き物は仲間を絶対に裏切ることがない本能をもっているが、人類はどうして知恵を悪用することを覚えたのだろうか。働かざる知恵を優先順位に据えて虚栄を満たす人や、他人の痛みを知らない人は、純粋な青春期に心に強く焼きついた恥ずかしい思いで悩んだ自身の潜在意識を呼び戻すことである。

危機管理

三年前のこと。じゃが芋を掘り終えた畑で、雑草を眺めながらたばこをふかしていたら、そこに畑友達がやって来た。「こんなに草ぼうぼうにしておいたらしょうがないではないか」とポケットから紙袋を取り出し、「今この大豆を蒔くちょうど良い時季だからどう？」と大豆を差し出した。私はすぐに応じて、雑草をむしり取り、十坪ほどの荒れた畑に大豆を蒔いた。

その後、手入れもせずに放っておいたところ、秋には予想外の嬉しい豊作となってしまった。畑が空いている時は大豆に限ると味を占め、そうだ来年は手足の関節によいといわれる黒豆にしようと、さっそく丹波の黒豆を取り寄せた。種袋には六月から七月が種蒔時期とある。じゃが芋を掘り終えるとすぐに畑を均《な》らして、前年の倍もの作付けを行った。真夏に入ると伸びる伸びる、たちまち背丈にもなってしまい、人の立ち入る隙もなく、その頂点には可愛いピンクの花を覗かせている。この分なら豊作が期待できると、その時は危機感の欠けらもなく満足の至りだった。

しかし収穫期になると黒豆の莢《さや》は小さく縮み、実の入る余地がないのがひと目で分かった。胡麻粒より小さい実を見てこれが話に聞く粃粃《しいな》豆かと、失敗作を手に取って息を吹きかけた。

私はこの粃粃《しいな》豆の原因を調べ、結論を出さねば気がすまない。決定的なのは身近に黒豆作りを教えてくれるプロの知り合いがいないことだ。やむなく折に触れ様々な資料で調べて見ると、どうも黒豆が成長盛りの時、かめ虫や油虫が莢にたまったまだ未熟な実の養分となる液を吸いつくしていたのが原因のようだ。ただそれだけの入手情報でその翌年も黒豆作りを試《こころ》みたが、結果は前年と同様で実入り前にちょっとの油断につけ込まれて、またもや害虫にやられてしまった。

草いきれの暑い日、大汗をかいて小便が黄色くなり、体内の塩分が不足していると伝える、熱中症の危険信号がでた。疲れもあり、帰ろうと農具を整頓していた時、かめ虫が一匹茂った黒豆畑に飛び込んでいった。一匹ぐらい何するものぞと、確かめもせず帰宅してしまった。翌週、噴霧器に農薬を入れ、さてと黒豆の茂みを両手で広げるとゾーッとした。無抵抗な茎や枝に油虫が石垣のようにぴっちり付いている。かめ虫はわんさかと飛び回る。そこには熾烈な食の競争が繰り広がっている。しまったと思いながらも万遍なく消毒をした。

商売もそうだがわき目も振らず、仕事がやっと成長軌道に乗り出す、その時の弱い隙をついて害虫が発生する。茂っている時、一匹のかめ虫が教えてくれた前兆の赤信号など眼中になく、後で気が付いて害虫退治の農薬で母体である黒豆を疲弊させる悪循環となる。

怪しいと気付き証拠を握った時はもうあとの祭りであった。自己管理とか危機管理などの言葉はよく使われるが、黒豆と害虫の成長課程を例にとって危機管理の状況を実験してみると、危機と管理を繋ぐ言葉の行間は趣味の域を超えていた。しかしそれを解く危害のヒントを与えられたことにより、それ迄は普遍的であった危機管理の中よりひとつ具体的に要約された階段が見えてくる。

子供の頃「コップの中の嵐」という言葉を聞き、父に尋ねたところ「国会の中での政権争いで国のことを忘れて争っている様相を要約している言葉だ」と教えてくれた。私は「ヘェ〜大臣はコップの中で喧嘩ができるの。そんなでっかいコップが国会にはあるの」と聞くと「そのうちに分かる」で終わってしまった。

植物以外の生物は食の連鎖としての共通はまず弱い物から狙い、夏の害虫は未熟な野菜を必死になって食べつくす。そこには競争の世界が広がっている。私が黒豆栽培で教えをもらったのは、生きる、そこには生物の競争が常に存在していることだ。

会社は競争の原理により利益をもたらし社会に貢献するとあるが、コップの中をのぞいて見ると、目標をもって競争に真っ向勝負を挑む人と、辛い競争に尻込みをしてしまう者もいる。行き着くところは、嘘やとぼけを手にとって仕事を散らかして、反省の色もなく、それの正統化である。受注産業の代表格である私達の仕事の戦術、そこに当てはまる5Wのひとつ「何か」の主語を知るよしがないゆえに、そこから生ずる食い違いに全員が迷うこととなる。

今年の黒豆作りは休むことにした。知らないことはやらないこと、それが私の危機管理である。

善の要領と悪の要領

「あいつは本当に要領使いで、自分の失態をいつもごまかして、反省の色もないし、これでは信用もできない。どうにかならないものか」と、私に同業者の方から相談があった。当人は、そんな陰口が言われているのに気付いていない。そこでさもしい根性が優先する見え見えの行いを、例を挙げ懇切丁寧に説明しても、俺は正しいと、かたくなに言い張り、素直に受け取ることはまずない。懲りもせずに、分かりきった言い訳を繰り返す。盗人にも三分に理があると言うが、この人は後ろ指を指され、ひとりぼっちなのに、寂しさや悲しいという感清があるのか疑ってしまう。

「要領」という言葉を『例解新国語辞典』で調べたところ、「ものごとのいちばんだいじな点。ものごとをうまくやるための、リズムやコツを知ること」「要領がいいは元来ほめる意味のものが、いつのまにか、苦労や努力を惜しみ、人前で見えないところはうまくたちまわったふりをする」とある。無益な仕事ぶりを非難する気持ちでいうようになった。

私達の仕事は、万にも及ぶ部品を扱う技量が求められる。それを生かすために、百種に及ぶ職人との絡みがある。これを、その日その日の変化に合わせて縦横無尽の段取りが加わる。これらの仕事を修得するのには、当たって砕けて、やる気のある人でも十年かかる。利益を出すのには二十年も他の人ができないコツを求めて、ない知恵を絞り続ける。そのうえでこの建築不況を乗り切るには、努力の甲斐もなく、やっとの生活が現状である。

私が菜園を始めた頃、実家の裏山を散策していると、頭上の斜面に寄生植物の根無しかずらが藪に絡まっていた。まるで無数のミミズがのたうつように、とぐろを巻いて絡まり、不気味な空気までも漂わせている。枝は地につかんばかりに垂れて元気がない。私は直感的に、これは自然の光景ではないと足を止めた。

この寄生植物が繁栄すれば真面目な森が枯れる。私は世相を見ているようで、「このずるたんぼうの怠け者」と、持ち合わせた鎌で根無しかずらの蔓を切り払った。すると枝は元通りに跳ね上がり、それざまを見ろと悪者を退治した感覚であった。

その時である。根無しかずらと対比する根っ子の存在が、一陣の風となり頭の中を過《よ》ぎっていた。自分の菜園の野菜には全て根っこがある。そこにはさぼっている野菜は一本もないはずだと気付く。その姿は与えられた不満だらけの環境の中で懸命に生きている。対比してそのことに気が付くと、仏心がおきて、無益な雑草までがいとおしく思えた。今迄の植物の扱い方に呵責《かしゃく》の念がおこるが、そこに気がつけばよいのだと納得すると、新たな空気を感じとった。

私は家に帰ってからも、寄生植物の根無しかずらから受けた刺激が鎮まらず、ちょっと惜しい気がしたが野草図鑑を二冊、五万数千円で発注した。早速調べて見ると「ネナシカズラ」の種は地中で発芽し、根を下ろすが根冠も根毛もない不完全根で、茎が寄生植物に付着すれば直ちに根を放棄して、植物の接触した部分に食い込み、栄養分を吸収して絡まれた植物は、枯死に到るとある。

寄生することが合理的で要領のよい生き方だと進化した根無し草は、大地に根を張って生きる努力をあきらめてしまった。それは自立心のありようがない、横取りの根無し草となり、嫌われ者である。

そこで作物を育てる本分は根っ子を助けることにありと束の間の意地だったが、奉仕の精神を発揮した。労を惜しまずに百坪の畑を一m深く掘り返した。畑の回りにちらかっている、倒木、笹、雑草、作物の残滓《ざんし》と有機物であるものは何でも底に埋めこんだ。それが要領のコツであったのか、「この畑は何を作っても不作であったが、今は何を作っても出来がよい」と誉めてくれる人がいる。

貴方なら奇しくも人間社会の一面を具体的に晒してくれた寄生植物の、根無しかずらをどのように評価しますか。要領の善し悪しは透けて見えるが、心を広くもち、着実な自助努力により、互いが大地に根を張ると、仲間意識が芽生えて、協力し合える奉仕の精神に到達する。その心が成長すると共に、要領のコツをつかみ、やがて社会に美しい花が咲くこととなる。私はそんな永遠の理想を描き続けていた。

消費増税による経済の行方

私が新米の頃は、共に働く仲間全員が競輪好きであった。私も孤立したくないので付き合っていた。ギャンブルの当たる確率は三十六分の一だったかと記憶している。仕事をさぼり、取れた取られたと、ちまちました賭け事で一喜一憂している人を見ていると、腕があるのにもったいないと思っていた。

私は二分の一、丁半の賭け事でも、損をしていたので適当に付き合っていた。どうせならと確率の低い大穴を狙ったが、一度も取れたことがなかった。

そこで先輩に「賭け事がこんなつまらないものとは知らなかった。もうこりごりだ」と言うと、先輩は真っ赤な顔をして「お前は馬鹿か。やる気のない奴に運が向く訳はない、水を差すようなことを言うな」と怒ってしまった。それからは誘われても自然とギャンブルから遠ざかっていた。

その後何年かして、先輩がやって来た。お金を借してくれと連帯保証人迄も付けて借用書を用意している。そしてギャンブルは止めると、誓いの印として預金箱を取り出す。その預金箱には「悪銭身につかず、我に魂を与えよ」と達筆で書いてある。私は余程困っていると見て有り金を貸してやった。その後忙しくて強いて取り立てもしなかったが、困っていた人の借用書が大分出て来ている。その中で返済しに来た人は一人もいない。借金地獄に苦しみ全員が先に他界している。色々な経験をして人生を顧みると借用書を反故《ほご》にして借金を踏み倒した人など善人の方なのだと気がついてきた。

　悪銭作りにはまだ上がある。会社では何としても人材が欲しい、少しでも実績があるともっと業績を伸ばそうと、その人の信用を先取りして既得権を与えてやる。しかし既得権を有効に使わずに、逆に既得権で私腹を肥やす手段を考える。悪知恵を働かして、領収書と借用書なしの証拠を隠ぺいして、濡れ手で粟の方法を考える者も出る。遊ぶ金欲しさが目的なのか、世に言う、他人の困っているところへ便乗して、人のふんどしで相撲を取り、不採算の工事を受注して、採算割れを承知で外注に水増しした工事費をバックとして受け取る。会社を食い物にする行為に腹に据えかねて、逮捕者を出したこともある。当人は魔が差したと言っているが、一家離散の憂き目にあっても、家族を幸せにする行為だと詭弁を弄して反省の色はない。私はこの悪銭でよいから社員のボーナスに廻せたらどんなに喜ぶだろうと思うことしきりである。

　キックバックを要求された方から多くの訴状が溜まっているが、いざとなると共犯者となるので相手は口を割らない。しかし、正規の領収書がないのが逆に証拠となり、税務関係で不正が摘発されるケースが多い。ちなみにキックバックを仕掛けることによって百万円の小遣いを得るのに、そのからくりが回り回って会社側は一千万の損害を肩代わりさせられている。こんな上司に従う部下は何ともやり場がなく、不条理の苦汁を味わう。私は、不条理に対しては自力で乗り越えるのが男であると思っている。長年手塩にかけて育て、やっと成長した有能な社員が喜べない理由で辞めていくのを断腸の思いで見送る。多大な失敗にも資金で補い、やっと戦力に育てたその人材が目の前で他社の社員となる。この絡み合うキックバックスパイラルから発する厄難は、神をも恐れぬ所業である。

私は世の中の経済に対しては井の中の蛙に甘んじて一生懸命に生きてきた。外敵のない井の中とはいえ、商売の底には横道に逸れた人間関係の深い悩みがたちこめていることを思い知らされている。

日本国の経済の行方など当社を超拡大したような問題を抱えている。その日本人一人をひと粒の白米にたとえて日本の人口を掛けてみると、四tもの総量となる。当社は家族をふくめて十g、それが一年間田で育つと五kgの計算となるが、そこにある潜在過程を見抜く舵取り力がないと、そうは問屋がおろさない結果となる。国民の種籾四tの頂点のひと粒には野田首相がいる。首相は手始めに、消費税十%を二〇一五年十月に社会保障と消費税の一体化を実現し、消費税総額十七兆円の見込みをたてた。

国は今、千兆円にも及ぶ借用書付の国債を発行している。出資者が日本人であれば日本国の信用となる。一粒からなる一家の仕組みが国家の基である。変わりゆく世界をグローバルな目で見ると、もう経済は国家が単位で、中国が先頭をきり地鳴のごとく動きだしている状況かもしれない。それは進む円高が如実に認めている。

仕事の効率化

内村航平選手が体操の個人総合で金メダルに輝いたロンドン五輪の最中《さなか》、『ＰＨＰ』七月号をめくっていたら、強く引きつけられる文章が載っていた。

「不言実行」という言葉ほど、多くの日本人が誤解している言葉はないという。不言実行の本来の意味は、「言い表わすことができないから、そのことを『実際にやってみせる』」ということで、「言が絶える」と表現した小林秀雄の著作『考えるヒント』の中に書いてある、と記してあった。

毎日生きる生活の中の感情には、明確に言葉で言い表せないことが日常茶飯事である。私は、息子と同じ年齢の頃は年中無休で働いていた。休日出勤は効率がよく、社員全員分の情報処理の発信を一人で握ることが可能であった。それでも利益が出ず、このままで良いのかと将来を思うが、次に打つ手の考えが浮かばず不安の毎日であった。

特に手を焼いていたのが社員の作為的な嘘や、無断欠勤、遅刻の多さである。そんな状況で、あたふたと頭の蝿を追いに現場に飛んで行く仕事ぶりは、無様《ぶざま》過ぎて、半人前の効率しか生み出せず、あげくは事故やトラブルが頻発した。しかし、どこの現場も人手不足で火を噴いている。毅然とした態度をもって頭から説得できる言葉がなかった。逆に足もとを見て、辞めるぞ、と揺さぶりすらかけてくる。こんな駆け引きには実に頭が回る。この野郎！　と思うが、どうにかせねばならない。

遅刻をこのまま野放しにしておいては経営が成り立たない。そこで、他人の所為《せい》にしていたのでは解決策は生まれないと考え直した。「俺が自分で実際にできること」にシフトすること。送り迎えまでせねばならない無断欠勤者は諦めて、遅刻者だけでも正そうという思いは強くなった。

まず、タイムカードを設置した。しかしタイムカードも効果が消えるのは時間の問題であった。次は自分が一貫して実行できることは何か？　と考えて閃いたのが「不言実行」である。そのためには出勤の足並みを揃えるきっかけ作りが重要である。自分が機関車となり牽引力を発揮するアイデアを考えるより他はなかった。

翌日から朝の六時に出社することにした。前日揃えた大きな茶碗を二十個並べて濃いめのお茶を満杯に用意して社員の出社を待った。一人ひとりの出社時間が異なるため、初めは温《ぬる》いの熱いのと、あげくは旨いのまずいのと能書をたれて飲んでいた者達が、いつしか仲間内から遅刻を恥入る行いだと注意する勇気ある人が現れて、時間の約束が無言の掟に変わってきた。半年もすると遅刻者はゼロとなり、現場でのトラブルも減少した。足並みを揃える、これだけの付加価値を与えただけで仕事の効率は一割上がった。二十人の能率が一割アップしたのは大きかった。余談であるが当時私はこの間、即席の朝食で三十kgも太っていた。

しかし、この掟をいとも簡単に破った者がいた。忙しいからとの理由で仕事の基本となる身の周りの整理整頓もできず、だらしない常習者に対して私は危機感が強く「親の顔が見たい」と罵ったが、その親の顔が皮肉にも私になっている。忙しいのに整理整頓などとは合理性に合わないと言う息子に、私は「忙しいなら逆に朝七時前に出社して机の回りを整理整頓したお手本を社員に示し、社内に残る前日の余韻を感じとり、そこから発する会社の全体像を見渡せ」と、そこは親子の間柄、毅然たる態度で命じた。が三日坊主である。その間社員は、イニシアチブ取りに成功するか密かに注目していたことを息子は気付いていただろうか。

経営とは何だろう。自分の答えは何も持ち合わせず、単に業績の結果で勝ちか負けかを論評する結果論は誰でも言える。そのくせ、失敗の原因となると我に都合の良い話を通そうとする。それは客観的には責任の持ち合わせもない恥入るべき独り善がりで、不言実行の筋道から大きく逸れているのを知らない人が実に多い。

商売とは技術力に加えて情報が「考えるヒント」の原点であって、いくらそれらが整っていても、軌道に乗せるのは容易ではない。四苦八苦を覚悟した上で「実際にやってみせる」という答えが効率的な不言実行である。

まぶしいばかりの夏の甲子園球場で繰り広げられる高校球児の熱戦には、それまでの不言実行の努力の影が大きく映る。ずる賢い陰など微塵も見せずに、夏の球宴は終わった。

頼りになる人の心掛けとは

初めての就職の時、父は私の書いた履歴書を手に取って「困ったものだ」と嘆いていた。「履歴書さえまともに書けない。下手な字はともかく誤字脱字だらけだ。これで通用すると思っているのか」と問い詰めてくる。「どうせ俺の仕事などたいしたことではない」と答えると、「はぐらかすな、そんなお前でも使ってくれる人に迷惑をかける。これからは、定規を当ててでも読める字を書け」と怒られてしまった。

（俺を農作業にこき使っておいて、勉強なんかやれるものか）と反感があったが、やればできた勉強であった。しかし父の言葉は効いた。字を書く役人や事務職などが務まるわけはないと、最初からその気はなかった。だが父に言われた一言で、残されたのは肉体労働しかないと自覚せざるを得なかった。親の背中を見て育った辛い百姓の倅《せがれ》である。男一匹黙って辛抱さえすれば、食うぐらいのことはできると思っていた。

昭和三十年代はオリンピックが近づき日本経済は高度成長期である。若者はこぞって都会に押し寄せた。当時の世相映画は、黄色い卵焼きの入ったドカ弁を手にし、血色のよい若大将が「僕のお嫁においで」と歌っていた。その姿がとてもかっこよく、垂涎《すいぜん》の的であった。

一方、若者の稼ぎの半分は家賃に吸い取られていた。時代の変化を知らぬ労働者は低賃金で空腹をこらえて働き、高度成長を支えた。若者達は空腹を満たしたい一心で働くことが何よりも先で、歌われている恋などは先の先の話であった。そんな状況の中でも中小企業の経営者は温情をもっていってくれた。しかしその温情をも振り切って、次に少しでも良い仕事を求めた。その背景には所得倍増の達成があった。

　受注産業の配管業についた時は驚いた。一人の仕事の分担量が何と多いことか。人が這って歩ける太さの配管が縦横無尽に所狭しと並んでいる。配管の始まりがどこで終わりはどこなのかを、辿り歩いて調べていたなら今の私では日本列島を横断する日数は確実にかかるだろう。

　当時は電動工具もなく、初仕事は機器据付の基礎コンクリート練りで、五十kgセメント二袋をかつぐ。それを三人で一日に百袋のコンクリートを手練でやる。自分で焼入れたノミで一mのコンクリート壁をぶち抜く。穴掘りは、スコップで六㎡の土をはね上げる。ネジ切りは手切りで一番細いパイプ二十五㎜を六十本。高い所は三十mの吹抜けに敷《し》いた矢板の上を歩く時、安全ベルトをつけずに歩けること。これはかなりの機敏さを必要とする肉体労働であったが、この職人仕事は変化に富み、夢と希望を満たしてくれそうだ。これからは劣等感に押しつぶされて、とかくこそこそしていた自分に見切りをつけるチャンスだと思った。

　言われた雑用を黙ってこなしていたら、やっと「図面でも見るか」と親方から声をかけられた。何百枚もあるA1青焼の図面の中から一枚を取り出したのが系統図である。この図面を見て指図をされず仕事ができるようになったら、頼りになる男だと教えてくれる。手に取って見ると、これは人間の血管図である。この血管から一敵の血も漏らしてはならぬと、心を見透かして甘い考えを突っぱねられているようだった。今迄の仕事と質が違う。こんな練れた仕事を覚えられるだろうかと考え込んでしまった。人からの受け売りで、借り物の頭ではとうてい歯がたたない危機感を覚えた。

そんな時に浮かんだのが親父の言葉である。「百姓で大切なことは作物の原理を知ることである。原理を知れば作物を操ることができる」。あの時に言われた原理の大要が頼りになることを思い付いた。灯台下暗し、役立たずとは自分のことだと気付き、連鎖的に今迄さぼっていた姿が浮かぶ。配管システムの原理が分からねば一生頼られる男にはなれない。

私はすぐに大きな書店に行き、参考になりそうな本を何冊も求めて部屋に帰り、開いて見るが肝心のところは専門用語である。その専門用語の辞書はなく、参考になる別の本を読んでも意味が読みとれない。日本語でありながら英語より解読ができない。読書百遍と現場体験と重ね合わせてもがいていると、時間の闇の中から泡のごとく五感が浮上して消えてゆく。理解するのに言葉で言い表せないことはとても五感には頼れない。次に湧いてくる答えは漠然としたイメージのみである。よし、このイメージの中に原理がある。何度も読み直して専門用語の中に分かるまで溶け込もうとする気概をもち、明日からの一歩は胸を開いて頼れる人に変身だ。具体的に段取りをたてて実践してみようと思うと、朝が待ち遠しい。

能率仕事は仲間の構築にあり

　ある日の昼下がり、私は椅子にもたれて金木犀の香りのする心地よい風に眠気を覚えていた。

　少しうとうとしたころだろうか。姿勢を正そうと顔を上げると目の前に大きな人が立っていた。びっくりして「何だ、今日は休日なのにいたのか？」と声をかけると、彼は真剣な顔をして「社長、僕は今苦しんでいます。社長は僕というお荷物をいつまで抱えるつもりですか？」その顔には、なみなみならぬ決意が溢れている。

　私は意味も分からず、とっさに「何が起ころうと、最後迄面倒を見るのは当たり前ではないのか」と顔色をうかがうと、「僕の無知が原因で今まで大きな先敗を繰り返してきました。親なら怒るのに社長は黙っていました。その上、職人あがりの僕に現場監督の修業をさせようと、損得抜きで設計士の先生に一年も付けて現場を任せてくれました。そこまで面倒を見てもらった会社の期待に応えたくて、能率重視をモットーに人並み以上に日夜努力を重ねてきました。しかし、この何年も給料分がマイナスの不様な貧乏神が僕の現状です。仲間内にはとても肩身の狭い思いをしております」としょんぼりしている。

　しかし彼は当社の一番の努力家で、すこぶる業界の評判もよい。血肉を分けても育てたい将来の星である。しかしここで甘やかしたらきりがないことになる。そこで彼に「私に何をしてもらいたいのかね？」と尋ねると、「僕は上司から与えられた現場をお客さんに納得してもらえるようにしたいし、そこに誇りをもっている一人の技術者です。その夢を叶えてくれているのが会社だと思っていたのです。なのに僕の現場だけが利益が出ないのです。原価割れの仕事が僕に回ってくるからです。何の意図が営業の中に隠されていたか知らないことばかりなのです。僕は長い間仕組まれていた罠の片棒担ぎをさせられていたようです。その原因も知らず自己責任において働いても働いても赤字が重なる泥沼であがいていました。僕が仕事をやらない方が会社のためになるシステムの中で、これから先のことを考えていたら疲れてしまいました」と答えた。最もなことだが、これは蛇に睨まれた蛙の状態である。しかし、ここで彼を、へこたれさせる訳にはいかない。私は「そこで君が悩んでいる対応策を考えているのかね」と聞くと、「今のうちに辞めさせてください」と出た。

私はムッとして「君はどこに勤めても通用する人材である。だが身勝手な言い分ではないか」と言った。「この悩みはどこに移ろうがやがて同じ体験を繰り返す問題である。ここで踏みとどまり、今こそ自分を正すチャンスである。以前君からの相談を受けた時、成果が上がらない原因を分析するように伝えたが、その具体的方法として、自分が担当する現場の肝心なことを押さえるのには他人任せにしないこと、再積算して実行予算は自分で作成するようにと、その基本事項を命じている。また、実行予算を組んで原価割れの案件は拒否することも許してある。見通しを立てる、それで自分の道筋を示すことが、解決する策だと思わないか。未だに実行していない不作為の理由はなぜかね？」と問い詰める。「そこが使われている者の弱みです。僕の判断で実行予算を組み、外注や資材迄を手配することになったら上司の既得権を奪い取る結果となり対立します。正しいこととはいえ、上司と対決する勇気はありません」とはっきり言う。

私はこの話を聞いていて、わずかの勇気で新境地の扉が開けるのに、実にもったいないと思った。この先家族を抱えて厳しい生活が待っているのに、どのような言い訳があるのだろうか。一時の自分可愛さに迷い、ばれなければよいとの思いが強く、つい、ことなかれ主義を選ぶ。そこには真の自立心がかすんでしまって、他人に食い込まれ、仲間の役割構築の中より一人脱落する。言われたこと、与えられた仕事の気楽さ、これでは仏作って魂入れず。「困ったな」と、うめいてしまった。

能率は仲間との心の構築にあり、それを阻害するものは自分への厳しい躾が大切である。中でも大切な仕事のけじめは整理整頓にある。人は仕事の結果を求めて一日中やり残しがないように整理整頓にあくせくしている。しかし、そのけじめを作る時間はごくわずかなことである。その整理した中から多くを気付き、明日への反省材料の土台が生まれてくる。とかく怠る整理整頓の中から次にやろうとすることがはっきり見えてくるものである。やるべきことをやらない不実を不作為と言い、やってはならぬことをやるのは背任行為と言い、やるべきことをやる正義は挑戦と言う。この三つが絡み合い、会社仲間構築の行方を左右する。貴方はその中の一人である。

めりはりを付ける

働いて利益を得る、そのいろはの「い」の字も知らない者が、働き者の小さな失敗をなじる。働き者は我欲目的のはったり者に罵倒《ばとう》される。相手は心ならずも気持ちが引っ込んでしまい、素直な人の正しい芽がついばまれていく。良い人なのに気の毒ではあるが、それは当人の自立心の持ちようであり、第三者が助ける方法はない。押し潰された行き先が流されるままに、めりはりのない人生になると思うと空恐ろしくなる。

ある者に「めりはりという言葉を私はあまり使わないが、どのような意味があるのかね?」と尋ねると「大阪ではよく使われる言葉で、『勢い』でっせ。僕が思うに、我が身可愛さで自分の都合の良いとこのみを拾い取り、楽をすることのみに専念している見え見えの魂胆では、まともな仕事もできない。そのようなめりはりのない奴はぐず野郎で大嫌なんや」と答える。この言葉の裏にはよほど腹にすえかねた思惑が絡んでいる。二つの顔をもち狐のようにずる賢い厄介者に翻弄《ほんろう》されて、地団駄を踏んだことがあるのだろう。

大阪と言えば維新の会を束ねている、大阪市長の橋下さんである。太陽の党の前東京都知事石原さんと手を組んで混迷している日本を救おうとしている。魂胆のない立場にいるのが幸いして、めりはりが鮮明に浮かび、人の同意を引き寄せている。政治で一番大切なことは人間の邪悪な心を正す政治、その一語に尽きる。邪悪を正す、これは正直な国民の足かせを取り除くことに通じ、国民総生産は急増して、デフレ経済など吹っ飛んでしまうこと請け合いである。ごちゃごちゃ言わず、自らを正す、そんな党に、来たる十二月十六日総選挙には勝利してもらいたい。

テレビを見て感じたシーンがあった。これで良いのかと危機感をはっきりと前に示し、それから社会の物議をかもすことにより議論を沸騰させる、スピーディな解決方法を世論に投げかけた女性の文部大臣に好感を持った。

さて受注産業を継続する我々零細企業においての事業は、旨くいかないのが当たり前と言われているが、やはり商売の重要項目の第一は、社員の心を正す教育である。正しい教育でも労を惜しんで身を守るが故に、筋をも曲げる反発がある。経営者が働くことの大切さを納得させるためには親身になって共に悩み、あらゆる努力を率先する。欲得が先行し腐った心の持ち主は、成功率の高い恩を仇で返す方法を選び、皆の注目の的になっているのを知らず、手が後ろに回ってもシラを切り通すものである。その被害は石垣に組み込まれた一個の石が崩れた時、その一点の石を取り除くには全部の石を積み直す必要に追い込まれる。何十年も積み重ねた石垣が、ただ一個のがん細胞の増殖で、連鎖的に石垣の破壊を繰り返す。一石が崩れる石垣の引き金は、健康な細胞組織が侵されガラガラと崩されていく様が映る。

つらつら考えるが熾烈《しれつ》な競争とはいえ、善かれという思いの強い経営者はもうこれ以上他人に迷惑をかけられないと切羽詰まって、一万人にも及ぶ悲惨な自殺に追い込められる要因はこんなところにある。経営者は何が何であるか知り得ない陰の悪事が尾を引いているが、原因をつくった石垣に積まれ一石を罰する方法はない。仲間から絆を切られ、嫌われているのにもかかわらず、尚ずるさを通そうとする者。この歪みは永久に是正されない文明文化国家の特徴である。悪貨は良貨を駆逐する。会社をしゃぶりまくろうとしている一人の作為的行為が元で、どんな会社をも潰せるのが現実である。

正直者は思うに任せない困難の前に何度も立ち向かうが、人間のなせる技の前に正義がひざまずくこともある。そんな経験を何度もしているうちに、成り行きだろうが、自分が檻の中で主観的な悩める思考に気付いた時、逆に他人が檻の中に入った姿を想定して、この人が檻から出たらどのような行動をするのか客観的に観察するようになっていた。動物園にいる檻の動物は檻の外にいる人達には危害を加えることは不可能である。しかし虎やライオンが檻の外の世界に出て自由に都会のアスファルトジャングルに放たれたら、もう統制がつかないと想像できる。

人は自立するためには、檻の中で自由を束縛される訳にはいかない。互いに檻の中にいる人が檻の外に出た時何を考えているか、それらの人がそれから先の奔放《ほんぽう》にけじめをつける点さえ見えないままに檻から解き放たれる。東日本大震災後の窮極の様子を目の当たりにしていると、人々は腹が据わり、助け合う絆が強く、めりはりがここぞと躍動している。

原発廃止か存続か

日本で最初に原子力発電の火入れ式が行われたのは、東京オリンピックの前年である一九六三年十月二十六日に茨城県東海村に建設された動力試験炉であった。以来この日を記念して十月二十六日は原子力の日となっている。今年は節目の半世紀の年となる。

当時建築労働者の日給は四百円であった。作業時間は日没迄、怪我と弁当は自分持ち。電力事情は逼迫して電動工具はないに等しかった。限られた道具での仕事は創意工夫と知恵により、天と地程の能力差がついた。現在の現場環境などは想像する余地もなく、電力の導入により現場競争に勝ち続けて来た。

そこから半世紀、福島第一原発事故以前の危険度をどのように思っていたか。事故後の情況ががらりと変わってしまい混乱し、当時を思い出し難くなっている。薄い記憶をたどると、その当時日本の電力需要は原発に三十三％を依存していた。もうじき五十％の目標に向かっていたのだろう。石炭から石油に変わる第三次クリーンエネルギー原発は安全安心と保証されており、国家プロジェクトによるエネルギー革命は次世代の救世主だと思っていた。原子力が商業用発電炉として実用化が進むと東京電力は世界二位の電力会社にのし上がり、我々は誇らしくさえ思えた。

しかしである。二〇一一年三月十一日に恐ろしいことが起きた。東日本を襲ったマグニチュード9の大地震である。私は、地震で倒れてしまった物を起こしてテレビをつけた。画面には山をも越える津波が沿岸を襲い、家々は浮き上がり、おもちゃのように弄《もてあそ》ばれて、とどまることもなく押し流されている。人の姿はあえて放映されなかったが、昨日まで誰もが見たことのない恐ろしい被写体と息を殺して見ているだけの情況で、そこには被害に遭われた人々が寒空に凍えて苦しんでいる姿を十分に想像できた。その後すぐ福島第一原発の機能が停止となり、続いて建屋が上空に吹き飛ぶ水素爆発が起きた。原発地から三十㎞内の住民はやむなく避難をした。抽象的に伝えるメディア情報では何が何だか分からなかったが、この時点で私にも危険な放射能漏れが広がっている状況が想像できた。津波災害と放射能汚染のダブルパンチである。

東京電力が同盟国であるアメリカ軍と国家に福島第一原発の対処はお願いしたいと申し出ていたことを私達は知り、もう手の付けられない事故の重大さに察しはついてくる。はたして菅首相はこんな時のシミュレーションはしてあったのだろうか。国益を担う、首相としての裁量が発揮される一挙一動を、神に祈る気持ちで見守っていた。

原発は安心安全と誰もが信じていた。「疑わしきは罰せず」と人道上大切な言葉がある。しかし福島第一原発の炉が壊れ放射能事故が発生したが、そんなことを前日まで疑う予知もなかったのが事実である。想定外である状況の変化による結果を目のあたりにして、国民が疑うべきことを疑う自覚と責任に直面して、国民一人ひとりが強い関心をもたざるを得なくなった。しかしこれだけの体験をしても、なお人間は英知を超えて残酷な失敗を何度も繰り返してきた。そこに人類の性《さが》の歴史がある。

電気は日本のエネルギーの大動脈である。資本家は技術立国日本の将来を描いた設計図を原子力エネルギーに求めて膨大な投資を惜しむことなく注ぎ込んできた。他に電力を賄うエネルギー源もない国状から見ても、ここできっぱり原発と手を切る訳にはいかない状況がある。

十二月十六日の総選挙ではデフレ脱却を筆頭に、コンクリートから人へと社会保障へ転換の矛盾、即、原発廃止か、日本の実情と照らし合わせた計画的縮小の原発が争点となっていた。政治家を志す総選挙エネルギーは制御のきかない原発なみに突き進み、対峙する政党の土手っ腹に風穴を空け、そこへ風向きを誘導して一度にことを為そうとの様子は、ただのパフォーマンスに映る。

解散時二百三十三人の代議士が五十七人となり大敗北した民主党。政権は三年四ヶ月間、その間一般大衆は世の中で燻《くすぶ》り続けている風通しの悪い不完全燃焼に困っていた。燻るところには今か今かと風待ちの燃料が眠っており、潜在的な勢いが鬱積《うっせき》している。ただ燃えるべくして燃える方向の風が吹かない。庶民は多くの風は望まないが、弱いところに的を射た光を当てるエネルギーの風は導火線となり、国民に勇気を与え自助努力を促すことは請け合いなのだ。

先手と後手の仕事振り

今年は何十年に一度の寒波が日本列島を覆った。一月十四日の成人の日は朝から雨で、予定していた菜園畑行きは諦めて出勤していた。

しばらくして、あまりの静けさに気づいて外を見ると、車の上に雪が積もっている。雪を払いのけ、倉庫よりチェーンを取り出して戻るともうフロントガラスに三㎝も積もっている。この雪は積もると思い、急いで帰宅した。途中の坂道では何台もの車が立ち往生をしていた。

翌朝はチェーンを巻くのを多少迷ったが、意を決して暗闇の中でチェーンを装着した。何度か角を曲がると、案の定スリップした青年の車が道を塞いでいる。後ろを押してやると「有難う」と幾度も礼を言われ、「雪が口実での不名誉な遅刻は免れました」と喜びを表わしていた。渋滞を予想して用意万端、先手を打って早めに出勤したのだろうが、チェーンを巻かない油断に先手が後手になる状況であった。

そんな青年の後ろ姿を見送りながら、私は父から尊い先手必勝、温故知新の実戦を伝授されたことを思い出す。三男坊の私が八歳の頃で、主の父は三十八歳であった。

戦後のこと。学校から帰ると家はがらんとして静かだった。六感がさわぐ。玄関の中央を通ってその日は一度廊下に座り込み、玄関の入口の方を見ると自転車に赤い紙が張ってある。横を見上げると大きな柱時計にも赤紙がある。居間に入ると炬燵《こたつ》で父がたばこを吸っている。

他には箪笥といい古木欅で作られた大小の戸棚類まで赤紙がべったり張ってある。私はすぐに「父ちゃん、この赤い紙は何なの？」と聞いた。父は「いま国は民主化の変革時で税金の代わりにこんな物でも差し押さえるのだ。平和な時ならともかく、食料にも事欠く今はがらくた物に過ぎない」と答える。あわてた私は「じゃあもって行かれるの？」とせっついて聞くと、父は「困ったもんだ」と言いながらも困った様子もなく仏壇を見る。

私はすぐ仏壇の前にかけて行き、仏壇の中央にある茶わんを確かめてホッとした。赤紙が張ってない。

私は毎朝この茶わんで仏様にお茶を入れる役目である。父からこの茶わんを預かる時に真顔で言われた。「兄二人は上の学校に行き家にいない。こんな時こそ、お前が長男である。そして、この茶わんは先祖代々伝わるもので、いまだかつて傷ひとつない。すでにこの茶わんには魂がこもっている。いたずら心でやりたい気がおきるかもしれないが、紙のように薄い茶わんの縁に指でパチンとこっぱじきをしてもいけない。茶わんから音が出たら茶わんが壊れることとなっている。洗う時に決して音をたてるな」と言い渡された。ちなみに、この茶わんには有田焼で四万円の値段が付いていた。その金があれば四十万個のあめ玉が買えることを私は知っていた。茶わんを割らない扱いなどたいしたことはないと思っていたが、幼い子供がその所作を身につけるのは大変なことである。まず大寒に入ると茶わんのお茶は底までカチカチに凍っている。その茶わんを小桶にお湯を入れ静かに氷を溶かす。茶しぶは、ぬく灰の上汁《ず》みを付けてきれいに拭き取った。誰に教わる訳でもなくそのくらいのことは知っていたが、子供の頃は簡単なひとつの所作を覚えるにはそれは面倒臭く、そしてじれったくて嫌で嫌でたまらないことの連続であった。

キャラメル一箱も買ってくれたこともないけちな父が、必ず割るであろう高価な茶わんを粗暴者な私に渡したのは、余程考えたあげくのことだったのだろう。昔から人や物をいたわる心の基は手抜きをしない所作により、自然と身につけた自己形成が大切だと思っていたのだろう。

日本が誇った計画的大量生産を目的とした電気技術が、半世紀もたつと新興国が日本の技術商品から不必要な部分を外した商品を、低価格で世界市場に送り出してまき返しを図ってきた。一変して日本の状況は先手から後手に回ってきた。新しいものを求め続ける、それがふたつの巴型となり、付加価値を山盛りにした商品は派手やかで、温故知新の魂が抜けた円の中に納まっている。ふたつの巴型はコスト競争の箍《たが》の中で出口のないルーレットのようにぐるぐる回り、止まった所の運次第である。

私達職人集団は先手必勝であるが、人が忌み嫌う卑しき行為をする。しかし、この先手だけは現代版の本能寺であり命取りとなる。これを仲間は見ても知らないふりをせずに、全員の協力をもってこれは人の歩む道義に反し、恥入る行いであることを諭してやろう。先手も後手も学ぶものは我欲を捨てた、澄んだ視野からの情報を基に、全体像を養い、責任をとれる覚悟を決めた管理能力の一言に尽きる。

政権交代

春の先取り。今年のじゃが芋の植え付けは完了した。二月第一日曜日の三日は、連作障害を避けた植え付け予定地に、堆肥をばら撒き、深さ三十㎝まで掘り返した。次週十日は、七十㎝の間隔で二十㎝の畝間《うねま》を立てて、芋の旨味を増やす要素となる鶏糞を撒き放置しておいた。三週目の十七日になると、掘り起こされた大きな土塊《つちくれ》は何度も凍った霜柱によって溶けて、顆粒状のさらさらした土に変わっている。そこへ化成肥料「9チッソ・5リン・9カリ」を撒き、鍬で土と混ぜ、真っ直ぐに畝を調整する。梅の枝先に花がちらほら咲く四週目の二十四日には、畑に残った土塊に豊作の期待を込めて、もみほぐした土の感触を両手で味わいながら、半切りした種芋を足の幅間隔で動かぬように押しつけていく。芋に被せる土寄せの目安は十㎝と決めて、日照方向に対して斜めに均《なら》す。二月中の植え付けは毎年霜害に遭うが、私はそれでもかまわず、運賦天賦と任せて一日でも早い時期を選択してきた。

その後、北方の桜の花が終わる頃には芽が十㎝ぐらい伸びているので、余分な芽を欠き二本仕立ての苗とする。一ヶ月後の新緑の萌える頃になると、畝間に化成肥料を撒き、雑草取りも兼ねてじゃが芋の茎を畝の中心にした土寄せをする。その時にできれば油虫の消毒を同時に行うと病気はまず発生しない。あとは六月下旬の収穫である。遊びがてらであるが、ここまで延べ三人工の作業を要して種芋十kg、二百五十個片を植え付けて、約五十倍の収量が見込めていた。

これまでの試行錯誤の末に得た野菜作りの戦略を三つに整理すると、次のようになる。

［1］じゃが芋の原産地は南アメリカ・アンデス山脈、火山灰土のやせ地である。ここで古代より育った気候風土がもつ遺伝子がある。その遺伝子が善玉であろうが悪玉であろうが、その性格は変えられない。作物に原産地の環境を想像して育てることが大切である。

［2］じゃが芋の連作障害は、原産地がやせ地の影響なのか、祖先が残した必要な栄養素だけを全て先取りをして、不必要な排泄物の嫌地という借金を残す。この姿は人間の社会では、当人は気付かずにいるが狡猾《こうかつ》で嫌われ者である。これは、いずれはみ出して自滅していく運命にある。文字が発明される以前に、ペルー人達はじゃが芋の特性を見抜き、作付けした翌年は植物の中で最も進化を重ねた連作障害のない、生物の救世主、稲科のトウモロコシを交代に耕作することにより、嫌地の土壌を改良して主食として確立した。

［3］じゃが芋の土壌酸性度はｐＨ５・０ぐらいでナス科の中では唯一酸性を好む。作物の出来具合において大きく左右するのがこのｐＨである。動物は食物の消化摂取の生理作用が違うので、その好き嫌いの性質を容認しないと、いかんともしがたいこととなる。

最近園芸雑誌で、相性のよい作物の組み合わせを紹介する菜園記事が脚光を浴びている。より良い相性の野菜を共に植えることより、病害虫を防ぎ成長を育む相乗効果が生まれるとされる。それがコンパニオンプランツである。じゃが芋には相性のよい作物は少なく、組み合わせの悪い作物は多い。例えば、キャベツやトマト類とじゃが芋との混植は人工的な手を加えても相容れず、弱者であるじゃが芋の収穫はまず望めない。国家も、相性の悪い組み合わせが多くなると路頭に迷うこととなる。

この三つの戦略は、「ならぬことはならぬ」である。この格言を菜園で実際に実験してみれば確実に実証できる。

原産地問題、連作障害、土壌のｐＨ濃度などにたとえてみれば、前政権では、実戦不足なる若さゆえ、人間の個性を軽んじて、権力においてならぬことの無理をまかり通そうとして手こずり完敗してしまった。

安倍政権は二度と前政権の二の舞は繰り返さないと意気込んで、アベノミクスなる三本の矢を放った。一本目の矢は金融緩和によるデフレ脱却を唱えて日銀総裁を説得した。二本目の矢は具体的な財政出動である。国政は瀕死の中小企業を見捨てていない証しで、我々に勇気を与えてくれた。三本目の矢は待ちに待った共に協力し合える、コンパニオンプランツのような経済成長戦略である。円安、株高が誘導され、弱者と強者がいりまじったグローバル競争の統合ＴＰＰの論議はこれからどうなるのだろうか。アベノミクスはコンパニオンプランツのレベルに到達して、既成概念は打ち破ったが、まだじゃが芋とキャベツとが植えられない現代の病、共存共栄の課題が残されている。

蟄中啓戸《ちっちゅうけいこ》

「蟄中啓戸」とは冬眠する虫のことで、初めての春雷を聞いた虫が冬眠を終えて地表の戸を開く日の意味である。蟄中啓戸を要約し、今は啓蟄と言われている。春の息吹を告げる二十四節気のひとつで、今年の啓蟄は三月五日であった。

啓蟄二日前の日曜日、その朝は風が冷たく、霜柱が解ける頃を見計らって生産消費者を試《こころ》みる私は小さい菜園畑に向かった。じゃが芋の植え付けは全て終わり、畝の表面は、もうさらさらと乾いた土の上に、ただ小鳥の千鳥足のみが続いている。畑は先週の作業の跡形は何もなかったような様相である。

私は腕を上げて大きく深呼吸をした。今日からは玉葱畑の手入れである。玉葱は自前の苗で、早生種、晩生種、赤玉葱種と区分して千本余り植え付けてある。玉葱の周りをひととおり回り、リンサンの多い化成肥料を全面にばら撒いた。次は潮干狩りに使う丈夫な熊手で肥料を土にかき混ぜながら、ハコベラ、ナズナ、スズメノカタビラなどの雑草を抜き取る作業を進めていた。すると所々に玉葱の茎が青いままに倒れている。根切り虫が食いちぎった仕業である。霜で土が柔らかく浮き上がった茎の周りを指先でかき分けると、そこには丸まっている根切り虫が必ずいた。指で摘まむと体皮内の液体が凍結した後溶けて液状となって、ゼリー状にふにゃふにゃしている。弾力は全くなく生物のもつ感触ではない。丸々と太っているが凍っては溶けての浸透圧の影響を受けて凍死しているのだろうと、何匹も集めてバケツの中に入れておいた。陽が高く昇る頃バケツの中を覗いてびっくりした。当然虫が凍ったからには体内の水分が蒸発によって干涸《ひから》びていると思っていた。その予想に反し、根切り虫は暖かくなってきたのでバケツの底でむくむく動いている。体内が凍った虫が生き返るのは蘇生したことである。

この虫の細胞は人知を超えた仕組みでサイボーグだと思った。これを科学の力で一般的法則を見つけ出して人体に応用できないかと、強い興味をもった。純粋にすごいというか、見事に騙されたというか、人間の生命の内ではあり得ない新たな疑問が生まれ、生産消費者を試みる私が自力で知り得た新鮮な興奮と感動があった。

それにしても、どうして根切り虫は表土二～三㎝の境遇の悪い霜柱の中に居住しているのだろうか。先週耕して葱の種を四種類蒔き、水を与え寒冷紗を掛けておいたところ土がむくむくと浮き上がっている。モグラの仕業である。私はすぐに盛り上がった土の上に板を敷き、踏みつけて平らにした。モグラ対策としてアルミ缶を被せた一ｍ程の細い鉄棒を過敏なモグラの通り道に突きたてる。モグラは地表に天敵が多く表土の乾いた土を嫌い、湿った地中を住み家とする。掘削を得意とするモグラは一ｍほどの深くて硬い地盤にも通路がある。察するに、根切り虫はモグラの餌食にならないために、せめて冬の間だけでも生命を維持したくて霜柱の中に住み、生きる手段を選んだのだろう。

生きるための人間機能は、武器を携えたおかげで食物連鎖の頂点にあるが、人間機能の本質は心と心の絆であって、友情が大切である。見栄を張って遊ぶための資金源にしようと、不作為にも友を利用する生き方は、犬畜生にも劣る。所詮はしゃぶれるものをしゃぶりまくる、ずる賢いうえ身勝手な、他人に痛みを押しつける輩の所業。不運なことに、こんな病原菌を媒介する寄生〝人〟に取り付かれると、財はおろか正常な身体の脳波までストレスにより狂い、熟睡ができずに、多くの人が地獄に追い込まれ、のたうち回ってしまう。こんなところにも想定外の災いが燻り続けており、眼には見えねど、尊い生命が毎日脅《おびや》かされ続けている。

しかし、である。零細企業者には苦労を重ねて修得し、しぶとく生きた国家の屋台骨となる経営者が大勢いる。嘘の味を占め、道義を弁《わきま》えない未熟な大人に、法を説《と》き明かして救えるのは、家族経営で身を削りながら零細企業を営む経営者だからできることではないのかという意見もある。春を告げる風、啓蟄の音に耳を澄ます心根を持てたなら、ただそれだけのことで、悪人の心の扉が開けるのである。

啓蟄が過ぎる頃になると油菜科を食い荒らす鳥の被害は、虫に移り俄然少なくなる。冬眠していた無数のものいわぬ虫達は人類では不可能な冬の試練を耐えて、やっと地上に現れ、蛹より羽化してからも危険がいっぱいある。自然の恵を受けて嫌われ者の毛虫は見事に脱皮をして人もうらやむ美しい蝶となり、花から花へと渡り受粉を手伝い次世代の子孫に伝えている。

徒花《あだばな》に実は生らぬ

「花は　花は　花は咲く　いつか生まれる君に　花は　花は　花は咲く　わたしは何を残しただろう」

東日本大震災復興支援ソングの歌詩である。現状が徒花のごとくままならぬ想いに愁いを感じている人もいるだろう。

季節の移りは早いもので園芸店の店先にかぼちゃの苗が並んでいる。かぼちゃは光合成が盛んで大きな葉を広げ、茎は太く蔓には勢いがある。私はそんなかぼちゃに魅せられて毎年育てている。思い込みとは別に、私が一番手に負えない野菜である。暖かくなるとかぼちゃはぐんぐんと成長して、雄花のみ黄色い徒花が十個程連なり咲き揃う。その陽動作戦が効を奏してか蝶が舞い、昆虫が集まり、雌花の開花が高まる。雄花が細い茎を少しでも上にと競い咲いているのに、雌花は葉陰で照る照る坊主を逆さにしたような花がひとつ、ひっそりと咲く。それも午前中にしぼんでしまうので昆虫の受粉率は低く、人手によって早めに授粉を行わないと蔓ぼけにより、末生《うらなり》かぼちゃになるのは確実である。人工授粉が大切であるがその機会はなかなかなく、未授粉により茶色に変わった照る照る坊主の頭を見るばかりである。それでも甲斐あって幾つかの実を付ける頃になると、どこから湧くのか、ウリバエが大発生する。黄色い翅《はね》を持つウリバエは黄色い花をつける徒花蔓野菜の大敵で、きゅうりやかぼちゃの葉をまたたく間に食い荒らし、その後にはベト病が必ず広がる。私の知るところでは翅のあるウリバエ退治の有効な農薬はない。たまりかねた私はきゅうりにまとわり付いているウリバエに蚊を退治するジェット式のキンチョールを吹きかけると面白いようにバタバタ落ちた。もちろんきゅうりの蔓に噴霧がかからないように注意したが、後日きゅうりの蔓はぐったりとし、枯れて全てが終わった。

圧倒的に多い徒花と少ない雌花は、ウリバエを交えての因果関係は、相対的にはそれなりに釣り合っているのだろう。だが、私にはウリバエに苦しめられたかぼちゃを助ける何の手立ても見つけられず、きゅうりを盾にとられてウリバエにまんまとやられていた。かぼちゃとウリバエと殺虫剤の間に絡む因果関係は、いつの時代でも濃縮された国際紛争の構図と重なって頭をよぎった。

徒花とは実の生らぬ植物で、その代表である花が山吹であると知ったのは小学校の頃であった。上級生がいつも山吹のことを徒花と呼んでいたからである。山吹の茎は噛むととても苦かったが、植物を餌とする家畜は山吹の茎が一番の好物である。そこで山吹が多く自生するところをより多く覚えて、男の子が縄張りを主張できる草刈り場となっていた。

私が小学校五年生の時に女の先生が太田道灌(一四三二~八六)と山吹の話をしてくれた。実も心もある室町後期の武将、太田道灌の逸話である。ある日、狩りをしていた道灌は急な雨に出合い、近くの民家に蓑を借りに立ち寄った。しばらくすると、出迎えたうら若き娘が花盛りの山吹を一枝差し出してくれた。そこ迄話した先生は突然黒板に「七重八重花は咲けども山吹の実のひとつだに無きぞ悲しき」と和歌を大きく書いた。その時道灌は差し出された山吹のいわくある意味が分からず、無礼なりと思い帰ってしまった。元々道灌は素養のある武士《もののふ》だったので「山吹の花は咲けども実（蓑）のひとつだに無きぞ悲しき」の意味合いが後で分かり、自分の教養の低さを恥じて、その後猛烈に勉強して和歌の大家となった。道灌は江戸城を室町時代に築いた人でもある。

私はこの話を聞いた時、今迄自らを省みて人の心の内を図ることもなかったので新鮮な感動に胸を打たれた。黄色く咲きほこる山吹の一枝を手にして、戸惑う道灌を哀愁がただよう瞳で見つめるいじらしき娘の様子が目に浮かんできて、夢見るような余韻に浸った。家に帰っても、神話のような二人の美しい出会いを何度もイメージしていた。この素晴らしい話を聞いて、実らない山吹の花が徒花であるならおかしなことであると、言葉の綾を解けないままに疑問を抱いていたのを覚えている。その後、執念が届いたのか、五年程前についに山吹の実が実在している現場を見つけた。

人の場合は卑しき行為で苦もなく得をしたいと、泥棒まがいの恥じない行為をした人を「仇花」と言うが、私はこの仇花者に幾度となく遭遇している。悪にはその上に悪が実在するが、所詮はつまらない努力で証拠を残して、いつの日か手が後ろ手にまわる。けなげに咲く花一輪に足るを知る心を開き、憎しみのこもった仇花から徒花に変えて改心してもらいたいと、ただ神に祈るばかりである。

アベノミクス

安倍晋三首相は、前回スローガンとして「美しき日本国を築く」ことを掲げた。しかし思いもよらぬ重任で体調を崩してひと休みをした後、今度は決意を新たに混迷経済の景気浮揚策に的をしぼり、デフレ経済からの脱却を宣言した。漠然とした美しき日本国よりも、具体案をたてて分かりやすく説明した。大胆な金融政策、機動的な財政政策、民間投資を喚気する成長戦略策の三つを打ちたて、金融緩和競争を黒田日銀総裁と強く連係することにより、アベノミクスをデフレ対策の主眼に据えてインフレ率二％浮揚に拍車をかけた。この対策はもともと、ロナルド・レーガン大統領がデフレを克服する策としてインフレをターゲットに大成功したレーガノミクスと呼ばれていた金融緩和措置であった。これにちなんでアベノミクスの造語をマスメディアが取り上げたのだ。

放たれた三本の矢は闇を突き進むかに思えたが、さすがに経済界の反応は早く、金融緩和により四年一ヶ月ぶりに一ドル八十円から一気に百円台に乗せてしまった。日本の産業は高い技術による輸出立国である。国内に主要工場を持ち、途上国が安易には生産できない重厚な自動車産業などは円安が追い風となり、早くも景気の良い話が飛び交って、経済界の七十％がアベノミクスを歓迎している。

私は半世紀にわたり、建築請負いの下請稼業を営み続けてきたが、投資によるバブル崩壊後に起こる金融引き締め策によるデフレ経済のカラクリを知らなかったがゆえに、大変痛い目に遭っている。

汗を流して働くことにより右肩上がりの貧しき時代に育った私は、いくら会社の経営が苦しくてもリストラなどの言葉は頭の中になかった。ただ、今迄よりも工夫をこらし、社員に意識改革を喚起し、しゃかりきに働いて給料維持を図りたかった。そんな態度が通用してか仕事量に不自由するようなことはまずなかったが、講負い金額が真綿で首を絞めるごとくじわじわり下がっていた。仲間の悲鳴を聞き及んでも、こんな状態が長く続くはずはないと、辛抱に専念し、いずれ回復できるものと待っていた。

バブル期は頭数を揃えればそれで通用し、いい気になっていたご時世であった。その後遺症として、私には予測不能な第二弾のとても恐ろしいことが控えていた。地震の後に来る大津波である。今迄バブルの景気で甘い汁を吸っていた人が、積算もできず実行予算の判断力もなく言われたままの仕事を受注している。内部保留の金をたれ流して放蕩にふけって気付かずに、仲間に塗炭の苦しみを与えても他人事だと省みない温室育ちの後遺症は、仕事の達成感から完全に離脱していた。厳しさに備える心の進化は止まり、不作為な生き方、嘘と方便を使い分け、仲間を裏切ることを得策としていた輩が人情のしがらみの化石に化けて、しぶとくぶら下がっている。

半面では受注産業である建設業の下請稼業は裸一貫・信用一本、命をかけて達成感を追い求めている。それが男の夢であっても達成感を味わうには、あまりにもリスクが多い。まずは現場で無駄な動きは皆無で二人前の働きをするとプロの評価がなされる。そんな腕になると独立するために弟子を雇う。仕込み方にもよるが弟子は一年で半人前の仕事ができれば上々で、さらに世間を知らしめる躾には苦労をする。しかし親方は二人前の腕、弟子半人前と計算すると2×1－2＝1人前の厳しい業界の常識が待っている。甘い掛け算はまさに我が身を削ると知り、使われていた方がよかったと多くの親方が過去のことを思う。もうその時は胃に穴が開き、二～三ヶ月の入院を余儀なくされる。幸い入院中にやっと過去の体験を反省する機会が与えられて、商売の起爆剤はお客の信用を得てのもの、それには信頼できる仲間作りが先決と気付く。試練は人を強くし、親方は自らを鍛えて、再度しがらみの挑戦をやってのけ、やっと一人前を知る。

日本には自助努力により、弱き人が弱き人の助けを実行されている。そんな人が百人に一人の割合なら、百万人が世のため人のために尽くしていることになる。進んで自腹を切る教育により、百万人掛ける百万円もの善意は一兆円となり、国益に貢献している。

アベノミクスはあくまでも国の大道であり、この底辺に従う逞しき善行のエネルギーの存在は、本にも新聞にも言葉として表されていない。見えない物の奥底を上からの目線で捉え、何が大切かを心に刻む真の政治家の出現が待ち遠しい。

百花繚乱

増殖を繰り返して育てた十鉢もの君子蘭が、二ヶ月ほど前から開花し室内に溢れるように咲いている。株分けしておいた小さい鉢の中では、黄色い蕾がいまにも開きそうだ。縦長で幅広の葉に挟まれている蕾がとても可憐である。手の中で一輪の花を愛でる感触と、一点の花を芯にして三六十度の周りに咲き誇る百花のスケールを一度にセットされると、その景色は凡人には見えず、愛でる感覚が湧いて来ない。

大地は乾き虫喰いだらけ、痩せこけた花畑の中に、アベノミクスなる一輪の花が投げ入れられた。第一の矢は畑をうるおす慈雨である。大地が生き返り、草花の根はピクリと動く。躍動を伝える波紋の始まりである。続いて第二、第三の矢を放つ勢いであり、的に放たれた矢は新たな連鎖の輪をつくるが、第三の放たれた矢はどこ迄飛んでいくのだろうか。問題提起の波紋は起きたが何事もいずれは消える。その前に国民は帰って来る矢が起こす波紋の輪郭の中味を知りたいと、今から思っている。

改めて広辞苑を開いて見ると「百花繚乱」とは種々の花が咲き乱れること、転じて、すぐれた人達の業績などが一時たくさん現れることをいう、とある。

政権が目まぐるしく代わる今日、短絡的なピンポイントのパフォーマンスでは確実な業績などあり得ない。変化する三六十度の景色を常に読んで、先を信じるに足る人生哲学が一本通っていないと、言うことなすことがコロコロと変わり、国民はただ冷ややかに受け取っているだけある。

私は百花繚乱という言葉をテレビで知った。北極圏の極寒の地で短い夏を待ちわびた植物は、氷が解けると広大な大地に一時、一斉に花が咲き誇る。そのスケールたるや、とても一度には眼が届かない。また、灼熱の太陽の国アフリカの大砂漠では年に一度の短い雨期を迎え、砂塵に大量の雨水を含むと、眠っていた種々の花が一斉に咲き乱れる。我を忘れ、心を揺さぶるその美しい様子に解説者は思わず、「これぞ百花繚乱」と言っていた。それも十日間ぐらいの儚さで終わる。

極寒の地も灼熱の地も前人未踏の不毛の地で、自然の境遇が織りなす中で植物が生きる。この両方の地は埼玉県以上の面積と想像できるが、生存する植物は耐えに耐えて生き残ってきた。その結果、強く正しい進化の遺伝子のみが選択されている。偽りのない自然の中から数百万年の間、真実を一筋に貫いた方向性にはただ驚嘆するのみである。そこには強い仲間が先に立ち指揮を執る大輪の花ひとつある訳でもないのに、苛酷な環境で育った生命は分を守り、一連托生、運命共同体の現状が自然の摂理であると映し取っている。

人間界にあって、人が意図したずるい行いで、後ろ指をさされている屈辱に恥入るさまを知らぬまやかしは百害あって一利なし。因果応報の悪因のツケは得てして家族に回り況縛に陥るものである。

欲得に溺れる自分の姿に気付いていないのが困ったもので、裏切ることを人が真似ることのできぬ専売特許と思い込んでいるふしさえある。その結果、多くの人を地獄に追い詰めて、会社を食い物にする。悪知恵のみの生き方は自ら悟り心改めるべきである。悪事を淘汰することは自然や神の成せる洗濯術では叶うことがない。このことはよく肝に命じておかないと不平不満が多くなり、平和なチームワークを壊す一番大きな問題になる。まやかしは人生の道ならぬ悪魔に取り付かれたことである。

私は給料日に思う。人に期待すると可能性はいくらでもあり、新しい使い道が生まれる。これは駄目だと思えば、ただの天の邪鬼のがらくた者で、信頼は消えて新たな使い道は生まれないものである。

国民に駄目だとあきらめられて惨敗した自民・公明両党が、三年有余の冷や飯に耐えやっと分をわきまえ、国民の信頼を取り戻し絶好調である。国民の後押しがあり、こうなるとやることなすことが図に当たる。

しかし、憲法九条は内においては他国とのバランス力を蓄えて国を守る。国の長たる者、内外からの挑発や屈辱から生じる恐怖の影に怯えず、国民は耐え難きを耐え忍び難きを忍び、以てその信念ある姿をあえて世界にアピールして、戦争放棄の九条だけは絶対に守ってもらいたい。こうして花は咲く。

戦争のもつ残酷無惨の実態を知らない時代の人が多数をしめる今日、百花繚乱の奥にある運命共同体、互いの助け合いの絆を探ってみたくなった。

この先景気は戻るのか

私が管工事業に就いたのは東京オリピック以前で、もう五十有余年にもなる。当時の野丁場仕事は山手線圏内が主であった。大きな現場の中に埋没していた私は言われた事のみ果たすために、ただ夢中で働いた。景気の善し悪しは株などに投資できる一部の金持ちの話で、私は自分の腕で倍働いて自立しようとの強い信念があった。ただ当時は三度の飯の内容が景気のバロメーターであった。月に一度、カツ丼とラーメンが同時に満された時の幸せ感によって、さあ次もやるぞ、と活力が湧き、明日への望みが大きく膨らんだものである。そんな出来事を自分の肌で感じるのが青春時の景気観測であった。

その頃、貧乏人は麦を食えと言い放ち、萎縮していた国民に発破をかけたのが池田勇人首相であった。世の現実を知らしめ、反発を梃にとり、所得倍増を唱えた。目的の矢を一本に絞り高度経済成長政策を強引に推し進めた。職人仲間では「首相の約束だ、日給千円をもらえる日が必ず来るぞ」と池田政権に期待を抱いていた。池田首相は次に来る夢の三種の神器をはじめ、電気製品の潜在的需要を見越して所得倍増を見事に成し遂げた。

当時の工事現場の状況は、電気ドリルなど小物の電動工具に至るまで機械動力は何ひとつない肉体労働の全盛時代であった。全て手仕事と腕力が勝負であり、作業能率を上げるための戦略は情け容赦なく個人にのしかかった。特に腕力仕事はエネルギーの消耗が激しく、皆やせこけていて、米一俵（六十kg）以下の体重は当たり前だった。それを承知で元特攻隊の将校である親方は、馬鹿は馬力だと発破をかける。ちなみに一馬力は七十五kgの物を一m垂直に持ち上げて一時間継続することと記憶している。米一俵を持ち上げるのに、手首を返し頭上高く真っ直ぐに差し上げる腕力が一俵を伸《の》すと言い、男の証明であった。ネジ切りは二十五㎜鉄管を手切りで百口のネジを立てることが一日の作業で、最初は涙を流しても、そこは男のプライドをかけて夜中までの仕事となる。

私は半年も経つと、与えられたことをやる小回りのノルマ作業を小半日で可能にした。しかし仲間より先に帰る真似はできなかった。非力な私でも成長期が幸いして、教科書を元に、そこに抜け落ちていた現場体験の付加価値を追加するアイデアにより従来の小回り仕事は甘く、軽く、倍の能率を上げた。まさに応用と機転の業界であり、建設業の能力はやる気と応用力の格差で、学校時代の学業以上の大差がその日の内に如実にあらわれた。

外国のある国で、内乱が治まり日本のインフラ援助で大きな川に架ける橋梁の指揮を執った監督の話が心に残っている。監督の中には情けなさや自分の立場を悪用して賄賂に翻弄されている外道もいるが、そんなことには見向きもせず武士の鏡ともいえる大監督が大勢いる。日本の建設業には先輩が築いた長い伝承経験が蓄積されている。先輩達が技術指導に当たり、より高い技術の基本は辛抱なり、と言える人間性までも育ててくれた。それは日本国が誇る建築業の歴史である。

そんな暦の中で育った監督は、日本と外国現地の技術格差を踏まえて仕事を進めただろうが、戦争に明け暮れた人達は心が荒み、短気ですぐに怒る。ここ一番の重要な工事箇所に強く注文をつけたところ、「お前らは戦争より辛い無理難題を押しつけるが、そんなに偉いのか。俺達のように命をかけて戦火を生き抜いてきた強者に、平和な国だからこそできた仕事を、俺達ができないのを承知しての指図か。そうだろう？」と凄まれる。「これ以上無理な注文をつけるとぶっ殺すぞ」とまで言い出した。

私が聞いた話はそこまでだが、橋を完成させるために、どんな手を打ち、現地人を使いこなしたか。橋の完成を見たのは一致協力の賜物である。完成した橋を見て、目前の技術的困難よりも過去との辛さを比較して反抗していた人達も、「日本人は凄い」と見直した。橋の上を行き交う人や車を見て達成感と祖国復興の橋渡しが叶ったことだろう。

これからの日本は衣食住足りて、なお物質的欲望を苦労もせず、国や他人任せを望んでいるふしがある。本筋として忘れてならないのは、ある代議士の発案が発端となって、返済困窮者に金銭債務を一定期間支払猶予する規定、中小企業金融円滑化法が二〇〇九年に成立したことである。これは真正直に働き何の落ち度もなく苦しんでいる中小企業を安堵させ、事業に命を懸けている企業主を救った。この恩恵は決して忘れない。次は景気回復の礎になると腹を決めた。そこには中小企業経営者にとっての新たな潜在的需要があるはずだ。

大阪人気質

大阪や東京も日本中から人が集まり、ごちゃ混ぜである。数知れぬ職業が自然と発生した大都市である。あまりにもごちゃ混ぜで整理する必要に迫られ、職業はなお細かく専門化され効率が求められてきた。であるが、責任を分割することより、さらにごちゃごちゃな問題が起こる。まるで鼬《いたち》ごっことなる。

昭和二十年八月十五日から戦後六十八年、アメリカの統治国から独立国家となって六十二年になる。その間、島国である日本は他国から侵食されずに平和に恵まれてきた。狭い日本国の中で一億の人がただ食うために懸命に働き、一方、欧米からは技術や文化の思想を学び、産業は欧米の技術に安全という付加価値を見出し、その間に世界をリードする程となった。そこへアベノミクスによる円安が追い風となり、円高時の輸出産業が苦しみながらも蓄えてきたノウハウが、一気に開花しようとしている。

それに加えて世界有数の技術力のある日本の建築業はどうだろう。巷の声では、地震でもびくともしない世界一高い東京スカイツリーを見て、日本人の誇りの糧にしている人も多い。

今の建築業は少子化に加え、インフラ整備は一応整い、人余りの傾向にあり、次に来るターゲットがしぼりにくい。海外進出の技術力は高く評価されているものの、受注産業という弱みがある。重厚長大な技術は現地に根付くことから始まり、資材調達は現地では揃わず、とても難しい。注目するのは受注産業でありながら飛び抜けた施工力において世界に飛躍しているプラント工事で、このプラント工事には当社の職人が世界をかけめぐり、保証人である私に融資を行ってくれた。主な出向先は石油産出国である。イラン・イラク戦争で国を挙げてのイランの石油プラントが中止となり、帰って来た人の生の話を聞くと、世界の経済事情は石油資源の利権により左右されると知った。テレビなどでよくプラント工事の様子が送映されているが、規模や技術力、そのスケールは、日本では見られないプロジェクトである。現場に常駐する大監督は、世界中に散らばる数千人に及ぶ溶接工の腕や気質までもひとつ頭の中に把握して、動く人を自分で選んでいるという。責任を一手に背負い、その真摯に働く姿はまるで神のようで、心は仏陀のように包容力があると話してくれた。

しかしである。私達の現場では結束が叶わず、孤独に耐えて一人悔し涙にくれる親方や監督がいる。その後ろ姿を見ていると、その涙が夏の甲子園球児と複雑に重なり、胸に込み上げるものがある。

さて、この「大阪人気質」について私に語れと言う人は、生まれも育ちも大阪育ちで、大阪気質に誇りを持っている。彼は常々、「大阪は商人気質の街、商売の根性がありまっせ」と胸を張る。「商売を知らずして飯が食えますか。俺は社長に尻拭いをお願いするような仕事はようせなんだ」と、私がかかえる一番の悩みを晴らしてくれる。世の中は商売に大小あれど、商人ほど心が複雑でとらえようもなく、時によっては人を喰う。若い頃、誓った言葉「朝に夕に神仏に手を合わせ、牛馬のごとく働き、社員の幸を願う」。言葉はきれいだが、毒と薬が相まみえる現状を使い分ける商売において、義理人情のこれだけのことで人の心が開き、積極性が生まれるだろうか。逆に情をかければそこに付け込む隙ができる。そこへ、くすね行為が付け入る。商売は細い道を多くの人が作り、弱い紐が協力して強い結束力となる。その絆を内から壊してしまう行いがある。分割された責任の利他を顧みず、仲間の労働を軽視して遊びに奔走する打算的な行為である。恥じることもなく内々を喰い物とし、自分の責任を尻拭いさせる巧みな悪企み。この裏切りは末代まで語り継がれることとなる。ばれているのに当人に見えないその行為には、ブーイングが湧き起こる。真人間となりこのような行為が絶えたなら、人には心安らかな日が訪れるのである。

大阪人といえばユニークな気質で、逆の発想を生かす。誰しもが政治に不満があり、ブーイングがうっせきし爆発の時期を待っている。しかし民衆がその気持ちを表すのは選挙においてほかにはない。せめてもの抵抗は、あえて大阪府知事を全国民の前にパンパカパンと舞台上に晒し出したこと。そこには「これからがどのようになるか面白いやん」と面目躍如たる大阪人の気質が宿る。政治家の茶番を民衆に晒し、これでも眠りから覚めないか、と政治の反省を求めた意図が窺える。なるほど。百の論争よりも手っ取り早く、大阪人がもつ反骨精神から生まれた知恵は、説得力となり合理性を示した。

鋳物の街・川口

東京オリンピックが開催された年のことである。京浜東北線に乗り、西川口駅の浅倉水道の名物である大看板を見ながら、次の蕨駅西口の建築現場に通っていた。淀んだ荒川が赤く染まった朝焼けを見て、鉄橋を渡るともうそこは川口である。車窓の両側にはキューポラの丸屋根の上から煙突が林立して、大小の煙突からは赤く飛び散る火の粉が炎となって朝焼けの空を焦がしていた。車内にはコークスの焼ける作業場の臭いが鼻につき、東京では見られない活気ある街であることを思わせた。

その後、川口は東京に比べると家賃が半値と知り、移り住むこととなった。その時のこと、家主さんが生えている木の葉を手にとり、「青い物っていいな、貴方の年代ではまだ分からないだろうが」と手元の木の葉を見つめてから大人の話をしてくれた。「川口は中小企業の街で、進んで汗をかくことを惜しまなければ仕事や飯には不自由はしない街だよ」と言い、そして私の眼をじっと見て「自立の条件として、まずは隣人を大切にすることを覚える。若いうちにこの心掛けを大切に養うてな」と教えてくれた。

私はその頃は他人のことなど考える心のゆとりはなかった。仕事のためなら、できるできないは別として、火の中へ飛び込むことをもいとわない気合いを常に持っていた。だから、それがなんだと、たかがそんなことかと高を括っていた。その後、仕事を覚えるにつれて、人の壁に突き当たり、それを解決していくにはその奥がある。人を動かす心掛けの善し悪しの全てを、親身となり大きく包む度量を知る。自らを正し、問いただすと、次にある解決方法、隣人を食らう悪しき心のゆとりを覗けることに気が付いた。

特に資金繰りは、経営者となれば命に代えても償えない地獄の苦しみを味わうこととなる。そこで私は年中無休で働き質素節約を心掛けた。度胸は三倍、アイデアを駆使して人知れず三人分の分担を黙って働くこと苦節十年、預金を増やした。やっと一息つくと、そこへ税務署員がやって来て、記帳の不備を指摘して預金を根こそぎ吸い上げる。私はその夜、幼い頃の夢を見た。潜在的な意識である。私は桑畑の中にいた。無数の蝉の抜け殻が桑の木にからまり、その中にもそもそと動く蝉の蛹がいた。子供達は地上に出た蛹のことを、なりん坊と呼んでいた。そのなりん坊の背が割れて蝉が現れた。縮んだ翅がゆっくりと広がり乾くのをじーっと待っている。私は捕まえたい衝動を抑えていると、そこへホオジロが来て、なりん坊を銜えて飛び去ってしまった。蝉は十年もの間、土の中で蛹となり成長してきた。地上に這い出し、羽化した一時は飛ぶこともできない無防備である。そこをホオジロに食われてしまう。神でも解せない不条理である。私は蝉でなくて良かったと、びっしょり寝汗をかき、命があるのを胸の鼓動で確かめた。

当時は、川口の街を歩くと駅を囲むように鋳物工場があり、道路から鋳物工場を覗くと鋳物の湯を鋳型に流し込む男の姿があった。流し込む湯の手前側で立ち働く様子は、鋳物師に飛び散る火の粉のカーテンで半透明になった人の影が映っていた。鍛えぬかれ赤銅色に染まった体、そこに映る働く姿は圧巻である。

この光景を見た多くの人は誰もが感動したはずだ。働くイメージをたっぷりと盛り込んだ鋳物師の像が川口駅東口ターミナル広場にある。足を八の字に開き腰の重心をぐっと落とし全神経を集中して、まさに湯を鋳型に流し込まんとしている姿。湯の重さは優に三十kgを超えるであろうと思われるが、柄杓《ひしゃく》をしっかりと握って灼熱の湯を自在に操る鋳物師がいる。この鋳物師がもつ蹲踞《そんきょ》の姿勢には、何人といえども立ちはだかることはできないだろう、と私は思った。たとえ太刀を振りかざしてもびくともしないであろう姿を心残りに、川口を後にした。

さて二〇二〇年に東京オリンピック開催が決まった、国立競技場には前オリンピック聖火台が今もでんと構えてある。いわずと知れたこの聖火台は、川口の名工鋳物師の鈴木萬之助と文吾親子が、日本の誇りをかけて制作した。中小企業が作ったオリンピックのシンボルでもある。

聖火台が制作されるに至るまでには川口の鋳物の歴史は千年前に遡る。時代は平安時代中期の紫式部が『源氏物語』を書いた頃である。秩父より流れる荒川の砂が、川口で程よい粒子となり質のよい砂や粘土の溜り場となった。以来千年、砂鉄を集め、燃料を炭による和式製鉄法を守ってきた。鑪《たたら》風の炎を絶やすことなく、キューポラに受け継ぎ、聖火台へと到達したのである。

消費税八％・増税後の日本

私が小学校に入学した年は戦中だった。その年の八月十五日が終戦の詔勅をラジオで聞いた日であったが、戦中時のわずか五ヶ月間の授業は何故か鮮明に覚えている。校長先生が教壇に上がり、日本兵の武勇伝を熱っぽく語ってくれた。日露戦争で、旅順港閉塞作戦で艦内にとじ込められた杉野兵曹長を探しに広瀬少佐が艦に戻り、「杉野はいずこ」と叫び、艦と共に沈みゆく話や、上海事変の時の肉弾三勇士の話など、私は胸を躍らせて、進軍ラッパが鳴るともう感動で胸がはりさけんばかりであった。最後に校長先生が強調して「男の子はお国の大事に備えて、いずれは戦場に赴き戦果を上げる、だから男の子は偉いのだ。それがお父さんお母さんを喜ばせることになる」と教えてくれた。その教えは正しくはないが、幼い心を最初にゆり動かされ強く焼き付いたのは確かである。今でも正義感の元となり断ち切れずに綿綿としている。

今、我が国が一番困っているのは、不作為（やるべきことをやらぬ人）が元で千兆円にものぼる膨大な借金があることだ。国民総資産にも匹敵するらしいが、塗炭の苦しみにあえいだ第二次世界大戦の国費も千兆円ぐらいかと見当をつけてみると、これは大変な経済戦争になっている。ただごとではないと考えてしまう。社会が混迷を極めている今、泡沫に生きている私でもこの責任を考えると身震いがする。あの時の校長先生が生きていたなら、「君達は高い技術を学び火の玉になって働け」と二宮金次郎をもちだして生徒に発破をかけたことだろう。

国民の心をひとつにして勇気を奮い立たせる思案もないまま、二〇一四年四月より消費税が五％から三％増の八％になることが国会で決定した。増税分は社会保障費を中心に使われるらしいが、人は他人には厳しく、我が身を削るのは甘く、押しつけ合って反対するのが人情である。しかし、政府はこれからの国情はどうなるのかと、国民に正しい道を赤裸々に話しかけ、苦労を共にする同意を得るべきだと思う。私は小学校一年生の時に「お国に命を捧げよ」と教わり、そうだと思った。あんな間違っていることが子供の教育にまかり通っていたが、悲しいかな今も国のため、利他のためと心の芯が一本通って消えることはない。正しいことをなぜ公言できないのだろうか。原因は、消費増税を持ち出し選挙を戦うと必ず敗れていたからだ。

安倍首相の顔が最近きつくなったが自信に満ちている。遠回しながらもアベノミクス方針である三本の矢を放った。この三本の矢が源流となると日本国中には一億二千人分もの善行の支流が張り巡らされる。その流れが集まると大河となり、歴史はその先々に文明文化の繁栄をもたらしてきた。その大河からは、易きに流れそうになる水を制御して、仲間内の水争いを起こさないよう、おのおのが分担を自覚してもらいたいとの意向を感じ取った。

アベノミクスを源とする流れを止め阻害するのは、何と言っても組織内に発生する悪の根源である不作為。これは楽をしたいというさぼり行為で、その結果、悪しき行いの言い訳を用意する。次は嘘へと発展して、その次にはシラをきってとぼける。当人はそれで体面が保てると思っているらしいが、さらにそれが進行するとプライベートの金や物品を国家や会社の付けに回して着服する。そのうえ、キックバックに手を染めて領収書無用の金を手に入れ、遊興に耽《ふけ》る。これは利己に執着している呪縛であり、だからといってプライベートの卑しさを他人が「君の行いは礼節に反すことだ」と説明して注意するのは難しい。

不作為の穴埋めを他者に押し付けると、それがトラブルの原因となって有能な社員や外注先が離れて行く例は実に多い。あそこの疫病神に取り付かれたら大変と近寄らないのである。国や会社も、もろもろの手薄な事情があるとはいえ、諸悪は利己的な不作為によって、なるべくしてなる。そこには慈しみの厳しさを知らず、利己的な甘えで育った幼年時代からの原因があると思えてならない。不作為の仲間が一人でもいると、それが回り回って中味は全てが負の掛け算として覆い被さり、どんな素晴らしい目的も必ず頓挫してしまう。これは私が、半世紀にわたり体験し学習してきた結論である。

安倍首相は、全て承知ずみでアベノミクスの三本の矢にもう一本の矢を追加した。次の矢では十年の計をもって諮《はか》ると、真実は足元にある。子供の脱皮前、思想が浸透しやすい幼児期においての教育である。才能よりも正直に働く姿勢、礼節が第一と焼き付けて、これから先、個々が不作為で利を得ようとする罪悪の社会が改善されたなら、消費税などなくとも日本国は立ち直れること受け合いである。

偽装工作

現場仕事に精を出しているうちに自然と仲間が増えてくる。十倍にも膨れ上がる情報によって、社内で机に向かう時間が多くなる。今まで過激な肉体労働で溜っていた疲労が回復して朝から食欲が旺盛となり、ぶくぶくと太り階段の上り下りするのにも息切れをしてしまう。以前は酸素ボンベを担いで一気に十階ぐらい駆け上がった体力だったのにと思って病院で検査を受けると糖尿病だと宣告された。

「入院するかね」と医師にきつい態度で私の意向を打診された。私は忙しくてとても入院できる状態ではないことを説明し、週一度の通院を条件に看護師から糖尿病の講習を受け、一日千八百カロリーの食事療法の資料をもらった。これは今までの三分の一の摂取量で、カップラーメン三杯分である。そのうえ、七㎞一万歩を早足で歩き、汗を出すことを約束した。後で考えてみれば、食事を急激に減らし運動量を増やすという、道理に合わない約束はとても守れるものではない。

ある日、外注の親方と弁当を共にしていたところ「どうも最近の社長は元気がないと気がついていたが、こんな弁当かよ、まるで病人食だ」と気遣ってくれる。運動も食事も、激しい現場仕事をやっていた時なら全てを解決していたのに、もう引き返すことはできない。別の方法をもってしても偽装はできないのが身体コントロールである。献立表を見ると、青野菜ならいくらでも食べてもよいと書いてある。

私はこれだと思った。家の裏に借りている畑がある。ユリやチューリップや芍薬《しゃくやく》など多年草の草花が無秩序に咲いている。そこを菜園に変えて青汁をがぶがぶ飲み、腹を膨らませて畑を耕して汗をかこう。これなら私にもできると勇み立った。即、三本の鉄先のついた特大の土おこし鍬を注文した。一度に四十㎝も突きささる重い鍬だ。これを振り回せば運動量が倍加する。耕すのは深く根を張るためで、肥料は資本投入であると考えた。

しかし、である。種を蒔いても発芽しない野菜が半分もある。そんな不発芽の原因が分かるのに十年間もかかった。手を焼いたのは、本を読んで分かっていてもつい不用心による連作障害の作付けである。これは地中に残った〝生活習慣因子〟が原因で糖尿病と同様、不治の病である。

野菜は性質の合わない間違った土壌に作付けをすると、死をもって抵抗するし、力でねじ伏せて思い通りにしようとしても、とてもできる作物ではない。根を張り、そこから動かず、何も言わない生き物なのである。そこへ耕作者が良かれと思っても、間違った手を加えれば野菜は騙されたと思い反抗せずに枯れていく。道理に従う行いとして野菜の側に立つものの、しかし野菜の心を掴むことはできない。

私の菜園作りは利害がからまない趣味なればこそ、働いたことで全て自己責任において報われる。反省はあれども、その安堵感は実に爽快である。私は畑にいる時はいつも商売感覚を脇に置き、畑から商売のヒントをもらうことが多い。発芽の悪い作物の種蒔きを終わり、今晩は雨との天気予報を当てにして水を与えずに帰ってしまい、雨が降らないと何とも後味の悪いものである。翌日に悔むが、作物の良し悪しの失敗はちょっとした自らの心の隙である不作為にあると戒めた。不作為の不作（農作物の出来が悪いこと）、為（利益、得になること）、つまり不作＋為＝不作為（当然やることを行わない）という結果となって表れる。私は畑を通し不作為の境地を教えられた。その答えを引き出すのに二十年も要し、同時に体重三十kgの減量を達成した。

十一月は「羊頭を掲げて狗肉を売る」ような偽装問題が大きな社会的話題となっているが、「偽＝人＋為」であるように、人が欲の為に変身して偽る。昔からあるこの言葉の上で社会が成りたっていると思うと、人間は欲深く人間を相手に商売を行うのはとても困難なのである。

もし、利己的な（自分の利益だけを優先する）上司がいたなら、その先例を見て部下は濡れ手に粟だと我も我もと競い真似るものである。偽装の核は、糖尿病のごとく連鎖反応を起こして広く根を張り、最悪の事態となる。毎週提出される日報を事実と照らし合わせ調べると、会社で負担する接待費、ガソリンの使用等々経費の支払いの中には何ともまあ厚かましいものがある。御託を並べた偽装内容が元では、将来身内に禍根を残すのみである。隠蔽した5Wのアリバイ工作の証拠日報は、いつまでも人間失格の見本として伝え継がれるであろう。

自立自尊は質量か

昨年六月のこと、私が毎月執筆している「コミュニケーションズ」を埼玉県知事にメールで送ったところ、早速返事をいただいた。以下は文面の一部である。

「『小さな善行のエネルギーの存在』のことですが、県民一人一人が目の前の現実に向き合いそれぞれが出来る範囲内で自らなすべきことをなす『自立自尊の精神』が非常に大事だと思っています。私はこの自立自尊の考えを様々な施策に貫いています」

私はこの全文を何度も読み返してみた。自立自尊の精神を培うことが正しい物事の根本であり、その結果、社会において良い方向、悪しき方向へ向かう分岐点は利己となるか、利他になるかの二心《にこころ》がぶれないこと。そのためには、どうしても自助・公助・共助を第三者の立場で認識して正しさが発揮されることだと問うている。

改めて読み返してみると、自立自尊とは、人類の生活の中の物心にゼロからの反作用重力があるとするなら、自立自尊はその人のみが持って生まれた重力が作用する資質よりも、努力を極めた結果生まれた不変の信念である。その方向性はゼロからの反作用が出発点で、そこに質量があるのではないのかと思えた。過去の出来事にこの質量を当て嵌めてみると、ケチな人の本心が透けて見える。自立自尊は、無心を土台にして心の中にある不変の信念の発見成らずしてむずかしい。勝手放題、甘え、つけ込んだ力などによって、悩み多き社会を構成されてしまえば、日本国の歴史は衰退の一途をたどる。

隣国の中国が、突然に尖閣諸島を含む東シナ海の上空に防空識別圏（ＡＤＩＺ）を一方的に設定した。しかも中国当局は、飛行計画の通報を義務づけて指示に従わない場合は、武力による防護的緊急措置をとるとしている。まさに日本国にとっては、自立自尊、自由経済への侵害である。

この措置には安倍首相も驚いた。即、来日中のバイデン米副大統領と手を組み「力による現状変更の試みは黙認しない」との認識が一致し、一歩も引かぬ態度を示した。しかし台頭著しい中国は、「かつての我が国は他国にこのようなひどい仕打ちをうけて侵害されてきた歴史がある。それ故に我が国が主張する経緯は正しい」と主張する。ここで互いに意地を張り通すと一触即発の危険な事態となる。そこで相手の気持ちを穏やかに抑えるために、かつての歴史の誤りを素直に謝罪すれば、それ見たことかと火に油を注ぐこととなりかねない。こんな外交が長く続くと国民は先にじれてしまう。その他にもＴＰＰ問題、特定秘密保護法があり、安倍首相はアベノミクスによる国益を優先する自立自尊の断固たる信念の中、無重力の心境に至っていると思う。我を捨ててかかる無重力の世界を編み出すため、積極的に平和を求める外交はゼロの中に「核」を見つけて放射状に波紋が世に広がり、その不屈の質量がふつふつと湧いている。

私共の建設業は受注産業の中で世間からは強か者の集まりと思われているが、どうしてどうして、内情は外の狼よりも内に巣くう獅子身中の虫が一番危険なのである。受注産業では十人足らずの組織であっても効率優先で、各自が役員の権限を与えられた裁量仕事である。効率を鵜飼いにたとえるなら本来は統率をとるために首に紐を付けて鵜を操る訳だが、建築業界は個人プレーによる競争が激しく、首に紐を付け行動させては一匹の獲物も揚がらない。そこで紐などの制約を取り外し川に放つこととなる。

自由が与えられるならとそのうちに人の目を掠《かす》めて、よその鵜と共謀して川の底に獲物を一時プールする手口を使い、労せず家まで建てた奴も出てくる。この守銭奴へ傾く卑しさは取り除かねばならない。鵜匠は我慢がもう尽きて、逮捕となる経緯が多い。中小企業は腐ったリンゴが一個でも混じるとそれが引き金となり、会社はひと山二束三文で評価される。それでは社員の給料も支払えない。そんな理由があり、中小企業は命をかけて社員教育を徹底してきた。しかし、利己が優先した環境で育った人の中では、自立自尊の誇りなどどこ吹く風である。

地球上では引力（重力）による重量がふつう重力質量といい、無重力の状態では重力はゼロになる。これに対して質量はどこに対しても変わらない。

和衷共済

今年の書き初めの人気熟語は「和衷共済《わちゅうきょうさい》」らしい。「心を合わせて助け合う。一致協力をして仕事をすること」とのこと。そんな当たり前のことも現実にはできない、と戸惑ってしまった。注意すればぷいと機嫌を悪くするし、親切にすれば付け上がる。これが人の存在であり、打つ手がなく感情が絡むと、とても面倒くさい。されど、日々心して生きている人類共通の問題である。

翌朝になってまた考える。仲良くするという、この一番大切な方法がどうしても分からない。どんな具体案を練って下手に出ても、全くの仕事嫌いの者もいて空耳である。和衷共済の実行が伴うようにと、ずるい心が透けている行為の中に心の綾を見るのだと説得しても、誰もがその時から不可能だと締めてしまう。すぐにできる心掛けはいつもこんな近くにありながら、また、こんなに遠いものはないのである。企業はその身勝手である化けの皮をフィルターにかけて剥がす和衷共済を教育してきたが、化けの皮を剥がしても毒は残る。そこでもう一度先人が築いた躾、濾過機能の高いフィルターを通すことによりやっと浄化され、水は飲料水となる。身近にあるこの水が近代文明を支え続けてきたように、一滴の清き水の求心力から反発する正しい輪は感謝の波紋になって広がる。

着工した建物はゼロから始まり、未完成の建築物はないのが常識である。当たり前と思っていたことが、誰もが頭の中では真似られないのが建築業のけじめである。やってみての結果、これって凄いことなんだ、と気が付くと頭の中に火花が散る。東京スカイツリーを見に行った人々は、とても素晴らしいタワーだと思うだろう。しかし、そこの工事に携わった人達は当たり前のことをやってのけ、仕事にのまれずにしのぎを削り合う仲間と火花を散らしてでも仲良くやったのが成果だと思っている。

聳え立つようなビルを完成するには百種にわたる職種が入る。そして、延べ数万にも及ぶ職人が投入される。これだけのビルを建てるには、さぞかし規律を保って仕事が進行していると考えられるが、それを徹底するには何世紀にもわたり弱い職種を抑圧して能率を上げる手法があった。現場においては先行して有利に働ける陣地取りは、アフリカのサバンナよろしく弱肉強食の世界が角を突き合わせる。弱い者の角をへし折って進み、弱い者はしぶしぶ従う。それは揺すぶり踏み付けて、袋の中に力ずくで最大に納める方法として暗黙の譲り合いが現場を統率していた。

さらにこの現場を進行情況の様子を縮め、将棋倒しにイメージをした鳥瞰図で覗くと、面白いものが見える。数百の色をもったドミノの駒が入り組んで、数万の数がある。多い色もあれば少ない色もある。この順不同の駒を時間的な空間を作り、人を一列に配置するのは均一にできない人間の駒である。これは道具であるコンピューターの道理では駒を配置する機能はないが、計算外の挫折が少ないミクロの意志をもった建設業は、裏にある真摯な読みでドミノを一列に前倒するプロ集団である。

それは着工前の約束事があるからだ。この先何があろうがこの金額でやりますとの誓いを立て、逃げ道を断ち切り、腹を据えてかかる請負制度である。請負を研究した会社は非情のようでも合理的で不況にも強かった。何でも動けばそこには必ず摩擦から生まれた歪みでしわが寄る。その無理を正すのには、もともと力ずくによる理不尽なことが起こる。これを最初からやり直して自浄する方法はなく、過去のいじめに耐えて覚えた体験であり、歪みをたたき出す手法がものを言うのみである。

私は、仕事による愚痴や泣き言を聞く機会が多い。和衷共済を阻むものは、第一に好き嫌いによる感情的甘え。それで自分が嫌なことを他人に頼り利用するのは虫がいいというもの。そこを超えてこそが我慢の子。譲り合う自己犠牲の覚悟も時には大切である。それが理不尽だと揺れ動く心は、やがて逃げたい一心に固まって先が見えなくなる。自然淘汰であり、渦の中をドミノの列より自然に弾かれ除外される。封建的風習はどうしても理不尽と重なるが、請負制度が民主化と絡みに絡み生き抜いた長き時代、搾り取られていた弱き者にも、辛抱の甲斐あって今、民主化と絡み自立した時代を迎えようとしている。

建設業の生い立ちと今後

この冬、当地も寒波に見舞われた。二月には二度にわたり三十㎝もの記録的な積雪があり、夜の停電もあった。雪は交通機関を大混乱に陥れ、家に帰れずに難儀した人々が続出した。

前日の雪は風に吹かれ、梅の小枝の膨らんだ蕾を水滴が包み幾重にも連なる。そこへ腹をすかせた小鳥のつがいがやって来て、メジロ、ヤマガラなどの珍しい小鳥が水滴を含んだ蕾を忙しくついばんでいる。地面ではどこから来たのかセキレイが、尾を上下に振り振りしながら苔の中の餌を見つけては庭石の上をせわしく飛び跳ねている。僅かに露が光る半時の静かな光景も、日が昇ると街の騒音と入れ替わってしまう。

私は子供の頃、眠っている小鳥なら捕まえることができると、塒《ねぐら》を探していたことがある。ホオジロの塒は屋根裏で猫も近寄れない。隠れみのを着ているミソサザイが古家に入るのを見つけたので、友達と古家をほこりだらけになり家探しをしたが、ついに見つからなかった。ましてや他の小鳥の塒探しなど、人間の感覚では雲をつかむようで見当のつけようもない。思うにつけ、小鳥の住居は人目には決して目立つことなく、死角の隠れ家に終始している。

さて弱き者「人類」はどうだろう。私は新聞で読んだことがあるが、人類の発祥地アフリカの洞窟で太古人の頭骨が発見された。頭骨にはサーベルタイガーの牙で噛みぬかれた穴が二つはっきり残っていた。まだ若く好奇心旺盛な私は、太刀を腰にひっさげて真っ向勝負で一撃のもとに倒せるのにと思ったものだ。しかし、素手では牙のある猪突猛進の猪にとてもかなわない。当時、武器を持たないのろまな人類は肉食獣の格好の餌であったに違いない。外敵を恐れて暗い洞窟を住み家にしていたのは人類とコウモリぐらいで、動物は山火事などで火を恐れていたが、人類は身を守る為にその火を逆用し、進んで山野を焼き払い、私有領土として自らの縄張りを次々と広げ、ついに地球の端にまで至ったのである。火は最初の武装であって、人類が繰り広げた歴史上戦略の第一号の武器である。洞窟は雨露を防ぎ火を保存する住居となった。現在もそのなごりとして、ある神社では十世紀以上も種火を絶やすことなく守り続けたのをテレビで見たことがある。日本の最初の建物である縦穴式住居の跡地に火を絶やさなかった形成がうかがえる。

その後、時代が大きく進むと、建築物に電気設備と水道設備が生活機能に整い不可決のものとなった。長い間、倉庫同様と言われていたが、住宅に水や電気が血液や神経の循環機能として作動すると、建物は息をし、鼓動が始まった。ここ半世紀の間に建築業は大きく舵取りが変わり、高層建築が建ち並び、都会の景色が五十年前とは信じがたい程に変化してしまっている。

さてさて、今後の需要と供給のバランスはどのようになるのだろうか。これからは人口減少と少子高齢化が進み、建築業の今後を占う大きな課題となっているが、とりあえず、消費増税前の駆け込み需要で今は人手不足が懸念されている。近所で建築中の老人ホームに駐車中の自動車を見ると、群馬、栃木、茨城、千葉、熊谷ナンバーが朝暗いうちからびっしり停まっている。休日も返上し、大雪の中でもそれぞれの地域から三三五五と車が集まっての突貫工事である。これを実現するゼネコンの現場監督が職人を集める情報能力は高く素晴らしい。土台となる技術は高学歴の人が多い今日、高度の技術が当たり前の能力となっている。監督はそれをしっかりと自覚して、緻密な戦術能力である段取りは四十歳にて開花する。その努力はオリンピック候補者並みである。「稼げる時は稼ぐ」、これが受注産業の証しでもある。

需要の多い東京オリンピック、パラリンピック開催はこの先六年間に施設を整えて世界中の人を迎え入れる。世界に冠たるインフラを整える工事や施設の大型建築物の構想が目白押しとなっている。この状態では我々下の方までおはちがまわり忙しくなる。しかしコスト削減のため、倍働けば倍の収入になるのは難しいのが経済の成り行きであり、過去には倍も働いたが賃金の底上げとならずにデフレを招いた。

東日本大震災で計画停電に追い込まれた教訓が未だに整理されておらず、これからの建築業の行方は、住居に必需品である次にとって替わる魔法の火種となる省エネルギーの対応が見え隠れしていても、現実化ができないのがもどかしい。私達建築業は業種が多く、絡み仕事を修得するのに十年、二十年の年季がいる。その間に九割の人が落伍している。これからは新たな職種が台頭するだろうが、何があろうと時代の流れに翻弄される訳にはいかなのである。

消費税八％の絆

東日本大震災より三年の歳月が経ったが、未だ復興が思うように進まない。被害者の身になり代わり、心情を察するものの、私の体験からは想像の域を超える。その苦しみのイメージさえ及ばない。

ある社員は福島県出身で、故郷のことで心を痛めている。そんな事情もふまえて彼に問うてみた、「増税に賛成だな?」と。「もちろんです。三％増はおろか、こと急を要するので一気に十％にしてもらいたいくらいです。困っている人を見たら僕だってアンパンマンのように頬っぺたの半分を分けてやりたいと思っています」と言う。我が身を削って絆をつくるか。なかなかの男っ気があるな、と思っていると「ちょうど四月は昇給月ですね」とにやにやしている。

私も八％の消費税は個人的な考えでは、やむをえないと思っている。しかし、会社の売上げに課された八％の消費税に私が耐えられるのか。これは元金据え置きの借金ではないかと考えてしまう。ここ二十年間デフレの中で粗利益十％の綱渡りの商売は身も心も削られ苦しかった。どん底の経験を踏まえて耐え続け、商売を続けてきたが、そこでとことん身をもって学んだことは、商売は人との絆ということだった。人ががっちりと組み込まれ、はみ出し者のない石垣。すなわち大震災で教わったのが絆である。

私が二十歳代だった頃、東京のど真ん中で大きなお屋敷の仕事に携わった。庭にゴルフの練習場があり、金庫置場は五十㎝もの厚さの鉄筋コンクリートが打設された。工事が進むにつれて、この家は見たこともない邸宅に変わっている。大工さんが真剣に働く姿を見ていると、次第に緊張感が伝わってくる。資材置場には太くて長い松の木材があり、しかもこの松は大きく湾曲している。木材は全て真っ直ぐなのに、どこに使われるのか強い興味をいだいていた。

いつか棟梁に聞いてみようとチャンスを伺っていたが、偉大な棟梁は貫録があり過ぎて近寄る隙もない。しかし、そのチャンスがついにやって来た。棟梁が一人でタバコをくわえて機嫌よく荒削りの松材をなでている。今なら聞けると近寄った。現場では施主も「棟梁」と呼び捨てをしない慣習なので「大工さん、このひん曲がった松はどこに使うのですか」と聞いた。すると棟梁は、「ほう、水道屋さんか。俺に疑問を聞きに来た人なんて初めてだな。この松材はなかなか手に入らないが梁材になる」。そうかと、棟梁を見上げると「木はな、木肌では解けない素性がもう決まっている。その素性を見抜き、使い分けて百年の家を作るのが大工よ。まあ見てな」と、タバコをくわえ直す。

棟上げが終わり松の梁を見ると、曲がった松は要所を鎹《かすがい》で止められて、その姿形は空に向かって駆け昇る龍である。一歩下がると、肩をポンと叩かれ、ふり返ると棟梁がいる。私は真《しん》髄《ずい》を極めている棟梁に、目をかけられたと思うと、たとえ殴られても感激して、そこには言い知れぬ熱き情熱がこみ上げて来たものである。

その後、図らずも十年で親方になった私は、疲れて帰る社員を最後まで待ち、安否を確かめ、戸締りの殿《しんがり》役を二十年間続けた。その日の社員の動きを知り、それが明日の絆に繋がる段取りは、鎹《かすがい》のような仲間の絆をより強める方法だと考えていた。

その後、殿当番の割り振りを決めた。出発してからの一年間は皆が約束を守り、すべり出だしは順調であった。これで定着するかなと思ったが、その矢先、鳴り物入りで期待できると触れ込みの社員が当番に加わった。すると今までは一人で二十年保ってきた柱役を、九人から一人追加し一束とした。その鳴り物入りは、ぶら下がるだけの怠け者の素性であった。仲間に連鎖反応を誘発して他の九人をも骨抜きに追いやり、殿役の仕組みを一ヶ月で崩壊させてしまった。それは皆が同意の上の結果であると言うが、利己欲のみの悪知恵に走り、赤字を山と築き、平均の粗利益が二十％となるべきところを十％とする原因を故意につくってしまった。その利己的な不作為は仲間から爪弾《つまはじ》きにされて、厚顔無恥なる者が理想理念から逃げ出した一幕である。

このような利己的な行為を客観的に器の中で透かして見ると、消費税なら十％から二十％以上になる最悪の危険をはらんだ行為となる。利己は仲間の足を大きく引っぱり、後もどりもできぬ窮地を招くこととなる。景気回復の妙薬は消費税なにするものと、上面《うわつら》に浮かぶ利己の改良を果たして、助け合いの絆が簡単な消費税の上昇を食い止める方法である。

充実した会社の皆さんの和

現場へは常に一番乗り。若さにまかせて一棟百戸のマンション仕事に挑戦して、見事踏破した人もいる。しかし、あまりの苦しさに途中で逃げ出す人が大多数である。仕事を放棄した人の話を聞いてみると、世の理不尽を唱える。配管工のプロとしての登竜門は、マンションに例えるなら一人で五十戸を完成して認められる。その前の挑戦台として八階建て三十二戸はまさにおあつらえ向きのスタートと考え、仕事を与えたのに、「俺ばかりいじめられる。心身共にくたくたにまいっているのに、何でもかんでも押しつけられる。こんなに苦労をするなら大学を出て役人になればよかった」と嘆く者がいた。自立するために試練に耐えた経験がないのか、信念などもないまま、投げ出した。もともと他人頼りの考え方で、後は野となれ山となれのやけっぱちな性質は、まるで子供だ。

建築業は多くの職種が集まり、力を合わせて建物が完成する。そこで他の人に迷惑がかからないような気づかいが心の段取りである。特に配管業を人体に例えるならば、体の隅々に水、空気、ガス、冷温水蒸気が必要箇所に行きわたり、これが血流となる。しかし、建物内を縦横無尽に貫通する配管は他の職方の邪魔立てにしかならない。この邪魔物は全ての職種と何らかに絡む。このトラブルの対応を上手に切り抜け、能率を上げるのが受注産業の宿命で、絡み仕事と言われる。特に配管業は、神経をすり減らす絡み仕事の最たるもので、能力の格差が出る職業である。今はないようだが、ひと昔前は「ご迷惑をかけます」と酒やビールをどのくらい運んだろうか。親の懐の中にいる甘えの気分では、たちまち叩きのめされることとなる。だらしがなく、材料を散らかし、人の通る隙間もない仕事の様などは他の人には迷惑この上ない。周りを顧みない自己本意の作業は、心に存在する甘えが元で、次の手も、情報の整理整頓も、おろそかにする。

人は追い込まれると、自己を正すよりも嘘と暴力でその場しのぎの手っ取り早い方便を考える。これは、もう嫌われ者に成り下がっているのであって、いずれはこのような尻ぬぐいは誰かが我が身を削って処置することになる。こんなお鉢が回って来るのを因果応報と言う。

一方、根性の男は年間一棟百戸のマンションをメンツにかけて知恵をしぼり、あきらめを知らなかった。その結果、年収は二千万以上を手に入れる。そんな彼に「一人で百戸をやったのだから一棟建千戸を十人でぶち上げたら儲かるね」と水を向けると、「とんでもない。三十人を現場にぶち込んだところでゴミを増やすだけだ。完成を見るどころか水も出ない」と、したり顔で話す。私はその真意の奥を知りたいと思い、「そんなもんかな」と空とぼけて聞くと、彼は語気荒く「おやじ、分かっていてとぼけやがっているのか、それとも焼きが回ったな」と、鬱積した言葉がとびだした。私はその勢いにたじろいだ。

人は使い方により1＋1＝2とはならないことを重々承知している。9＋1＝10、これでも0になったり時にはマイナスにも変化する。私は教本にも載っていないこの計算がとても叶わず、身を粉にして率先垂範の道を選んだ。その苦悩で老化が急に進んでしまった。

かつて西鉄ライオンズの黄金時代を築いた三原脩監督は、選手にやる気を起こさせる言葉があった。「アマは和して勝利する。プロは勝利して和を成す」。震える程の名将の言葉である。

なるほど、アフリカの草原には大きくて肩を怒らせた筋骨隆々たる水牛の群れ数百頭が、苦もなく豊かな草を腹いっぱいに満している。そこへライオンが数頭現れて水牛の群れを威嚇する。正面から一対一の戦いならライオンは水牛にひと突きにされ、その敵ではない。しかし先に和して繁栄する水牛はライオンに追い立てられて脅かされる。まず、びくびくしていた一頭が逃げる。すると待っていたかのように水牛の群は堰を切って雲散してしまう。乱れてしまえばさしもの水牛もライオンの敵ではない。大群をなし、しかも強い水牛が百万年もライオンに脅迫され続けても、水牛は己の恐怖に敵と向かって戦うことを回避する決定的な欠点があり、同じ手口で百万年もやられ続けている。

まさに勝って和す充実した宴。三原監督は確実な勝利の光景を選手に教えてチームを勝利に導いてきたと思われる。

危機回避（韓国客船沈没）

船長たるものが自分の危機を優先して、乗客より先に客船から回避してしまった。事故の状況判断の要である船長が発する最初の指令は、ただちに八方に広がる。それが一日分にもなる波状攻撃の発端となる。それが危機一髪を回避する無限の対応力である。その船長が海上で浮き足立ってしまった。翌日のテレビにはズボンを脱いで足を晒した船長が、振り向きもせず先を競って救助艇に乗り移る姿が映っている。テレビでは、「この人が船長です」と再度伝えている。この無様な姿に解説者は怒りを感じたのだろう。

私はそんな光景を見ていると、今まで脳裏に焼き付いていた故小野田寛郎少尉が頭をよぎる。フィリピン・ルバング島のジャングルで孤独や空腹と闘って生きることを諦めることもなく、終戦後二十九年間もただひたすら任務を全うした人だ。この人は他人から元気を与えてもらえるとか、勇気を与えてもらえるとかの状況は常になく、ただ自らを鼓舞し続けた二十九年間だったのだ。私は心のどこかで、この韓国客船の惨状をとっさに救えるのは、大和魂の人、小野田さんであると反射的に思った。

その事故から一ヶ月も経った「毎日新聞」五月十五日の夕刊に載っていた。『韓国南西部、珍島沖。客船セウォル号の沈没事故で約三百人が犠牲』。韓国検察当局は十五日、船長（六十八歳）ら四人を「不作為による殺人罪」で起訴する方針を明らかにした。十六日で発生から一ヶ月となる事故現場では今も捜索活動が続いており、これまでの死者は二百八十一人で二十三人が行方不明となっている。船員十五人は全員が救出された。修学旅行の高校生ら乗客の多くは、船内での待機を求める案内放送に従って逃げ遅れたと見られている。朴槿恵大統領は先月二十一日「(船長らの行為は) 容認できない殺人のような行為だ」と批判。検察当局はその後救助活動をしなかった「不作為」による殺人罪適用を視野に捜査を進めていた。一方、捜査当局は、セウォル号を運航していた清海鎮海運の実質的オーナーでキリスト教系新興教団の指導者 (七十三歳) に対し十六日、事情聴取のため出頭するように求めたが未だに行方不明であるという。

セウォル号はバラストとなる船底の揺れ止水の量を、タンク内に必要な四分の一に減らして、その分、過積載となる貨物に替えていた。ここでもう、ふらふらした重心の高い自転車のごとく、何かあれば倒れる危機回避はまぬがれない状態となっていた。そんな状態であるにもかかわらず、航海士は何を思ったか急旋回をしてしまったから、たまったものではない。岩礁に乗り上げたような衝撃により積荷が散乱し、船はバランスを失って転覆してしまった。自動車ならスプリングが折れタイヤには亀裂が入り転倒する。当然起こりうる事故の条件を備えている上に考えもなく急旋回している。

客船セウォル号の船長が裸一貫からたたきあげの実力で事業を起こした創業者なら、船の運命が大きく変わっていたと思う。やってはならない、バランスを保つタンクの水を抜いて効率を上げようとする不作為は許してはならないのが私達の戦いなのである。それでも叶わぬ時は、乗客の最後を見届けて船と運命を共にする覚悟ができているのが船長である。人道を重んじる人格高潔なる人物が船長であると子供の頃何度も先生に教わり、あらゆる海洋小説を読み漁り、高揚して夜も眠れなかったことを覚えている。

七つの海を駆け巡る帆船による大航海時代、ポルトガル人マゼランはスペイン王室の後ろ盾を得て一五一九年九月二十日、五隻の船隊でスペインを出航した。その目的は南アメリカ大陸の西側の海峡を見つけるためであった。船がブラジル沖を南下中、スペインの首脳と対立し、クーデターの首脳を処刑した。マゼランはその後も進路を南西に進めると、海峡ではなく広大な海の広がっているのを初めて見た、いつの間にか南アメリカ最南端五百六十㎞もある海峡を抜けていたのである。後に呼ばれる「マゼラン海峡」である。その海は大西洋よりも広く、飢えと壊血病で船員三十人もの命を失うこととなり、奇跡的にも一五二一年三月六日グアム島に到着した。その後マゼランはフィリピンのセブ島の住民を武力もって服従させようとし、その時、四十一歳で戦死をとげてしまった。その後、副船長が地球は球体であることを実証しスペインに一五二二年九月六日に帰還した時は、船員二百六十五人中十八人の生存者のみであった。驚いたのはその二十一年後にはポルトガル人により鉄砲が種子島に伝えられていた。

六千トン以上のセウォル号と当時の苦難に満ちた地球一周とを対比してみたくなるのは人情だろうか。

集団的自衛権と憲法九条

私にしてはやっかいな問題である。新聞を気をつけて読むことにしたが、集団的自衛権と憲法九条、国の安全保障の行使容認は、いざという時の権力と深いかかわり合いがあるのは確かである。東日本大震災で経験した通り権力者が的確な指示ができず、すったもんだの挙句、「想定外」で片付けられている。いまだに廃棄物処理のめどさえたっていない。権力の頂点に立っていた人さえが先に為すすべも知らず右往左往しているのに、苦しくなると最後には権力者の心情がむき出しとなり、金目で全てを解決できると高をくくる。ちなみに零細企業は厳しく、社員が嫌がる不作為を社長が容認すると会社は潰れる。

私は終戦の時、小学校一年生であった。学校で教わることはただ潔《いさぎよ》い言葉のみで、それがいまだに頭に焼き付いている。潔さが国の定めならばと思い込み、陰にある戦争の残酷さなど微塵も知ろうはずはなかった。今、自立して生きること半世紀、平和な民主主義国家でありながら、その陰には自然災害や原発事故、人情を絡めたとんでもない詐欺や汚職などによる被害がある。そのとばっちりを受けて、罪もない真面目な人達が一家離散の憂き目に追い込まれる残酷な災難を多く見てきた。そんな事実を見ても私などとても潔く手助けなどできず、己の保身のみが日常である。

私は白いものを黒と押し付けられたことがある。悔しいと言うより虚しい思いが先立ち、騒ぐよりも諦めることが得策だと思った。その被害は誰もが信じがたい出来事であった。しかし、忘れ去る前にこの一件を記して、これをさっぱり忘れたいと思っている程の体験である。

三年前の今ごろの午後のこと、菜園を見回って車で会社への帰途、何台もの対向車がパッシングしてくれた。第二産業道路をまっすぐに横切り南に向かうと、五台ぐらいの車が前を一列に走っていたが次々に横道にそれて行く。ねずみ取りを警戒しているのだ。この先で速度違反の取り締まり中であることは先刻承知である。スピードメーターを見ると三十kmそこそこだ。左側のガードレールに丸い測定器が見えてきた。さらにその先にある電柱の陰には警官がたたずんでいる。その時である。若い警官が白い幟旗をもって目の前に飛び出してきた。私は反射的にバックミラーを見たが後続車はいない。車を止めて「俺に何か用か」と聞くと「速度違反です」ともう一人の警官が飛び出してきた。まさかと思ったが、国家の治安に命を懸けている警察のこと、何かの間違いであると思い誘導される通り横道に入った。車外に出た私は「三十kmを確認し走っていたのにそちらの計器がくるっているのではないか」と問うと「計器は出かける前にちゃんと調べてあるので間違いありません」と答える。そこへもう一人やってきて「五十二kmで二十二kmオーバーです」と上司に告げる。私は三十kmと五十二kmは目測でも分かるはずと思うが、正義を守り弱い者の味方の職務である警官がこれでは暗黒時代ではないかと思いながら、そこで十分程すったもんだしたが納得させる見込みもなく、つい面倒臭くなり違反キップをもらって帰って来た。

その後、私はこの道を自然と避けることにしたが、交通反則通告センターより違反金の催促通知が来た。反則金の納付をおこたると刑罰が科せられるとある。私の裁量ではとても警察権を相手取り対処できる問題ではない。「長い物には巻かれよ」。卑屈になるが、これも弱き者が今を生きる保身の術であり、ただひとつの泣き寝入りの術、これしかなかった。

思うに、せめて警察が違反キップを渡す時、公正な筋道として一方的に決めつけず、その時の証拠写真として車のナンバー、日時場所と運行速度を一枚に納めた写真ぐらい用意して、手の内を見せ納得させる。それが税金を使う人の正しい生き方行使ではないだろうか。

集団的自衛権も憲法九条も、なお警察権も大切なことだが、一旦権力を握るとその権力は小さき者、弱きところに流れるのが常である。かつては人間が神に成り代わり、天動説を唱えていた。そこへ新しい発見の真実である地動説を唱えていた人を裁いた時代もあった。神に代わり権力をもった人間の都合次第、その権力を笠に着て弱きところに威張り散らし続けたなら民主主義などあったものではない。一体そこにある奢りの媒体は何なのだろう。胸に手を当ててみると本当に危ない危ない。

都市型天災を防ぐ

農家生まれの私は、ひもじい思いこそしなかったが、しょせん寒村のこと、当時、小学四年になると男の子は親の農業を手伝う慣習があった。夏休みになれば四十度以上にもなる、一畝が真っ直ぐで百mもある畑の草取りが多く、爪の間に土が入り、割れて血が滲む。頭上では油蝉がジンジン鳴き、暑さをあおる。自分のやっていることは親孝行とは思うが、めまいがする。作業は夏休みの間、休日もなく日が沈むまで続いた。秋風がたつ頃になると疲れがたまって寝込んでしまい、去り行く夏の時を惜しみながら学校を休むことが多かった。そんなひ弱な私でも学校では乱暴者で、その報いをうけて袋だたきにあったものである。心がすさみ自然と学力も落ちて孤独を感じたものの、きつい労働の難から解放してくれたのが学校であった。

そんな私は、糖尿病との闘いが始まり、菜園でたっぷりと汗をかき、早や二十年が経つ。今は炎天下の暑さも忘れ、畑でトマトをかじり、蝶に添って戯れ、野菜が倒れないように根元を押さえ、頭をなでて、あれもこれもと夢中になって作業にいそしむ。野菜の成長を見て共に育むことの境地を覚えると親が子供を愛むがごとく、野菜の自立を促す手助けが楽しい。日照りが続くと、野菜に変化が起こり、原産地を調べると、荒地を好むのはトマト、サツマ芋、スイカで湿地に適するのはミョウガ、里芋などだと分かる。

里芋の畝間には敷草をたっぷり入れてあるが、大きな外葉から黄色く変色し、ぐったり垂れてしまった。カラカラに干上がった土、これでは水をやらねばだめだと思った。まず里芋の外側の大きな葉を切り呼吸を楽にしてやると、葉裏には毛虫がむくむくいる。害虫消毒をして次は水やりである。畑の側の水路は完全に干上がっている。急な坂道を登ったところに井戸水を分けてくれる家があるが往復二百mはある。里芋は五十株もあり、一輪車にブレーキを取り付け、ポリタンク二個を積んだが重過ぎる。結局一個ずつを十回運ぶのが限度だった。里芋一株にバケツ一杯分を与えるのがやっとのことで、すでに持参した二ℓの水は飲み干していた。水やりを終えたものの、予定した野菜の収穫まではできず帰宅。体を洗うのももどかしく、水風呂の中で体をこすると風呂は泥水に変わっていた。ビールをゆっくり飲み、落ち着いたところで今日の作業を振り返ると、新藤兼人監督の『裸の島』のシーンに作物に水を与える夫婦の姿があったのを思い出した。夫婦が天秤棒で桶をかつぎ坂道を登る。たまらず妻がよろよろして水をこぼすと夫がどなる場面があった。貧しい農家の主人公は天災に翻弄されただけで、とてもビールなど飲める境遇ではなかっただろう。以後も日照りが続くと、今日の労力は無駄になるかもしれないが逃げずに目的を貫いた。その満足感だけはふつふつと湧いてきたものである。

今年のNHKの大河ドラマは『軍師官兵衛』である。官兵衛は足守川の水を引いて、備中高松城の周りを土塁で囲んでの水攻めで城を攻略した。水をもって広大な城をも包み込む戦略。大きな発想の持ち主である官兵衛は後に黒田如水と名乗り「水を制する者は国を制す」と人知を得て、迷うことなく目的を達している。戦場では自ら竹光を差して背水の陣をしいた腹の据わった侍であった。

都市型天災を防ぐにはいかにするか。まず官兵衛にちなんで俯瞰図で大都市を箱庭に納めて見るに、ほぼ○mの底地にある。古来より浸水を防ぐ必要があり、都市の発展と共に場当たり的で成り行き上の土塁構築はやむを得なかった。しかし堤防内に溜まった土石流の排水口は未解決である。

利根川や荒川の大洪水が支流に逆流して周辺の住宅をなめつくす。水は水位の低いところから埋めつくし、逃げ場のない洪水は広い河川敷にあふれ、堤防をひたひたとオーバーしている。堤防が大きく決壊し、その水が囲われた堤防内に溜まると、洪水のはけ口がない。そのようになると、都市部の大半は巨額をかけた地下貯水槽やインフラ整備は物ともせず沼地となるだろう。堤防の内外より攻める。また、守る水害状況は山が動くごとく壮大な計画であり、人知をもってしても永久に矛盾を続けるのだろうか。

逆に日照り続きが砂漠のように百日も続いたらどうだろうか。川は全て干上がり、東京で飲み水さえこと欠くようになる。近代文明も何の役にもたたずに、住民はその場を逃げ出すよりほかはないだろう。

それにしても着々と何十年にもわたりやっと着工した水力発電を兼ねた多目的ダムが、何の魂胆か無駄だと評され頓挫した八ッ場《やんば》ダムの建設だが、その後の成り行きが思いやられる。

戦争の教訓とこれからの日本

私が生まれたのは七十六年前である。その時代の背景を想像すると、現在の日本の状況との共通点が多いように思われる。狭い日本は農業立国だったろう。それにもかかわらず、食料の自給率が不足していて領土拡大を目論み続けていた。そんな強引なやり方を見ていたアメリカをはじめ、各国が強力に牽制してきた。結果、経済封鎖に追い込まれることになった。

平和の第一原則は戦争で事を納めるのではなく、当時の日本国民がグローバルな状況の中で苦境に立たされた時、「足るを知る」こと。その重要性を指導者である大臣や大将が理解していなかった。すでに国民が火の玉一色となってしまっていた時に戦争に反対を唱えたなら、国賊扱いにされ、自ら積み重ねてきた全ての権力を剥奪されて、命まで危くなってしまったことだろう。世界の目から孤立すると間違った連帯感全体主義に陥り、正義に立ち向かう流れが淀み止まると、責任が分担されて安心するのは押しつけあいであって道義的人間の一番弱いところである。

もがいたあげくの決断が昭和十六年十二月八日の真珠湾の奇襲攻撃である。続いて昭和十七年六月五日、止《とど》めを刺そうと仕掛けたミッドウェー海戦では、その時の戦力では数段と勝る日本大艦隊が海を埋め尽くしたが、アメリカ海軍の空軍により大敗している。まさに想定外といえる戦いは国民に情報が漏れぬよう極秘事にされていた。

戦況から見れば同盟国はすでに力尽きている。この状況で連合艦隊が敗れ、すでに制海権を剥奪されていた。国民感情はどうであれ、事実を正直に伝えるべき大きなチャンスであった。今の国力の現状ではとても勝てない戦況を説明して、敗けると分かった時に潔く降伏していれば、後に判明する死者三百五十万人の半数にも及ぶ尊い命は餓死から救われていたはずだ。苦戦の末、四年間戦ったマッカーサー元帥が厚木飛行場に降りた時、破壊され荒廃し尽くした日本を見て、主義主張による戦いの犠牲の大きさに固唾をのんだ。

この戦争について、思い出すと頭が変になるほどの記憶がある。私が小学生になる前は、戦争中とはいえ何も知らない平和な子供時代であった。そんな時突然脱走兵の騒動が村内を襲った。今まで感じたこともない空気が村中に漂い、脱走兵は同胞を裏切った国賊とされて村人が集結し、物々しい警戒であった。ただならぬ空気の中で村人総出の山狩りが始まった。軍隊の規律を乱した罪で捕まえて銃殺にされるらしい。一部の人は狂気の沙汰である。私はこの様子を見て、脱走者がどんな悪いことをしたか分からず、ただ捕まらぬように同情するしかなかった。幾日か捜索の末、ついに見つからず、村人がおし黙っていた様子は、子供心にも安堵したものである。

さて、これからの日本はどうなるだろう。重要問題をあげるなら、少子高齢化、食料国内自給率四十%という低さ、千兆円の借金返済ではないかと思う。技術のみで他は無い無い尽くしであって日本の弱点を解決する方策、両刃の剣の使い方はまだ見つかっていないようだ。資源小国の日本は他国に依存する立場が多く、常に相手の顔色をうかがわねばならぬ。この問題には貿易立国を一途にめざす日本国が成さんとする、集団的自衛権やTPPの解決方法が大きく絡んでいる。

太平洋戦争は若者達が母国を守るためと、命をかけた信念の戦いであったが、そこで戦った人達は私より十二歳年上の特攻隊の人達である。母国を守るために悩み、苦しみ、青春のまっただ中で命を散らした。

しかし、今の日本はどうだろう。新聞の一面に「依存症大国日本」と堂々と載っているのが今日である。依存症は自立心への大きな壁となる。その中でも「オレオレ」と息子になりすまし情をもぎとって親を騙す特殊詐欺がある。戦陣で消えていった人は母国の親族に恥をかかせない、絆を大切な生き方と心得ていた。だから子供や孫のためには命を落とす覚悟ができていた。それなのに、付け込み騙すことを商売としている不届き者がいる。肥大した物欲ゆえに見栄を張り、そのためにまた誰かを騙す。身内の人はどんなに肩身が狭いか、もう想像を絶するものである。

些細なこととはいえ、その嘘が積もり積もると会社は倒産して国が傾く。同胞を騙すことをやめて、働く強い意欲をもって、けして諦めず、正直に働くことが「足るを知る」の前提で人が求める幸である。

内閣改造

私はもう祖先が体験した年齢的な生殖遺伝子の影響は全く関係なく、もはや遺伝子のもつ潜在的エネルギーを使い果たした歳となった。古希をとうに過ぎて振り返ってみると、何よりも念頭において生きてきたのは、一にも二にも三度の食事にありつけることであった。頭が悪く、自力での生き方はただひとつ、肉体の切り売り重労働のみであった。汗を糧に社会を渡り歩いていると、一度の食事を抜きにすることがどのくらい辛いか、それにより人の恩が十分骨身に滲みた。

それから十年、今度は家族にひもじい思いをさせないために頑張り続けた。次には、衣食足りて自立自尊の心で会社を興すと、残業した社員が帰って来て、開口一番「腹がへった。もう動けない」と言う。だがそこを我慢してもらい、とことん腹をへらすまでノルマを果たさないと給料が支払えないのが現状であった。私はそこまで人を苦しませたくはないので、能率を上げる省力アイデアを寝ても覚めても考えていた。一年にわたる期間をかけてひとつの建築工事が完了するには、ボルト類を除き何十万という部品を組み合わせるのが私達の仕事である。しかもそれを危ない足場の上で行うのである。そこで私は二個の部品を一個にまとめ、十個の部品をひとつに組み合わせる方法を岡場所仕事（平地）にて単純加工する工夫をこらし、できるかぎり安全な作業で能率を上げようと的を絞り実行した。また、能率を上げるのには今日の仕事の方法を明日とは同じ方法ではやらないと常に自分に言い聞かせ新手法をもって働いた。それから生じる率先垂範は能率を上げることとなり、残業を減少させる結果を得た。働く組織の末端でも零細企業は決められた予算内でできるかぎり努力を受注先へ怠りなく続けている。それでも衣食足りて礼節を知るなどにはとても至らないものである。一人を使える者は百人を使えると言われるが、人は十人十色、なかには仕事が嫌でしゃぶりに長けた本当の悪党もいる。それらが協力し合って働くひとつのパターンを見つけ、まとめるのはとても難しいことである。

先日テレビを見ていたら偶然にも安倍総理がヘルメットを被り、中小企業の鉄工工場を視察していた。視察を終えた首相はマイクに向かってはっきり言った。「この日本国を根底からしっかり支えているのはやはり中小企業である」と。今に発した言葉ではなく、今迄の腹蔵を一度に吐き出したと思った。これが政治家の本音だろうと感じとったのは私ばかりではなかったろう。戦略を誤った大企業には腹に応えたであろう。この言葉を私も、まとめて褒められた中小企業の一員として受けとっていた。

首相は一度健康をそこない挫折したが、再起した首相は不死鳥のごとく立ち上がり、見事に再生した。まず弱っている中小企業にやる気を起こさせるために、経済発展の原点である仕事の底力が中小企業の中にはまだまだあると見たのだろう。

内閣は日本国のトップとして背負う責任の重い立場の人達である。私は郷土出身の大臣を知る程度だが、首相はまず、懐が深く野党時の党総裁経験者、谷垣禎一法相を党のまとめ役として幹事長に据えた。続いて九月三日の内閣改造には十八人の閣僚のうち、女性五人を含む十二人の強者が誕生した。大臣の経験者ともなれば次からの選挙地盤は固まり、その上、名は末代までも語り継がれ名誉この上なしである。それゆえに首相は大臣の人選には親代々からの多くの義理人情も絡み、その中から政権を分担する有能な人選には身も心も細る思いがあったことだろう。

政治は古来武家の鎌倉時代から江戸時代まで六百八十年の間、「泣く子と地頭には勝てぬ」封建制度が壊れて、明治維新により天下万民の政治が唱えられ、欧米の文明を懸命に取り入れた。日の出の勢いから生じた自負心が原因で太平洋戦争に敗れた。アメリカより受け入れた理想の国造りの文化を知る。女性に参政権が与えられ地頭（政治家）を選ぶ泣く子（庶民）が選挙権を獲得したことで男女平等の体をなした。その民主主義がアメリカより六十九年も前に伝わった。民主主義は人から人へと代々利点が受け継がれ、ことあるごとに矛盾を国民により咀《そ》嚼《しゃく》されるが、行き着くところは一人ひとりの自助努力による心の洗浄である。

今、日本国は世界に先立った新成長産業にめどをたて、地方再建の立て役者として実力者である石破地方創生大臣のポストを新設した。地方より創出した眠れる人材を掘り起こして、明治維新の自立志士のごとく火の手を上げる地方に冠たるブランド力、地方分権に重き活路を置いている。

御嶽山噴火に学ぶ

新聞をめくっていたら一ページにもわたり「論点　御嶽山噴火に学ぶ」の見出しで、有識者三名の記事が載っていた。私は参考にしようと思い読んでみたが、学者とはいざという時、このような考え方で現実を対処しようとしているのかとイメージが湧かず、現場上の臨場感とはとても重ならなかった。

日本は地球上の陸地の〇・五％である。狭い国とはいえ春を待ち四季折折、次々と趣のある変化が楽しめる自然風土に恵まれた美しい国である。その日本には活火山が世界の十％も集中している。これは世界の平均値の四百倍ものリスクが存在することになる。その他、集中豪雨による河川の氾濫による浸水、土砂崩れ、地震、津波と、突然やってきて構える暇《いとま》もない自然災害は悲惨そのものである。

特に、九月二十七日午前十一時五十二分に予兆もなく突然起こった御嶽山（三〇六七ｍ）の水蒸気爆発は山頂の人達が黒煙に包まれ、登山者は逃げるにも方向性を失い、漆黒の闇の中で石や岩が降り注ぎ、ヘルメットが通用しない状況であったらしい。全身をザックで隠し精神的本能に従い運よく救出された人は、一度は死を覚悟したと言っている。

捜索隊述べ一万五千人を投入しての捜索活動中には、大型台風の十八号と十九号が襲来した。ぬかるみとなった火山灰との奮闘は困難をきわめた。山頂では有毒ガスの危険もあり、二次災害のおそれもあると、長野県知事は「断腸の思いだが、これ以上継続すると凍結や降雪で隊員の安全に対応できない」と今季捜査の打ち切りを発表した。五十八人が死亡し五人が行方不明となった。御嶽山噴火から回避する発生源について調べていくと、もうきりがなく、宇宙と地球の噴火にかかわるその因果関係の知識はなく、この問題の奥を学ぶにはなすすべもない。

しかし、噴火についての問題を資料で調べていると、大から小、微噴射に到るまでの興味深い副産物が見つかった。白亜紀末、約六千五百五十万年前メキシコのユカタン半島に、軌道を外れた小惑星が衝突した。小惑星の大きさは直径十㎞〜十五㎞、衝突速度は二十㎞／s、衝突時のエネルギーは広島型原爆の十億倍、地震の規模はマグネチュード11以上、津波は三百m以上の高さと推定される。噴煙は太陽光を遮り、地球は何年も噴煙に覆われてしまった。この衝突がもとで豊富にあった植物は枯れ果てて、食料が途絶され、恐竜らの大型爬虫類をはじめとする生物は絶えてしまった。白亜紀末に起きた小惑星衝突が原因で、地球上の生物の大量絶滅の説が有力となった近年である。大きな自然の偶然により、その後の変化に生き残った小さな哺乳類が恐竜と入れ替わり、自然環境にいち早く適応した結果、人類が誕生した。

それから六千五百五十万年がたった今日、地球軌道との距離が小さく、平均半径が百六十m直径五百mあまりの小天体があり、地球と衝突する潜在的に危険をもつ小惑星イトカワが発見された。イトカワには小惑星探査機「はやぶさ」が目的地探査に選ばれ、二〇〇三年五月九日、内之浦宇宙空間観測所から打ち上げられた。はやぶさはイトカワへの着陸に二度成功していたが、サンプラーホーンというサンプル採取用機器の鉄の弾丸をイトカワに衝突させ、そこに巻き上がった表面の微粒子を採取する予定であったが、弾丸の発射は不成功に終わった。しかし、はやぶさがイトカワに着陸した時の微噴射により、三十分着地の間にイトカワの微粒子が好運にも採取容器に入っていた。その後、はやぶさは燃料漏れや、通信が途絶えるなど困難をきわめたが、二〇一〇年六月十三日に地球に無事帰還を果たした。

最近のニュースによると、巨大カルデラ（陥没地形）噴火により九州全域が火砕流や火山灰に埋まる程の巨大噴火の確率は百年間に一％もある、と要注意情報の試算を神戸大学の教授らが発表した。

私は、菜園で収穫した空にちらばる星のように光るポップコーンの実を社員に分けてやった。すると子供さんが鍋の中でポップコーンの種が爆発してはねまわる様子を想像して「お空にいっぱいあるお星様が花火になってポンポンと鍋の中ではねている」と、とてもはしゃいでいたと聞き、嬉しくなった。

ピンチはチャンス

私は高校を卒業する時、明らかに劣等生であることを自覚していた。高校は寮生活であった。寮友は寒中どてらを羽織り、両手をすり合わせて日付が変わる頃まで勉学に励んでいた。私は負けるものかと意地をはったが学問は面白くなく、それでも日々根を詰めるが、夜十時を過ぎる頃には猛烈な睡魔に襲われる。レベルの高い教科書へ一足飛びに向かい、父から教わった「読書百遍意自ずから通ず」を念頭に机に向かい続けるが、一向に頭に入る余地がない。昨日もそうだ、今日もそうだ、と無力感と自責の念にかられているうちに脳の活動が止まり、ああ腹が減ったと睡魔が入れ変わる。後は野となれ山となれである。

その後、大手製鉄会社に就職したが、鉄は国家なりの時代、私が今まで出合ったことのない、いくつもの壁を踏破して来た人達で、これが同じ人類かと思われるほどの有能な人の集団であった。給料をもらうことは学業の比ではなかった。このような様となっては打つ手がないことを悟った。ここはもう恥を忍び挫折するより他はない。親を頼り体調を整えて、もう挫けないと強い心を誓い出直しを決意する。

その時の私の後悔の念は強く、いくら辛抱しようが足手まといで他人に疎んじられた。自立できないのは全てが後手に回っていたからだと、社会機構に気がついて分かってきた。次は、身の丈に合った職業を選び、与えられた仕事を全うする技能を身につけること。それにはイメージを創造できる職業、建築業がいいと考えた。しかしこの世界は理想とは程遠く、大勢の数をしめる力関係の強い職種が威圧的にのさばりかえっている。気の弱いやつはむしり取られ、気の強いやつは生傷がたえない。今なら暴力による苛《いじ》めは警察が介入する出来事だが、ビルの中では日常茶飯事で自己処理する能力を要した。それでも家族を守る意志が強く、このくらいの苛めで辞める人はいなかった。私はこんな職場の中でも、劣等感に悩まされた時よりも空腹を満たしてくれる飯場生活が充実していた。

強い反省があり、二十年間苦しんだピンチの経験がチャンスに変わる機微な行動を身につけさせていた。飯場では朝一番に起きて飯の仕度をする。こんなことは、へのかっぱとなっていた。一年間もすると三年先輩と肩を並べる自信がもてた。やるべきことをさぼった不作為による体験の遅れに対峙する恐怖には、怯まず先手先手と体を動かした。同時に頭にないと思っていた学問がまだこびりついていて仕事の効率に絶大な効果があることを知り、物理力の原理を応用した。楔（楔形は当社の社章）、梃子、ころと滑車をその場の状況に応じ製作し能率を上げた。その上に圧力、真空、潜熱などについて亀が歩むごとく勉強すると、頭の中では立体的なイメージが出来上がっていった。そのうえ、興味のある遊びで面白く金がもらえる。

そんな時、誰もいない裸電球の下、明日に必要な材料名をイメージしてダンボールに書き出していた。ふと人の気配を感ずると目の前に背広姿の恰幅《かっぷく》のよい人が立っている。「君を以前からずっと見ていたが実によく働くな」と腰を落とし目線を合わせ、名前を聞かれた。「我が社は特に機微を要する営繕で手をやいているが、良い人材が見つからない。君はこんな暗がりで燻《くすぶ》っていてはもったいない」と言う。私がキョトンとしていると、「うちの仕事に手を貸してくれないか。トラック一台と手元職人が二人はいるかな。君なら十人前の能力をあげて、たちまち蔵が建つ条件だ。どうだ」と詰め寄り、スーパーゼネコンの名刺をくれた。私がとまどっていると「早いとこ返事をくれよ」と手をキューッと握る。私は日給が上がったばかりで六百円である。しかし、トラックは一tで七十万もする。やっと人に認められたが、いくら考えてもこれを満たす才覚がなかった。返事は早い方が良いと思い、翌日、社長に「辞めたい」と申し出たところ、「やぶからぼうにどこに不満があるのだ、この不届き者」と怒られた。ゼネコンにはその旨を伝えて断った。

チャンスをつかむアイデアは、やる気になればいつでもどこにでもある。しかし、それに備える資金もなければ、あってはならない不義理を選択することもあり、人生には常に不遇はつきものである。私は創業間もなく一千万円の不渡りをもらった。そこでピンチをチャンスに変えるために第一に思い浮かんだのは、こそこそと挨拶もできずに出社する遅刻者のことであった。私はタイムカード機を処分して、誰よりも一時間早く出勤した。その間掃除をし、社員にお茶を用意して待つことを四十年間続けてきた。それがピンチを救うことの防波堤となると信じ、誰でも持続できる小さな実証を心掛けると、人の生き様が勉強できるようになった。

羊年　日本の行方

子供のころ書初めに、意味も分からずに筆に墨をたっぷりつけて「温故知新」と半紙に書いたのを覚えている。戦後の少年期は食料難で、国民はあえいで皆、空腹に耐えていた。もちろん食事で好き嫌いなど言えるのは、ステータスを望む人達であったが、次の時代におとずれる貧富の兆しだと子供心に感じとっていた。そんな状況に先生は心を痛めていたようだ。

私の故郷は昔、「君羊馬縣」と書かれていた県で、村々では羊や馬を飼育していた。先生は「羊はどんなに飢えていても、牧草を食べるのに根っこ迄を掘り返して食べることはないのです」と教えてくれた。そして「なぜ羊は根っこを食べないのでしょう。分かる人は手を挙げて」と答えを促すと、皆元気よく手を挙げた。農家の子供達はさすがである。「羊は上歯がなく、耕すことも種を蒔くこともできないので、次に芽を出す根っこは残しておくものだ、と父から教わりました」と答えた生徒がいた。すると先生は「それは生き物が次世代の子孫に残す進化の過程なのです。よくできました」と、たいそう褒めて、「人類よりもはるかに古い、動植物の自然な姿を人類はお手本にして学び、今日があるのです」と教えてくれた。私にとって大の苦手な次元の応用問題を突きつけられた。そして、温故知新を具体的な例をとって語ってくれた。

ところで現在はどうだろう。何が何でも食いつくす弱肉強食で競い合う資本主義である。根っこを残し、次の世代に繋がる教訓を、今、老いて祖先や自然から教わる。有形無形の恩恵をやっと知る。

来年、羊年の日本を占う総選挙が昨年十二月十四日に突然行われ、国民は固唾を呑んで見守っていた。労働者雇用率の八割を占めるのが中小企業であり、企業主は経営優先の責任を一手に背負い、一％の自由競争に生きる。消費税二％を一年半の先送りの公約に中小企業は肩の荷がおりて一時の安堵を得た。日本の先のことを考えるに漠然とした心の矛盾はあるが、その時に総選挙は自公で決まったと思った。それと、ねじれ国会で辟易《へきえき》していた国民の支持を得て、衆院の議席四百七十五のうち与党である自公が三百二十六議席と三分の二を維持した。「その定数は参院で法案が否決されても衆院で再可決して成立させることができる。また、憲法改正の発議には衆参各院で三分の二以上の賛成が必要となる」と新聞に載っていた。これで長いこと停滞が続いたねじれ国会のくすぶりを解消する道が少し開け、安倍首相は迷うことなく全閣僚再任の続行を固めた。選挙に大勝して地盤が固まり、アベノミクスによる経済優先の設計図はできた。

さて、次は計画の進行状況を示す見積り書である。実は見積り書はあくまで見積りであって、私共の決まりきった小さな仕事でもそれは人間のやること、おのおのの思惑が絡み見積り通りには進まないのが現状である。なぜかと問われても過程の説明には困るが、見積り作成は仕事を総括してその人の流れを統轄する能力は困難の極みである。その上、これらの人を管理できる人はまずいない。これらの誤差をうまくこなすのは全てが経験で、広く深い嘘を見抜く特別な才能が必要であって、千万の例を挙げたところで本当にきりがなく、途中で嘘が挟まる作為的な病原菌が入り、命との競い合いの中では止まることにより進行を正す余裕もなく、原因不明による嘘の成り行きに重傷を負い突っ走ることとなる。どんなに正しい見積り書も、道中においては正しようがないのが複雑きわまりない行方である。

政治と受注産業は最初から時間差の発生により組み合わせがない何枚か欠けたジグソーパズルのようで、見切りのない特異性の仕事に思えてならない。私は水道配管では漏水の覚えはないが、言われて初めて動く絡み仕事の経営では、じゃじゃ漏れの道中であった。ましてや国家事業においては、大金をかけて真相を正したところで、あいまいなところでしか目が届かず心の休まる暇はないであろう。気の毒に馬から羊に移りそこねて閣僚が辞任している。

国家機構は嘘を防ぐいたちごっこ、騙した騙されたでかかるブレーキは重く、どのくらい税金が必要なのだろうか。安倍首相は苦労人でそんなことをちゃんと心得た上で、組織の簡略化を図り、そして権力のバランスの分担をもかねて地方再生を打ち出したと思われる。その中で選挙中にもかかわらず、「私も頑張ります。そして国民一人一人の力が国の根幹となる、その自助努力を惜しまず、汗と知恵を出しあって日本再生の為に働きましょう」と実直に語った。頼もしい首相である。

あっと言う間の一年

私は小学生のころ、こたつに肩までもぐり込み、五本の指を上げて「もう幾つ寝るとお正月」と何度も逆算を繰り返し、息を殺していた。その間だけでも、お正月が明日を飛び超えて早くやって来ないかと、そのことばかり考えていた。お正月の三が日は家の仕事から解放され友達と大手を振って遊べたからである。

年の瀬には縁の下に至るまで煤《すす》払いを行い、新しい年を迎える大掃除が終わると、家にある全ての出入り口に門松を立てる。大晦日になると神棚の神様を新しい箕《み》に移して、ひとつひとつおめでたい神様の像を手にとって、はたきをかける。それは汚れのない子供の役目であった。その時、私はどうせ新しいお札に替えるのだからと気をきかせ、裏庭で束にして燃やしてしまった。それを知った母は本気で怒った。「来年はろくなことはない」と、涙をポロポロこぼして父に言いつけた。その時、げんこつを覚悟していた私に対し、父は何ひとつ咎めなかった。父は神棚の前の踏み台を何度も昇り降りしている。まず神棚の下に松竹梅で浮き立たせた鶴亀の掛け軸を吊るし、左右に牡雉子と大きな荒巻鮭を吊るした。続いて昆布、あたりめ、干し柿、みかんなどを飾りたてた。日が暮れると今度は神棚に酒・米・水と尾頭付の魚を供え、御前には畑で取れた名産こんにゃくの白あえなどをはじめ、ありとあらゆる御馳走を供えた。

家中にもうもうと美味しそうなにおいがたちこめてくると、もうお正月が来たような気分になり、たまらずにわくわくしたものである。用意万端整うと、父が灯明に火を入れて手をたたき礼拝する。見えないが、手をたたく一瞬の余韻の響きの中を新しい神様がおいでになると聞いた。一瞬の余韻を残し、凝縮された一年があっと言う間に終わる大晦日であった。

元旦は、まず清水で口を濯《すす》ぎ、身を清めて神社に友達と参拝すると、あとは思うがまま誰に気兼ねもなく遊ぶことを許された。野性の動物のように遊びに遊んで三日間が過ぎてしまった。次の正月が来るのにまた一年も待つのかと思うほど、遊びが最優先の子供心である。

そんな松の内に、お届け物を持っておばちゃんの家におつかいに行った。大好きなおばちゃんの家は陽射しがよく、縁側を隔てた奥の部屋の畳に竹の影がゆらいでいる。私は竹が揺れる影が気になり、動かぬように何度も踏みつけていた。おばちゃんが「何をしているの？」と聞くので「竹の葉が動かぬよう踏みつけているの」と答えると、「それは竹と虎ならぬ竹と猫じゃらし」と笑う。そして竹の子は成長が早く丈のわりに細くとも丈夫なのは、節があるおかげだと教えてくれた。お駄賃をくれ、「正月は楽しかったかい?」と聞く。私が「面白かったがもう終わってしまった。来年のお正月までは長いなー」とぼやくと、「おばちゃんはな、お正月が来るのが楽しいとは思わない。何しろ年をとると人様のお役にたつ元気がなくなるから、寂しくなるのだよ」とにこにこしていた。おばちゃんの家には冬の間、お針娘が沢山いて行儀作法を教えていた。若いころ東京にいた明治時代の華やかな話をよくしていたが、まだ還暦ぐらいだったと思う。

そう言えば私は、忙しい忙しいと遊んでいる大人を見たことがなかったので、「遊ぶ暇がないので先生や大人は威張りちらすのかな」と真面目に言うと、「この子は、おかしなことを言う子だよ。お正月などまた、すぐにやってくる」とみかんを手にもたせてくれ、私の手を握った。終わったばっかりのお正月がすぐ来るなんて、おかしなおばちゃんである。

その後私は、少年期から青年期にかけて厳しい生存競争に対する心構えを養う時期に直面する。それに加えて働く程に辛い空腹時を耐えた成長期でもあった。与えられる者から与える者への境地を、成長の変化と共に、子供と大人のおかしな言葉の影にある深い思いやりの差を知る。そこから真意の道程を求め、歩むこととなる。そこには自我との葛藤に向き合い、懸命に是正する者の姿がある。今日という日が短くとも長くとも一年の時は明日に続くのであって、その繋《つな》ぎによる方向を決めるのはあっと言う間である。昨年残った糸の繋ぎは必ず結び目に余裕をもたせて伸びしろを残しておく。楽しいこと、嫌なことでも過去はまだ半分の糸で、今年の半分の糸と結び目が節となり、やがて内面が外観に現れる。竹の節目は自然がおりなす固い絆となる。

健康の秘訣

土曜日の晩から下顎の奥歯が痛み出した。翌日の日曜日は菜園で精を出し、収穫した下仁田葱を入れたすき焼きを酒の肴にした。だが、浮いた歯が痛くて肉は噛めない状態となっていた。豆腐も固く感じ、しらたきをすする。それでも酒はほどほどに旨く、コップ酒を一杯余分にひっかけて酔いにまかせて早々に寝てしまった。

翌日は頬の方にも痛みが広がっていた。開院時間を待って行きつけの歯科医院に電話をすると「そんなに痛いならすぐ来てください」とのこと。診察してくれた先生は痛い歯を洗浄するとレントゲンを撮り、「親知らず歯から膿が出ている。この歯は神経を抜いてなかったので痛いはずだ。抜歯しましょう」と歯を揺する。私は「思いきって抜いて下さい」と頼むと、先生は歯に被せた冠を切り取り、とても細い麻酔注射を時間差で何度も打つ。麻酔が効いたのを確かめると神経を抜いた。次はヤットコのような道具で、歯を挟んで杭を引き抜くときのようにぐりぐりと揺り動かす。「大丈夫？　大丈夫ですか？　この歯は顎の骨につながる根っ子が三本もあるので肉がしっかりからまっていて、その分慎重にやらないと、骨が顎に刺さった状態で折れる。普通の人は一本か二本だからとっくに終わっているのだが、ごめんね」という。その言葉に真剣さが伝わってくる。抜歯され血に染まった歯を手に取って見ると、歯の上半分は水平に割れて牛の角のような根っ子が三本もある。

思えばこの歯は五十年間も私の健康を支えてきた。親知らず歯の生える頃は食うや食わずで命あっての物種、歯を食いしばってきた。親知らず歯は祖先が厳しい環境を耐え、そのために左右上下増強され生えた歯である。その最後の歯が見えぬところで支えてくれた証拠を、三本の根っ子が表わしている。

抜歯後すぐに、とてつもない痛みが押し寄せて来た。痛み止めの薬などなんのその、思い知ったかと、痛さが問いつめてくる。昼飯も食えずにうじうじしていると、いたたまれないほどの激痛で眼はかすむ。そこで思いついたのが五十年間も共に働いてくれた歯の供養である。好きなことに体を動かし気持ちを逸《そ》らすと、多少の痛みは消えることは経験ずみである。私は今のめりこんでいる菜園にかけつけた。寒くても冬の畑作業に取りかかる時は上着を脱ぎ、胸を張って深呼吸をしてからタバコに火をつける習慣がついていた。いつも通り無意識にタバコに火をつけたが、むせてとても煙など吸い込めない。さて何をやろうか畑を見回すと、じゃが芋の作付予定地には、取り残されて霜枯れした野菜がまばらに残っている。私はためらいもなく野菜を収穫した。鶏糞を一袋ばらまき、熊手で均一にして大きな三又鍬で耕した。振り返ると、百舌が土くれの中から虫を拾ってピョンピョンついてくる。一時間もすると息がはずむ。椅子に座り額の汗をぬぐい、また無意識にタバコを吸うと、今度はタバコが旨くなっている。その時初めて気付いたことだが、さらなる激痛の作用により、たまらず体を動かした反作用の結果がはたらき癒《いや》され痛みが分散されていたのが発見された。

いくら注意していても建設現場では怪我は付きものである。若い時、釘を足の甲まで踏み抜いたこともある。腰をしたたかに打って動けなかったこともあるが、当時の職場は戦場でこのぐらいの事故では責任者は休めない。その場で適切な養生をして翌日に支障を来すようなことはなかった。

今度の歯痛で味わった事後における自力で直す回復力の対応は、暗黙に養われたものである。人類の祖先が長い間の困難を克服して強い肉体を大切に培ってきた回復力は、癒しが元となす。そこに養われた自助作用は生物全てが共通にもつ進化の過程で、内に秘めた生命の精神力のエネルギーは癒しが支える。この年になっての経験から気づいた先祖の潜在力に感謝を捧げたい。

もしかしたら精神の改革者福沢諭吉も、癒しは自助努力から天に端を発する先触れをその人のみに与えられたものとして言おうとしていたものと思われる。今、日本は史上一番の平和な時代で、何よりも人が皆穏やかな人生観を共有できる心ある社会を望んでいる。それには他人にストレスを共有させる勝手気ままでずぼらな行いは慎しみ、やるべき労を労とせず「早寝早起き　腹八分目に医者いらず」の素朴な行為が回り回って地球を守る規模のスケールで、現代の健康の秘訣を次世代に予告している。

地方の過疎化

長野から金沢間の二百三十キロを走る、北陸新幹線が開通した。最高速度は二百六十キロ。東京から金沢間を二時間二十八分で結び、普通指定席での料金は一万四千百二十円である。総工費は一兆七千八百億円をかけて豪雪地帯を駆け抜ける。北陸地方にあまたの恩恵をもたらす、待ちに待った新幹線である。

石破茂地方創生担当大臣は、「鉄道は地方創生の大きな核だ。新幹線と在来線を組み合わせることで地方創生に大きく資する」と興奮気味に語った。私が思うに、どこまでも平行に続く二本の鉄道には、期待を込めた思い思いの夢の種が蒔かれている。今まで眠り続けた二本の線、鉄道の沿線地から百年の間には予期もしなかった新たな収穫物も生まれるのだろう。それにより、どのような地場産業の花を育てるかは、付加価値をいっぱい乗せた新しい血流列車の利用如何《いかん》による。

流通が便利になると、備え次第で、地方が得意とする一次産業の市場が広がる。難問は、日本の一戸当たりの農業の耕作面積である。オーストラリアが一千倍で、アメリカは百倍の割合だと見なされているのが現状である。それらの国が共通するのは、新天地移民で得たパイオニア精神と若いエネルギーであった。たとえばオーストラリアの耕作地一千ヘクタールを百メートルの幅で並べると全長百キロにもなる。この数を見て私は計算を間違ったかなと思った程である。

今、ＴＰＰに絡む一次産業の交渉では日本の地方創生があり、政府は知恵をしぼりぬいている。円安誘導がかなって工場製品の輸出は優利に傾いたが、反面、農産物の不足分の輸入は日本の農業を壊滅しかねない。日本の食料自給率は四十％である。もしも孤立した時の弱さに国の憂いがあり、指導者は自給率を六十％に引き上げて、生産性は五十％アップさせる対策が迫られている。

そこで農業改革を通してやっと旧来の仕組みに手をつけたと思われたが、日本は先祖代々守られて来た土地を継続する伝承農法の完成度は素晴らしいだけに、土地には特別の愛着がある。無理や無駄のない整理整頓された田畑はまさに芸術品である。物を慈しみ無駄を省く。そのルーツを継承《けいしょう》したのがかんばん方式である。その成果により川口市程の人口規模に成した企業がある。優れた技術力もさることながら、かんばん方式を徹底することが生存競争の原点である社員全員の客観力を結集する基となり、生産性向上の基盤ができた。今や企業城下町が戦国時代のごとく乱立している。

私は新聞のテレビ欄で「限界集落株式会社」というテレビドラマがあるのを見つけて、限界集落株式会社がいかに困難であるか、そのストーリーを具体的に作れる人がいるのかと思った。個々の主義主張を利潤追求に統一して生活の基盤を定めるのが会社である。寄せ集め集団となったなら商売は成立しない。刑事物やスポーツドラマのようなハッピーエンドの結末が勝利を得るか、その答えを引き出すヒントがどこにあるのか知りたかった。心中、そのドラマに期待はできなかった。それは私が若い頃からその日その日、あるべきものがいつもなかったからだ。そこで諦めず能力の限界に精いっぱい向き合ってきたからだ。浮上策は社員全員参加の気配りかんばん方式である。自助力による大なり小なりの整理整頓がいかに大切であるか、管理の基本となる要因を社員の頭脳に理解させる、永遠の課題である。しかし「限界集落株式会社」という題名は挑戦的で、もしかしてその意欲が今まで行き詰まっているドラマに新たなジャンルを切り開く試みかもしれないと思った。放送日には眠くなる酒は我慢して、五週五回をしっかり見た。

ドラマの筋道はコストのかかる有機農法において、どこにもない安心でおいしい野菜を作り、過疎地に新たな市場を獲得しようとする想定である。その趣旨が通じ合って協力してくれる仲良しの仲間が集まったが、計画は甘く、やみくもに働くことで成立することすら疑問であった。

職業は収支を夢に託して、夢のみの協力体制などありえないことである。商売の奥底を流れる基本は、ルールを通して体《てい》よく資本主義の枷《かせ》に絡まった金の奪い合いが真相である。その本性は動物の進化の過程にあることを、心の中にしかと受け止めるべきである。

私はおいしい野菜を求め、小さな畑で堆肥を主とした野菜栽培を始めて二十六年になる。しかし今は土の中はモグラのトンネルとなり、夏は虫の温床である。鳥獣にはとことん荒らされる熾烈《しれつ》な奪い合いである。だが疲れた体に、心と目だけは休まる。ただそれだけのことが楽しく、充実しているのが菜園である。

代表取締役就任

私は間も無く喜寿を迎える。そして、代表者を駆け出しに代表取締役社長を半世紀続けてきた役務を、四月一日をもって辞任した。振り返ると、幼子のころから今日まで、一貫して迷える小羊であった。しかし、私は弱くて無防備な小羊の群を、常に勇気を持って狼から守ることを念頭に牽引してきた。

別に強い志もなく、流されるままの中で、俺がやらなくて誰がやる、という心意気、独立独歩の気概だけは持ち続けてきた。しかし、体の衰えがひたひたと迫ると起爆剤となる気概も失せて、社長としてやるべき仕事が消え失せた。

私は子供のころから体内時計があり、目覚まし時計の世話になったことがない。夜遅くまで働き、「疲れた」を連発する母やお手伝いさんに代わって、朝の暗いうちに起きて竈《かまど》で飯炊きをした。母が前の晩、米一升押し麦一升の割合で研いで笊《ざる》に入れてあった。水の量は手のくるぶしの位置で調整した。母はそこからご飯の炊き方の火加減を教えてくれた。そのコツは「初めちょろちょろ、中ぱっぱ、赤子泣いても蓋取るな」であった。私は、ご飯が炊けるまでの過程が面白くて素直な気持ちで引き受けた。

まずは竈の中に杉の枯葉を入れ、その上に細い枝をひとつかみ置いて、全ての枝が交差しないよう横平行に並べて杉の葉にマッチで火を点ける。そして次々と太い木に燃え移らせ、火力のある薪に燃え移ると釜と蓋が鳴り出し、白い泡汁がぶくぶくと吹き出しておいしそうな匂いがしてくる。その時、勢いよく燃える薪を引き出し、並びにある竈に移すと赤い熾《おき》が残る。この変化を見る心得を母が教えてくれた。「残った熾に吹竹で空気を吹きかけるとご飯を蒸らす熾が灰になり早く消えてしまうから、無理にあおりたてるようなことはしてはいけない。そのまま静かにしておくとおいしいご飯が炊ける」と。この状態は勘を働かせ、蒸し終わったところで熾を十能に取り、消し壺に入れると飯の炊きあがりである。私はすぐに飯櫃《めしびつ》を用意し、特製の大杓文字で炊けたご飯を上下に返してから飯櫃に移す。その熱いこと。そしてご飯の旨味は竈から火を取り出すその引き際の蒸すタイミングに左右されることを思い知った。ご飯の出来具合の良し悪しが、子供心を熱く揺さぶったものだ。

生命が担う過程をご飯炊きの例に喩《たと》えると、私の今は竈の中に最後に残っていた赤い熾に白い灰が覆うところだ。もう二度と燃え上がる勇気は物理的になく、消えゆく様子は人の宿命を見ているようでもある。

ここで私は、熾を覆う白い灰を想像して、はたと社長の引き際について考えたのだった。社長としての存在など別段意識もしていなかったことに気付き、代表取締役の言葉の意味を辞書で調べてみた。社長は会社の経営の最高責任者である。代表取締役は会社を代表する権限をもつのが取締役、会長、社長、副社長、専務、常務である。取締役とは会社の重役で、経営に参加して会社の運営の責任を担う役職とある。なお重役は、会社などの運営で重要な決定をする立場にある人のこと。しかし辞書にも感情があるようで、ユーモアのあるオチが付いていた。「重役出勤」の言語は、一般の社員がとっくに働いている時間にゆっくりと出社すること、そしていつの間にかこそこそと黙っていなくなる人への辛辣《しんらつ》な皮肉がたっぷりつまっていた。こんな重役では国庫の世話にならないと会社は潰れる。

零細企業の社長は、一日の糧を稼ぐのには社員より一時間前に出勤して社員教育の見本になっているのが当たり前である。仕事で飯を食う気なら、遅刻するより早く出社する方が事故や災害の難を逃れられる。それは後手に回らぬことのありようで、そこについてまわる無理のない用意周到さは、神のツキを呼び込む楽な選択方法である。それが正しい行為と判断した私は、実証し継続してきた。

私は常々心の中で、この人が社長になったならと思い当たる人がいる。江戸時代の初め、剣で渡り合う命のやり取りで、心技体の極意を修得したあの剣豪、宮本武蔵である。今ならチヤホヤされる超スーパースターだろうが、武蔵は税が元である禄を食《は》むことを嫌い、生涯一人で暮らした。その様子では生活には困窮したのは確かである。武蔵が現代の無から有を可能にする会社経営に没頭したならば、剣から経営にとって変わる秘策を生み、どこまで社員の心を掴む冷静な決断ができるだろうかと、ワクワクしながら想像するのだった。

野菜畑

昨年暮れの出来事である。正月用に残しておいた三本の大根を引き抜いた。三本目は特に大きく、両手でも動かない。そこで大根の付け根を持ち、ゆっくりと揺さぶりながら引っ張るがビクともしない。手がすべってしまうので手袋をはめて大根の上に跨がり、腰を下ろして渾身の力をこめるがやはり無理だった。スコップを使えば簡単ではあるが遊び心がこれを拒んだ。私はむきになり、どうしても腕力と知恵で引き抜こうと決めた。

そこで思いついたのが、大根を入れるために用意した、工事現場で使う薄っぺらなゴミ袋である。それを大根の首根っ子にロープを巻き付け、もうひと巻き、いわし締めとした。これで中腰になり一番力の入る袋の両端を持ち、足の位置を決めて踏ん張れば力は倍加して抜けるとふんだ。腰をかがめて全身の力を一気に込めるとズポッと抜けて、大きく尻餅をつき、大根を抱いたまま仰向けにひっくり返ってしまった。外側の大根葉をむしり土を落としてぶら下げると、とにかくごつい、甘いにおいがしてきた。

それにしても仁丹のような小さな種が、よくもまあ大きくなったものだ。満足この上ないが最後に手こずらされた。汗をぬぐうと風が変わり、何ともいえぬ爽快感が湧いてきた。すでに諦めていた体力だったが、腕力で収穫した喜びもあり、真冬でも汗をかいて、風を変えた遊び心の醍醐味があった。冬の畑に残っているのは、表と裏の区別がないおかしな葉の形をした葱などの葷菜《くんさい》類と、春を待つエンドウ豆、空豆、キャベツ、ほうれん草ぐらいである。

私が耕作する野菜畑は、くぼ地で百坪の借地である。冬の期間は二割の場所に日が当たらず、いつもカチカチに凍っている。南側は大木の枝が畑を覆い日照時間が少ない。作付のやりくりには原産地の日照時間や気候風土などの農業知識が必要である。私は五十代の頃、運動不足と野菜不足であることを承知していた。太り過ぎを医師に厳しく注意され、気楽にできる菜園にいそしむことを選択した。あっちこっちの畑を借り歩いて、今の畑は十年も耕し続けている。菜園仕事が長く続いた理由はきわめて簡単で、時間にいつも制約のある私に、菜園は気ままに付き合ってくれたからである。おかげで三十kg減量に成功した。また菜園は、私がとても気付きもしない原則的な失敗を、その場で如実に教えてくれた。

例その一は、病虫害の対策である。特に油虫は初夏に収穫するじゃが芋の茎葉に病根を感染させ蔓延させる。私はじゃが芋の葉がらを、成長のいちじるしい茄子、トマト、キュウリの根本に敷草として使用してみたところ、訳の分からぬ病害が多発した。急いで色々農薬散布を施したが効果は全くなかった。その後、じゃが芋の葉がらは乾燥して堆肥にしているが、それでよいかどうかは疑問だ。油虫が寄生する作物は病原体を持った泥棒を飼っているようなもので、知らぬ間に身動きが取れず苦しむ連鎖的禍根の元である。

例その二は連作障害で、同じ科類の野菜を連作することにより、土壌に発生して残る悪玉菌が原因で嫌地現象が起こり、作物に致命的被害を与える。その対策には連作障害が少ない稲科のトウモロコシを輪作すると、雑菌を養分として後作の病気が少なくなり有効である。企業にも同様に連作障害がある。市場が肥えると設備投資をして、さてこれからと皮算用するが、一～二年もするとその畑はすでに肥料が飽和状態になって膠着《こうちゃく》している。

例その三は農作物の原産地についてである。現在、世界は原産地から離れて根付いている異文化が数多くある。高地であるペルーやチリは、じゃが芋、さつま芋、トウモロコシ、トマトなどの原産地で、荒地が適した作物は少なくない。逆に、水田の多い東南アジアは稲が原産地である。作物は長い体験をふまえて強い個性を持ち、原産地の環境に沿った適材適所に配分されて育てられている。

以上三つの教訓を得ながら作物を育ててきた。百坪の畑で原産地の気候風土をイメージしながら年間三十種もの野菜を作っているが、見えないところで起こる害の真相が解けない。苦慮を重ねているものの、そうした問題を超えるほどの野菜の魅力に絆《ほだ》されている。

日本の農業は二千年の歴史があり、日本特有の平和文化を築いたのは畑からの糧である。暑さ寒さはそっちのけで働いても、自然の猛威、風水害、干ばつになすすべもなく、農家生まれの私は悲しみに打ちひしがれる親の姿を遠目で見てきた。今は自分自身が野菜畑で親の疑似体験をしながら人生の基本となる大きな資料を得た。親の背中を思い起こしながら、何をもって父を超えられるか、野菜畑で模索中である。

連絡は情報の一端

戦国時代の重要な通信手段として、幾つかの山々を超え目的地への連絡が可能な狼煙《のろし》が用いられた。特に武田信玄が重視した戦術である。要所には狼煙場を備えて、一日で行軍できる四十km先へも三十分で情報を伝えていた。

忘れもしない五十年前、私が二十六歳の時に強烈な情報に満ちた織田信長の本に出合った。偶然にも信長が二十六歳の時に味わった桶狭間の戦いの戦記である。当時は、裸一貫で自力でやっと空腹を凌げる年頃だった。ひとつの職業に辛抱した甲斐があり、よし、これからは何のハンディもなく公平な人生のスタートラインに立てる、飯さえ食えれば矢でも鉄砲でももって来い、と胸をふくらませたものである。しかし、食うことのみの自己愛に箍《たが》がびっしり嵌まっていた。やれば文句はないだろう、の思い上がり。その打破から次の成長となることに気づくのは、もっと後のこと。そのときに自他愛に目を向ける波紋を広げてくれたのが信長であった。

時は戦国時代。今川義元は武田信玄、北条氏康と三国同盟を結ぶと、義元（一五六〇年・四十一歳）は三万の兵を率いて上洛一番乗りの野心に燃えていた。かたや織田信長（二十六歳）率いる兵は三千である。義元は信長の領地である尾張国沓掛、丸根、鷲津の諸城を破竹の勢いで攻め落とし進軍して来た。義元はその時点で勝算ありと桶狭間にて戦勝の宴を張った。信長はただひとつ義元の首を取るのみの戦術を固め、敵軍が地形の状況により守りの兵が分断され警備が手薄となる情報を受け、これをチャンスと待っていた。そこに義元が桶狭間に宿営したという火急の知らせが入る。これぞ千載一遇の勝機なりと計略が合致した。段取りはすでに整っている。しかし、まだ戦況を見守る優柔不断の兵を掻き立て一つにまとめる必要がある。多勢に無勢、怖気づいて逃げ出す兵には従わざるを得ない手口で封じて、信長はただ一人、馬上に飛び乗り我に続けと戦場に駆け下った。部下はそれ続けと草木をなぎ倒して怒濤《どとう》の勢いである。天も味方に雷鳴がとどろく豪雨の中、まるで戦艦のごとき今川軍を側面より魚雷一発で仕留めるかのような奇襲が成功して義元を打ちとった。

私は、同い年である信長の並々ならぬ胆力と鋭い知力を思った。しかも、戦勝の武勲の褒賞を、義元が桶狭間に宿営したことをつきとめた情報者に迷わず一番に選んだのである。武骨者の将なら勝利のチャンスを与えた兵よりも、義元の首を打ち取った武勇に与えられるはずだと考える。私も武力を優先すべきであると当時は思ったものである。この老熟したスケールの大きな課題は私の教訓として生涯消えることはない。

それから二十三年後、全国統一を目前にした信長は、秀吉の戦勝の誘いに乗って備中国高松にわずかな兵を率いて出陣するが、途中、京都本能寺にて配下明智光秀に襲われ、自ら放った火炎の中で自殺に追いやられている。戦国時代の武士は肉体自身が全てアンテナである。情報合戦である本能寺の変は桶狭間の勝利の方程式による手口で、二番煎じに類似した感がある。

信長が、もし四十九歳で落命していなかったとしたら、日本の歴史は大きく変動して今の日本国の姿など想像もできない。封建制度、明治維新、太平洋戦争、福島第一原発の事故もなかったろうし、私の命など確実に存在しなかった。また、日本がアジアの中で特別な文明文化を築いていたとは思えない。情報が後々まで尾を引き、後にコロリととって変わる結果を考える私の頭などパンクしてしまう。

最近、落語の落ちのようなとても参考になる出来事が身近に起きた。私は今年三月末をもって社長を辞任した。そこで社員が私の慰労会を開くことを定例会議で決めた。しかし本人の都合など確かめもせず、また、慰労会日と会場の連絡もなく当日が来た。午後のこと、知り合いが重い酒を持って「長い間どうもご苦労様でした。今日、慰労会があると聞いたので伺いました」と挨拶される。私は初めて聞く慰労会のことで、まさに寝耳に水とはこのことだろう。あらためて会議録を見ると慰労会のことなど一切触れていない。当日は他にも寄り合いがあり、こちらは心苦しい言い訳で丁重に断った。伝えるべき報告、連絡、相談のひと言もないのは、文明の利器である携帯電話が普及した今日、まったく理解できない。文明の利器のせいか、人の目をまともに見て話す人が実に少ない。それどころか尻を向けて話す。こんな失礼が原因の情報ミスは、思い上がりの姿である。こんな不作法に対して、武士の命を預る織田信長ならどうしたか問うてみたいものだ。

松下幸之助の素直さに学ぶ

鶏は、三歩歩くと前のことは全て忘れるらしい。鶏は、孵化《ふか》して初めて見る動く物が人間なら、人間を親と思い素直に従うそうである。無力な雛が生きることは、本能のおもむくまま素直さを原点として、なされるがまま生きているように思えてならない。

人間もしかり。赤子は生後初めて与えられた母親のお乳に本能的にむしゃぶりついて、ほっと心が安らぐのだろう。雛が初めて見たもの、人間が初めて触れた感覚は、見えないものを見ていた時間の隙間と言うべきか。生命が誕生する時には、すでに時間の刻みがない隙間の中を、何より先に素直さの本質をもって誕生するのだと思える。

私が物心ついたころは素直な子供とはとても言えず、学業は誰よりも嫌いであった。それは面白くないうえに、訳の分からない苦しい謎解きを机に向かい辛抱をして覚える必要があったからである。私は義務教育の期間には学問を早くも脱落していた。そんな私を見かねて、明治生まれの母は私の先行きを心配したのか、経営の神様と言われる松下幸之助の話をしてくれた。丁稚小僧から苦労をして日本を代表する長者になった人である。しかし私は、勉強しないで金持ちになれるなら、俺も幸之助の真似をしようと単純に思った。その道がいかに難所であるかも知らずに気楽な私であった。

それから二十年後、どうにか商売の真似事を始めると、今迄見たことも、聞いたことも、考えもしないことだらけであった。使う立場と使われる立場が逆となり、そこには過去の行いに対峙する自分の姿があった。夕飯の最中に電話が五本も入る。夢の中で見積りをやってのけている。今まで他人事と思っていたが、忙しいことの事情が分かっているのは自分だけである。苦しんだ挙げ句、それは自分がやるべき仕事だとやっと気付き、焦りと孤独感から解放されたものである。

そんな時、偶然に手にしたのが雑誌の『ＰＨＰ』だった。それを読み当時の私は、「何を甘ちょろいことを言っているんだ、これで飯が食えるのか」と思ったものだ。それでも巻末に添えてある「松下幸之助の遺した言葉。松下幸之助の歩んだ道、学んだこと」を読むと毎月の雑誌が届くのが待ち遠しくなっていた。感動して社員に読ませたくなり、全員に『ＰＨＰ』を配布し続けている。

そんな折、一通の手紙が届いた。私の出版した本を読んだ女性から「『ＰＨＰ』の愛読者と伺っていますが、電車の中で『ＰＨＰ』を読んでいる人がいました。『素直』についての内容のようでした。どうしてもその文面を読みたいのですが、もう書店にはないのです。もしありましたらお譲り下さい」との便りだった。私は新しい『ＰＨＰ』が届くと前号は整理の都合で処分していた。社員も処分している。もう後の祭りであった。

余談であるが、ある日、私の出版した本をもってＮＨＫのディレクターが当社にやって来た。「この本はあくが強くユニークでとても面白いので、原本を拝見したいのですが」と聞かれる。一冊の本を出版するのには膨大な資料が残る。それを整理要約して本となる。用が終わった原本を長い間保管する場所などはない。目障りである。私は素直に「本が出版されたとき原本は残らず燃やしました」と答えると、しばらく考えたディレクターは「それは誠に残念なことをいたしましたね」と肩を落として帰っていった。

またまた『ＰＨＰ』の中で幸之助は、「人間の本質を唱えるところは素直さである」と言っている。幸之助は裸一貫からの人生で、言うに言われぬ苦労をしてきたたたき上げの大社長である。信用の元である素直さは、陰で裏にまわる人に、これを悪意に用いられると手も足もなくやられる怖いものである。幸之助は人並以上に騙され、苦境に落ちただろうが、そこを乗り越えて人の悪口には一言も触れていない。騙されたことでその奥の心中を察し、先回りができるようになった。言わずもがな、素直さを性善説の形に実践した男の実例である。

幸之助は自転車屋で丁稚小僧の時があった。その店のおかみさんは、親心にもまさるともおとらぬ程に大切にしてくれた。そんな恩義のある店にもかかわらず、幸之助は自分の都合で勝手に飛び出したことがある。そのことを非常に後悔して恥じた幸之助であった。その心が起爆剤となり、努力して自分の店をもった時、自転車屋さんに誠に申し訳ないと思い悩んだ末、お宅に伺ったが、その時おかみさんはすでに亡くなっていた。その情景には心が締め付けられるものがある。

この経験が人を許して動かす経営の真骨頂を掴《つか》んだと思われる。その後、自転車に懐中電灯を日本で初めて取り付けて、「明るいナショナルの歌」と共に自転車業界に旋風を起こしたのだった。

憲法第九条を守る意識

大日本帝国が、武力による植民地政策の失敗により敗戦し七十年が経った。翌年には敗戦を教訓とした新憲法（第九条・戦争放棄）が発布された。敗戦の年、私は国民学校一年の時である。教科書は「ヘイタイサン　ススメススメ　ヘイタイサンハ　イサマシイナ」の国語読本であった。その頃は物資不足で教科書は全ておさがりである。学校には鉢巻をして通い、毎朝、奉安殿に向かい敬礼をするのが習わしだった。授業では「土地など買うものではない。奪い取るものである」と教えられた。女教師といえども口答えをすると平手でビンタが飛んできた。先生は時々戦死者の大きなお墓に生徒達を連れて行き、勇猛果敢に戦った特攻兵などで二階級特進した兵士を、軍神として称賛した。ちなみに当村出身の一番偉い人は、ゼロ戦パイロットの少佐。隣町には中将がいて、負けたのにまだ懲りずに講演で精神論をぶちまけていた。

一年生と言えば知能などなく、初めて見聞きした物事に心を動かされ記憶に刻まれる。後で気がついても初めて覚えてしまった観念を修正することは、きつい体験を積み、何らかの例と客観的に比較する能力がないと気付かないものである。そのため、小学一年生で学んだ英雄伝は、国への意識や人生の方向付けに良くも悪くも影響を与える。

私が学校で最初に学んだことは、「男は強ければよい。そして人前で涙を見せない」ということだった。学校を中心に五㎞以内だろうか、五十戸ぐらい集落が点在していた。終戦を迎えたとはいえ、子供達は集落同士の対抗意識が強く、意地を張り合った。同じ集落の弱い子がいじめに遭うと、必ずその仕返しをした。ある時、待ち伏せに合い、五人が一度に飛びかかって来たので、私は履いていた下駄でむちゃくちゃに殴り、相手を血だらけにして勝利した。しかしその後があった。やっつけられた弟の仇とばかり兄が出てきて、私は川の中にたたきのめされた。そして頭を川の中に押し込まれ砂底にごしごしとこすりつけられた。死ぬかと思ったので「勘弁してくれ」と謝った。私はそれまで暑さ寒さと痛さしか知らなかったが、水の中に頭を押し付けられたときの悔しさを知った。やられたらやり返すと、連鎖的に事が増幅して取り返しのつかないはめになるのを覚えたものである。

多少の物心がついて来たのは四～五年生ぐらいだったろうか。折も折、学校で映画鑑賞があった。教室の窓に黒い幕を張る映写会である。

私の故郷は国有林が多く、昔から町人《まちびと》からは山中者《さんちゅうもの》と呼ばれていた。三十年前、日航機が落ちて国が捜査に手こずった上野村である。そこは鉄道まで六十キロも離れている。そんな中で子供が情報を得るのは先生の話や村人の話ぐらいである。

そんな環境の中で育った私は、東京の複雑きわまりない映画を見た。その作品は『酔いどれ天使』である。監督は黒澤明、主役は三船敏郎だった。映画は静寂な上野村ではとても想像できない、残虐でドロドロしたヤクザの抗争である。私ならこの時にはどうするだろうかと考えるが、子供にはとてもついていける代物ではなかった。主人公は結核を病み、やけのやんぱちの暴れ者。その暴れ者を更生しようとするアルコール中毒の「酔いどれ天使」（志村喬）は人道的使命感あふれる医師。兄貴分（山本礼三郎）は欲にまみれた卑劣さが相絡まる。映し出された汚い泥沼に「人殺しの歌」がギターから流れると、私は怖くて泥沼を裸足で追いたてられているような気になってきた。あんな乱暴者でも殺《や》られた。あまりにも刺激が強く、徹底的に落ち込んだ。この映画を見終わって外に出ると、夕刻のように空気が淀んで感じられた。

先生は、私が浮かぬ顔をしているのを見てとって、とても心配してくれた。暴力の惨《むご》さ、将来こんな都会に出て私が先にたって働くと思うと気が重い。沈みゆく心情を無気力の劣等感と言うのだろうか。この劣等感が解除されたのは、新たな苦難に立ち向かって自立を目指した時からである。言葉では表せないが、私はこのやられっぱなしの回り道を耐えた十年が、方向修正した足跡だったと思っている。

その当時は戦争帰りの若者が多く、仕事もなく家も職もなく苦労して国のために戦った。何の報《むく》いもなく、社会に向かって自立という途方もない壁に突き当たる。銃を頼りに生きてきた若者は勝手が違い、自暴自棄に陥る人も多かった。

戦後七十年。時代は目覚ましく変わり、外圧からも屈することなく、とどのつまり隙間のない隙間で巧みに、国は千兆円もの借財を重ねて憲法第九条を守り通した。世界で唯一の被爆国ならではの偉業である。

一騎当千

あるとき、エー！　と困ってしまった。講談本でも読んだ後の高揚が未だ冷めやらぬような気分だ。それは、「一騎当千」について尋ねられたからだった。私は、「一騎当千とは、誇張が強くて、働く者の理念にはどうも結びつかないが、どのような意味合いがあるのか？」と聞いた。すると彼は臆することもなく、「僕は現場監督十年の節目です。一騎当千の夢を持ち続けたいのです」という。さて困った。一騎当半《とうはん》の人は星の数程いる。眠れる資源といわれる半人前の人を掘り起こし一人前にするには、半歩踏み上がる勇気を与えることである。ただ、それだけのやる気を起こさせる動機をどう説明したらよいのか分からず、自分が歯がゆくなる。

とりあえず辞書で「一騎当千」を調べてみた。南北朝時代の軍記物語で、「太平記」（作者不明）に載っていた四文字熟語である。南北朝時代といえば教科書で、楠木父子の忠臣の様子が描かれていた。桜井駅における楠木正成《まさしげ》・正行《まさつら》父子の決別の話は、耳にタコができる程にだれかれともなく聞かされていた。その記憶は消えることなく、桜井駅の唱歌を聞くと未だに胸に迫るものがある。

さて「一騎当千の夢」を語った若者は、大学を出て十年が経ち、パソコンを使っての図面描きはうまい。しかし、図面描きだけでは飯は食えない時代である。尤《もっと》も重要なのは、机上を離れて現場での無駄のないマナーと段取りである。まず一瀉千里《いちしゃせんり》の綿密な見通しをたてても一騎当千の勢いで突っ走れるものではない。これは裏を返すと、千人の凡庸な知恵よりも一人の非凡な決断が千人に勝る、と解釈したい。

現在の一騎当千の強者《つわもの》としてイメージがわいてくるのは大相撲の横綱である。かつては六十九連勝した横綱もいた。現役では、半歩の踏み込みと勢い一本で六十三連勝した白鵬がいる。その白鵬は秋場所三日目、九月十五日から左膝炎症により休場が決まった。横綱昇進後初めての出場から七百二十二回で休場である。モンゴルより来日した白鵬は、技術の精進もさることながら日本の国技である心技体を磨いてきた。

一騎当千の目標をもつ個人プレーのスポーツでは、メダルのランクにより白黒がはっきりする。またチームワークで戦う野球、サッカーなどでは個人の小さなミスで勝負が決まることが多い。これは会社にも通ずることで、総合力を競うチームワークである。監督は選手のミスが重なると胃がきりきり痛むだろうが、全て腹の内に収める器量を持ち合せている。言い訳無用の監督がマイクを前に腹の内を暴露したら、それは見物であろう。観衆はそうなるのをお見通しであり、いらいらしてその限界の時を待っている。キレることは何であろうと、決してあってはならないのがスポーツマンシップだからである。

特に企業となると、技術の高い主力製品を中心にして世界市場に一騎当千の流れを作り、けっこうビッグになっていくところもあったが、ここへ来てハングリー精神で迫る後進国に追い上げられると、ビッグ企業にも隙があり、堤防が一ヶ所決壊すると、後は泥沼と化した。製品は無用な在庫商品に変わり、次なる対応を求められている。

新聞を読んでいると、数ある産業の中で最も強かなのは建築業である。紙面をよく賑わすが私もそう思う。とても食えた職業ではない。それは受注産業であることが元にデンと据わって、対応が機微であることが要求される職業だからである。事故などの発生により、今受注した仕事を、用意万端どこよりも早く着工するのが建築業の特徴である。

この多くある対応に備える大手ゼネコンの監督の頭や身体の構造は、いったいどうなっているのだろうと思う時がある。監督が年間数百億もの工事を現場事務所でこなす。これはもう大手企業並みである。時には監督が会社の傘の枠からはみ出して、ずぶ濡れの情況でも約束を全うする。福島第一原発事故では、書簡を残し、亡くなってしまった吉田所長が実に痛ましい。その闘士にはただただ敬服するのみである。

大手の建築会社は〝関取〟になるべくして最初から選ばれた人が一騎当千の強者共となる。そんな選抜から落ちた下請業の人は、裸一貫で働いた分だけが金となる。もはや成熟したポジションの下請業は、資本家の足手まといにならないよう懸命に働く。資本主義、自由競争のシステムは下請を抜きにしては語れない。その中で一騎当千の働き方をしている誇らしい人がたくさん輩出されている。

戦後七十年の心得

庭先の秋の虫はコオロギの鳴き声を最後にだんだんとか細くなり、姿はついに消えてしまった。朝は冷気を感じ、炬燵がほしい季節となった。天気のよい日、私は日の出を待ち、見晴らしのよい高台に車を止めて西の方角を見る。空気がどこまでも澄みわたり、青空のはるか遠くに雪をかぶった富士山の山頂が見える。そこに富士山のすべるような広大な裾野を想像して、気持ちだけだが、駿河湾の潮風の香りを目一杯の呼吸をして浴びる。

今年の夏も菜園で、半日で三リットルぐらいの汗をかき、難なく乗り越えてきた。今日まで四季の移ろう節目をなんと言うこともなくやり過ごしてきたが、振り返ってみれば、毎年春夏秋冬を一直線に過ごしてきた。

喜寿を迎えた私が目にする晩秋の言語が変わり、もうすぐ冬が来るのが声となって聞こえる歳になってきた。赤や黄の色付いた葉がパラパラ舞い落ちる様子を目にすると、役目を終えた葉なのだと、自分の余力とつい比べてしまう。いくら気丈でも、どうでもいいや、と諦めた時から老いは静かに浸食していた。

七十年前の敗戦時といえば私はまだ七歳であった。あのころは日本中が貧しかった。それでも農家と旅館を兼ねていた親元では、ひもじい思い出はなにひとつなかった。その反動だろうか、親元を離れ就職すると食事制限があり、会社では休みなくモーターで動く機械に歩調を合わせた重労働があった。そこで仕事の辛さは空腹が全てだと初めて知った。気が付いたころは私の体はボロボロになり、壊れてしまっていた。親元に帰り空腹を癒して体力を回復しようと決心した。親は畑のない都会人の食料事情など知るよしもなく、狭い家に家族が寄り合っていた。親は私の体が弱いと思ったのか、何かに役立つだろうと、自動車免許をとらせてくれた。その後に自動車免許は大変役に立ち、恩情はとてもありがたかった。しかし、一度壊れた体はそう簡単に治るものではない。だるいと動作は緩慢となり、ものぐさ者と決めつけられたこともある。これも病気なるゆえだなどと言い訳はとても言えなかった。かえって働きざかりの若者が言い訳をすると蔑まれる。

運が良かったのは、食事制限のない建築現場での飯場生活であった。私はみるみる体力が回復した。当時の現場は成り上がりの親方が職人を掌握できず、積極的に打って出ることもない。籠城の域にはまった欲得を刺激するだけのノルマを課す仕事では、職人につけ込まれた。先輩の職人は半日でノルマが終わると、仲間のことなどおかまいなく昼飯も食わず競輪場にかけつける守銭奴が生じた。中には半端仕事でも現場をなめているのか、人目をかすめてこそこそといなくなる。

私はこの躾けがなっていない勝手気ままな不人情者には無性に腹がたった。ある日、自分の仕事を後輩に押し付けて帰ろうとするのを見たので、着替えているところに行き、「このずるたん棒」と思いっきりぶん殴ってしまった。大ハンマーで鍛えあげられた腕力にいともも簡単にふっ飛んだ。立ちあがれぬまま鼻血をふきとり、「かかあが病気だ、どこが悪い」とくってかかる。こんな時、とっさによく嘘が出ると思ったが返答に困った。その後、こんな行為は黙っていてもよくないことであり、嫌われる原因は自分であると気付いたのだろう。それから彼はこそこそしたこっぱずかしい行為はなくなった。この時私に殴られなかったら、この人は改心しなかったろうと思う。この信頼関係はあくまでも二人の秘密であった。私はこれを機会に人のありようを教えられることが多く、自省することを心がけた。

大企業の工員は計画的ラインに寄り添ったノルマ中心の効率作業である。しかし建築業は、ライン上のノルマを組み立てようとすると、見えない所で利益を上げようとする。手抜きの結果は騙すことで、建物が時間と共にいびつな形になって欠陥が現れる。その溝を先に埋めるのが人の情であり、勇気をもって注意してくれる信頼関係は仕事全体の欠陥を未然に防ぐ、何ものにも変えられないのが良心である。不正なことは、次に絡んだ仕事を断られてもピタリと拒絶する勇気が欲しいものである。

喧嘩したあの日から五十年も経ったが、世の中、道徳はちっとも向上していない。人に信じてもらおうが信じてもらえなかろうが、そんな世間の中で愚直に真面目に生きる人もいる。片方の卑しい生まれの人は、嘘が基本と巧妙に騙し楽をして金をせしめる。正と悪この二つがいつの世にも対立していて、人間の心に巣くう嘘つき虫白蟻の呵責《かしゃく》は未来永劫と続き解決できないのだろうか。

公平なる振り分け手配

まだ携帯電話のない頃の話である。電話が鳴っている。毎度のことながら、誰が受話器を取るかと様子を見ていると、忙しいと思われる人が電話に出た。

多かれ少なかれ電話一本一本の対応が会社の利害を左右する。今が忙しい人なら電話の用件により次の忙しい順に指図することができる。やる気のない人が暇を持て余しているようでは、自分より忙しい人はその指図に従わないからである。暇な人が電話に出たら、暇な自分を先頭に仕事の手配を決めるのが自然の成り行きである。なのに暇な人はさわらぬ電話に祟《たた》りなし、逃げの一手で電話に出ないでいる。

こんな様子は現在でもしょっちゅうある。そんな状況の中でさぼり者のしわ寄せがたまり、忙しい人にかち合うと誰でも抑えていた感情がプッツリと切れてしまうものだ。出題者は自分の限度の枠を決めてあとは知らぬふりをしている人を見ると、口で言うより手が先に出る性格を堪えるのがとても辛いらしい。そして私に「こんな時は先に怒ってくれ」とけしかける。

かつて社員にこんな出来事があった。彼は人の動かないのを焦れて、「お前らが尻込みをして、ぐずぐずしている戦術、そんな臆病者なら俺に束になってかかって来い。俺が日本国を底上げする証拠を見せてやる」と国会議員のつもりなのか啖呵《たんか》を大きく切り、仕事をかたっぱしから引き受けた。当時、代人（社長の代わりで現場監督のこと）対職人の分担による採算ラインは代人一名、職人十名ぐらいであった。しかし、五十名を集め使いこなすのは天才である。それを知っておきながら余程頭に来たのだろう。理性を失い、意地にはまった仕事は人間術ではなかった。結局、私は見かねて助け舟を出してやったが、腹がたって死ぬ程苦境に落ちたことに懲りたのだろう。それからは口をつぐみ、ただの考える人に変わってしまった。とくに建築職人の世界は個人プレーに走りやすい。俺が俺が、の一点張りが先行する。口も八丁手も八丁、勢いにまかせた一匹狼という存在が多いのである。使う人も心得たもので、そうだそうだと調子を合わせる。しかし、調子に乗っただけでは罠がある。困難があるとすぐに怒鳴り付けるから、その程度が限界であると見くびられ、仲間もいなくなり、大きな仕事はとても叶わない。

職人あっての監督業であるが、ひと癖もふた癖もある職人を使い分けるのは人並の体験では無理だ。指揮を取って代わられ逆に利用される。職人の悩みは、即、監督の悩みである。共通の悩みを自分勝手の処理では生きてはいけない。切っても切れない連帯感の仕事がそこにある。電話が鳴っても受話器を取らないのも、現場で積もり積もった苦しみの体験がトラウマとなって逃げ腰となっているからだろう。私もここ一番となると、必ず逃げ癖のある人に一人前になるよう「なぜ自分の心と闘えぬ」と喚起を促した事が何度もある。しかし、プライベートのことにまで立ち入ったせいか、いずれは物になりそうな人が次々と辞めてしまった。

学校では高度な教育を身につけただろうが、時が経ちある程度のレベルに達すると会社組織に隙が見えてくる。それを逆用し、楽をして、燃えることもなく湿って生きる方法に専念したがる。しかし、こうなると芯までも濡れてしまっている重い薪である。マッチ一本で心の成長を促す生きがいの芯に火をつける方法など不可能といえる。これでは何度挑戦しても心の成長や再生させるコツを知り得ない。

成功者の多くは、落ち穂拾いのチャンスを持っている人の姿勢を正して事をなし得ている。好かれる人の形に剪定する。その木の姿勢を作るコツはどこにあるのだろう。怒られて前を向き根を張り強くなる人と、困らせてやろうと萎《しな》びてひねくれて弱くなる人と二通りあるとしたら、十のうちに一つを与えるか一つを取るか、プラスとマイナスの選択をするタイミング術のとり方と待ってやる術にかかっている。

植物は根が呼吸できず一度萎びてしまうと、まず再生しない。これは菜園の育て方で多々ある人間学より如実に教えられてきた。

あとがき

令和五年十月三日火曜日、新聞の一面トップに「大谷本塁打王　44本　日本人初」と大きな活字が目に入った。米大リーグ、エンゼルスの大谷翔平（29）は一日（日本時間二日）、四十四本塁打で日本人初の本塁打王に輝いた。同日、今季のレギュラーシーズンが終了。右肘を痛めた影響などで九月三日を最後に欠場したが、アメリカン・リーグ二位のアドリス・ガルシア（30・レンジャーズ）と五本差でトップを守った。

本塁打王は念願のニュースである。大谷選手はフェアで奥行きのあるスポーツマンシップのため、アメリカで働いている日本人の誇りと誰からも称賛されていた。大谷選手の日本人独特の「勝って驕らず」の爽やかな姿勢は、世界の人々に日本文化への共感を大いに与えたことだろう。

しかし、大谷選手のような日本人ばかりではない。日本は狡《こす》っ辛《から》いと言われることがある。この狡っ辛さ、人の心中で進化を続けていくと、争いのもとになり、戦争にもなる。

朝早く、下請けの職人がやってきた。当社社員にキックバックを強要されているという。もう一年余にもなり、女房にケツを叩かれてやってきた。

話を聞き、私は当人を呼びつけ、事実を確かめるともう我慢も限界。「この野郎」とげんこつを振り上げて、怒鳴りつけた。その日に弁護士に相談し、刑務所に送り込んだ。一ヶ月ほどで出所したが、人づてに聞いたところでは、俺は一日百万の荒稼ぎをムショの中で働いたとうそぶいていたという。

傲慢。素直さを捨て、浮かぶ瀬も、心も捨てた。

法廷の裁判官は私に、彼に対して絶対に暴力をふるうなと確約を取られた。

もし、これが国と国との間での事件であったなら、狡っ辛さの理不尽さを膨らませ、領土争いになること然り。

「浮かぶ瀬もあり」は本文の中に隠れているテーマなので、見つけてください。

浅香　郁夫

追伸　題名はすべて社員からの提示です。

著者プロフィール

浅香 郁夫（あさか いくお）

昭和13年6月　群馬県多野郡上野村生まれ。
昭和45年　かっぱ工業を創立。
昭和55年　かっぱ工業を設立。
著書に『三角野郎』『定石』『もがり笛』『もがり笛 No.2』がある。
現在、埼玉県川口市在住。

浮かぶ瀬もあり　河童の川流れ

2024年2月15日　初版第1刷発行

著　者　浅香 郁夫
発行者　瓜谷 綱延
発行所　株式会社文芸社
〒160-0022　東京都新宿区新宿1－10－1
電話　03-5369-3060（代表）
03-5369-2299（販売）

印刷所　株式会社フクイン

ISBN978-4-286-24940-7　　JASRAC 出 2307885 － 301